쾌족, 뒷담화의 탄생

살아있는 고소설

이 도서의 국립중앙도서관 출판시도서목록(CIP)은 e-CIP홈페이지(http://www.nl.go.kr/ecip)와
국가자료공동목록시스템(http://www.nl.go.kr/kolisnet)에서 이용하실 수 있습니다.(CIP제어번호: CIP2014015268)

살아있는 고소설

쾌족, 뒷담화의 탄생

초판 1쇄 발행 2014년 6월 2일

지은이 이민희
펴낸이 윤미정

책임편집 박이랑
홍보 마케팅 하현주

펴낸곳 푸른지식 출판등록 제2011-000056호 2010년 3월 10일
주소 서울특별시 마포구 연희로 21 동광빌딩 4층
전화 02)312-2656 팩스 02)312-2654
이메일 dreams@greenknowledge.co.kr
블로그 www.gkbooks.kr

ⓒ 이민희 2014
ISBN 978-89-98282-12-7 03810

잘못된 책은 바꾸어 드립니다.
책값은 뒤표지에 있습니다.

쾌족, 뒷담화의 탄생

살아있는 고소설

이민희 지음

푸른
지식

불온한 욕망을 허하라

조선 후기의 통치 권력이 왕의 권위에서 나오지 않고 경제에서 나왔다? 물론 이는 사실이 아니다. 하지만 다른 한편으로는 진실이다. 소위 홍문관, 규장각 등 학술원에 의해 부적격 처리된 '뒷담화'를 일상학의 영역으로 끌어올린 것이 실은 경제에 기초한 지식 권력이며, 그런 뒷담화가 '소설'이라는 상품으로 조선 후기 사회에 끼친 영향을 염두에 둘 때 그러하다. 17세기 이전까지만 해도 일부 소수 상층 지식인들의 전유물이었던 서사문학은 17~18세기에 이르러 독립된 개인이 경제 사회의 메커니즘과 만나는 모습을 다채롭게 그려내기 시작했다. 즉, 상업 사회가 본격적으로 가

동되기 시작하여 급변하는 사회를 시가詩歌가 아닌 서사 산문 중심으로 바꿔 대담한 외출을 시도한 것이 바로 '소설'이다. 상하, 남녀 관계가 불공평하게 편만해 있던 세계에서 벗어나고자 하는 욕망과 이를 구속하려는 지배 이념의 갈등을 소설을 통해 보여주고 있는 것이다.

이 책에 나오는 인물들은 모두 욕망을 지니고 있다. 그 시대에는 자유롭게 허락되지 않았던 연애와 사랑에 대한 욕망, 또는 여러 가지 제약에도 불구하고 자신이 진정 원하는 바를 쟁취하고야 마는 여성의 욕망이 그 대표적 예다. 우리가 익히 잘 알고 있는 고전에도 그것들이 담고 있는 표면적인 교훈이나 이념들 뒤편으로는 억눌려진 개인들의 욕망이 있다. 이렇게 사상과 생활이 자유롭지 못했던 신분 사회에서 하층민, 여성, 시민으로서의 '기본적 삶'의 가능성을 소설 작품에 담아냄으로써, 소설 독자는 비로소 상상으로나마 자유와 해방을 맛보고 욕망의 속박에서 벗어나는 쾌족快足을 누릴 수 있었다. 일상을 말하고, 욕망을 갈망하며, 일탈을 꿈꾸고, 교화를 전하고자 한 것이 고소설의 속살이라 할 것이다.

소설 속 욕망은 일종의 동기로 작용하여 지금이 아닌 그 너머의 삶을 가능하게 만든다. 이는 삶의 질에 있어 커다란 진전이자 변화 그 자체다. 아니 변화를 꿈꾸는 것 자체가 아름다운 착각이다. 실천은 그런 착각에서 비롯되기 마련이다. 비록 그 변화가 현저하거나 대단한 것이 아니었을지라도 말이다. 이런 점에서 소설은 대단히 불온하다. 달리 말해 상업경제 사회의 보이지 않는 욕망과 신분 사회의 이념이 적절히 타협해 버린 야누스와 같다. 그 정체를 종잡을 수 없기에 불안하게 느낄 수도 있지만, 그래서 소설은 여전히 흥미롭다.

상업 경제사회가 소설의 하드웨어였다면, 휴머니즘은 소프트웨어에 해당한다. 이 두 가지가 함께 발전해 온 것이 바로 고소설의 역사라고 할 수 있다. 정치, 사회, 경제 등 당대 현실에서 족쇄처럼 작동했던 제도를 고소설은 어떻게 담고 있는지 직접 볼 수 있도록 작품의 본문을 가급적 많이 인용하고자 했다.

고소설을 제대로 살피기 위해서는 소설 내적 요소와 그를 둘러싸고 있는 외적 요소들과의 무수한 의미망을 만들고, 그 관계를 들여다보아야 한다. 이런 점에서 소설은 스스로 정의될 수 있는 장르가 아니라 문학의 중심과 주변과의 관계라는 틀에서 설명할 수밖에 없다. 이 책은 이런 고소설의 다면적인 모습을 현대인들과 함께 나누기 위해 기획된 일종의 소통의 장이다. 소설을 읽어나가는 과정의 끝은 또 다른 일상이자 자기 성찰의 연속이다. 그것은 한 편의 서사이면서 동시에 삶 그 자체이기 때문이다.

고소설은 더 이상 연구자들만의 전유물도, 과거의 유물도 아니다. 고소설이 '고'소설에 방점을 찍고 그 존재 의의를 확인하는 것에 머무르지 않고, 이제는 고'소설'이 현대에도 여전히 자체 발광하는 보물이 될 수 있는 이유를 충분히 설명하고 독자들과 만나야 한다. 뒷담화로 만들어진 대중문화 상품인 고소설을 현대의 일반 대중 독자들에게 소개하고, 만날 수 있도록 하고자 했다. 고소설을 매개로 과거와 현재, 그리고 미래까지 넘나드는 대화의 창이 풍성히 열리기를 바라는 마음 간절하다.

설흔 선생님의 아름다운 기획에 공감해 푸른지식과 만났다. 푸른지식의 윤미정 대표님이 흔쾌히 출판에 동의해 주셨고, 박이랑 편집자가 정성껏 편집해 주었기에 아름다운 옷을 입고 세상에 태어날 수 있게 되었다. 진심으로 감사드린다. 그리고 이 책은 고소설을 연구하는 동학과 학생들의 문제의식이 축적되어 이루어진 것이라 해도 과언이 아니다. 시대 담론이 어디 개인의 순수 사유와 전횡으로 가능하겠는가? 사유의 정체는 흔들리는 경험과 다양한 인식의 층위가 시간의 흐름 속에 적층된 결과라 할 것이다. 이 자리를 빌려 선학과 동학, 그리고 학생들이 분출해 낸 사유의 편린에 감사를 표하는 바이다.

마지막으로 이 책의 9할은 나의 동반자 정인, 재인, 해인이 있어 깁고 지을 수 있었다. 그러기에 나는 행복한 남편이자 아빠다. '우연'이 '신의 뜻'이라 했던가? 가족이란 우연 앞에 감사하다.

2014년 5월 봄내[春川]에서

파란波蘭 이민희李民熙 짓고 웃다.

차 례

1

사랑의 욕망을 허하라

운영전

자유연애를 향한 불온한 일탈

죽음이 우리 삶의 또 다른 일부라지만, 그 양자의 무거움은 비등하다. 그렇지만 자살은 '주어진 죽음'이 아닌 '버려진 삶'의 또 다른 형태라는 점에서 안타까움이 더 크다. 또한 우리 삶에 미치는 영향이 큰 만큼 문화의 일부로 작동하며, 사회적 관심을 끈다.

　우리 선인들 역시 자살 문제를 고민했고, 그 고민의 흔적을 적잖은 문학작품 속에 남겨놓았다. 특히 삶을 총체적으로 그려낸 고소설 작품 가운데 자살 문제를 다룬 작품이 다수 존재한다. 그 대표적 작품이 바로 「운영전」이다. 사람은 왜 스스로 자신의 목숨을 끊는 것일까? 정말 자유의지로 죽음을 택한 것일까? 혹여 살

인자가 없는 타살은 아닐까? 자살한 이유를 헤아리는 것이 문제 해결을 위한 첫걸음이다.

● 신분제도를 넘어서고자 하는 사랑

오늘날 「운영전」을 만나기란 쉽지 않다. 검정 교과서 체제로 바뀐 이후로는 고등학생들이 「운영전」을 접할 기회는 더더욱 적다. 그런데 문학을 좋아했던 사람이라면 이렇게 말할지 모른다. "우리나라 고소설 작품은 대개 행복한 결말happy ending인데, 예외적인 작품이 바로 「운영전」이야."

하지만 이것은 사실이 아니다. 주인공의 자살이라는 비극적 결말로 끝나는 이야기인 것은 맞지만, 그렇다고 비극적 결말로 끝나는 유일한 작품은 아니기 때문이다. 『임경업전』의 주인공 임경업도 그렇고, 『금오신화』에 수록된 「이생규장전」[1]이나 「만복사 저포기」[2]의 주인공들도 행복한 최후를 맞이하지 못한다. 또한 조위한이 지은 「주생전」[3]이나 이옥의 「심생전」[4]도 주인공이 상대와 행복한 관계를 형성하지 못한 채 끝이 나고 만다. 이렇듯 비극적 결말을 보이는 작품에는 한문소설이 많다.

우리 고소설의 일반적 특징이 무엇이냐고 물으면 대다수 사람들은 고등학교 때 외운 지식을 토대로, '우연한 만남', '비현실적 사건', '영웅의 일대기적 구성', '해피엔딩' 등이라고 당당히 대답한다. 하지만 이는 『유충렬전』 등의 국문 영웅소설에서 발견되는 특징들일 뿐, 고소설 전반에 걸쳐 나타나는 특징은 아니다. 더욱이 이것이 고소설의 일반적 특징이라며 서술해놓은 교과서는 단 한 권도 없다. 왜냐하면 그것은 사실이 아니기 때문이다.

다시 「운영전」 이야기로 돌아오자. 그렇다면 이 작품은 과연 남녀 주인공의 안타까운 자살 이야기에 불과한가? 아니 그렇게 해석할 수밖에 없는가? 이해를 돕기 위해 「운영전」의 줄거리를 간단히 들어보기로 한다.

임진왜란이 끝난 선조 34년(1601)의 어느 봄날, '유영'이란 선비가 세종의 셋째 아들 안평대군의 사저인 수성궁으로 놀러 간다. 그곳에서 폐허가 되어버린 수성궁을 구경하다가 술에 취해 깜빡 잠이 들고 만다. 깨어나 보니 이미 사방은 어둑어둑한데 어떤 남녀가 도란도란 이야기하는 소리가 들려온다. 소리 나는 곳에 가 보니 잘생긴 한 청년이 아름다운 여인과 속삭이고 있었다. 이들은 자신을 김 진사와 궁녀 운영이라 소개하며 유영에게 자신들이 살았던 안평대군 시절에 수성궁에서 있었던 일들을 들려준다.

원래 운영은 재주가 뛰어난 다른 궁녀들과 함께 안평대군 아래에서 시와 서예를 배우며 지냈다. 그러던 어느 날, 안평대군을 찾아온 김 진사를 본 운영은 그의 재주와 외모에 반해 사랑을 하게 된다. 김 진사 역시 운영을 보고 사랑에 빠진다. 그렇지만 이

둘은 신분의 차이로 인해 사랑을 이룰 수 없는 처지였다. 특히나 궁녀는 절대로 외간 남자와 정을 통해서는 안 되는 법도가 있었기에 둘의 사랑은 위험천만한 일이었다. 하지만 운영은 다른 궁녀들의 도움을 받아 김 진사와 몰래 만나고, 안평대군의 눈을 피해 사랑을 나누었다.

하지만 꼬리가 길면 잡히는 법. 겨울날 궁의 담을 넘어온 김 진사의 발자국이 눈 위에 나 있는 것을 알게 된 안평대군이 의심을 하자, 운영은 탈출을 계획한다. 운영과 절친한 궁녀 '자란'이 만류한다. 고민하던 운영이 드디어 수성궁을 탈출하려고 할 때, 이번에는 운영의 재물을 탐내던 김 진사의 노복 '특'이 배신하여 두 사람의 밀회는 결국 탄로 나고 만다. 몹시 노한 대군이 운영과 다른 궁녀들까지 죽이려 하자 궁녀들마다 나서서 운영을 변호한다. 이에 분노가 누그러진 대군이 운영을 별궁에다 가두지만, 그날 밤 운영은 비단 수건으로 목매어 자결한다. 이렇게 운영이 죽자 김 진사는 절에 가서 운영의 명복을 비는 재를 올린 다음, 슬픈 마음이 병이 되어 죽는다.

김 진사와 운영은 이러한 자신들의 사연을 유영에게 들려준 후, 둘은 지금 천상에서 편히 즐거움을 누리며 살고 있으나 옛 기억을 잊지 못하여 수성궁을 찾아왔다고 말한다. 그리고 나서 셋은 술을 마신다. 유영이 술에 취해 잠들었다가 아침에 깨어나 보니 김 진사와 운영은 그 어디에도 보이지 않았다. 다만 김 진사와 운영이 번갈아가며 쓴 자신들의 사연이 담긴 두루마리만 놓여 있었다. 유영은 이것을 가지고 돌아와 명산대찰을 두루 돌아다니며 생을 보냈다. 그가 어떻게 생을 마감했는지는 아무도 알지 못한다고 했다.

이것이 「운영전」의 대략적인 줄거리다. 먼저 '수성궁'이 어떤 공간인지 이해하는 것이 「운영전」의 주제를 파악하는 중요한 열쇠가 된다. 왜냐하면 수성궁은 운영을 비롯한 궁녀들을 신체적으로 유폐하고 이념에 맞춰 훈육하는, 중세 사회에서 상상해볼 수 있는 가장 극단적인 가부장적 질서의 원형공간이기 때문이다. 동시에 높은 문화적 이상에 의해 견인되는 고답적이고 심미적인 공간이기도 하다. 그런가 하면 운영에게 수성궁은 미천한 궁녀가 한 인간으로서 문화를 향유하고 학문을 쌓을 수 있는 유일한 학교다.

그렇지만 달리 보면, 수성궁은 중세 이념 질서로부터 과감히 탈출하고자 하는 운영과 김 진사의 욕망을 드러내기 위한 도구적 공간에 불과하다. 「운영전」이 지닌 최고의 가치 중 하나를 들자면 운영과 김 진사의 열정적이고도 위험한 사랑, 그리고 그들의 사랑을 변호하고 나선 궁녀들의 항변이라 할 수 있기 때문이다. 그렇다면 「운영전」은 신분제도나 자유연애 금지라는 딱지를 떼고자 했던 불온(?)한 일탈에 관한 이야기다. 사회에 대한 반항과 자신의 존재 가치를 느끼기 위한 몸부림을 다룬 이야기인 것이다. 그

증거가 남녀 주인공의 자살이다. 그리고 이 자살 문제야말로 그 자체로 치명적 약점과 한계를 지니고 있음에도 우리가 「운영전」에서 심각하게 읽어내야 하는 과제이기도 하다. 비록 작품의 배경이 되는 엄격한 신분제도와 자유연애가 금지된 상황은 현재와 다를지 몰라도, 운영이 자살을 하게 되는 과정과 그 심리는 동서고금을 막론하고 동일하다.

●   그녀는 왜 죽음을 택했는가

「운영전」에서는 운영이 비극적인 사랑에 빠지고 자살하는 과정이 서사의 중심이 된다. 그런데 자살이라는 극단적 방법은 온몸으로 외치는 저항 의식을 담보하고 있다. 일차적으로는 무엇을 향한 저항이냐가 중요하다. 궁녀들이 안평대군에게 진언하는 말에는 중세의 사회질서에 반하는 내용이 담겨 있는데, 여기서 운영을 자살로 내모는 보이지 않는 저항 상대(권력, 힘)를 읽어낼 수 있다. 노비 특의 계략으로 인해 운영의 도주 계획이 안평대군에게 탄로 나 그 피해가 서궁의 궁녀들에게까지 미치자, 한 궁녀가 안평대군에게 고한 내용을 보자.

"남녀의 정욕은 음양으로부터 부여받아 귀천을 막론하고 사람이라면 누구나 가지고 있습니다. 그런데 한번 깊은 궁궐에 갇히고 난 뒤에는 이 한 몸 외로운 그림자와 짝하여, 꽃을 보고 눈물을 삼키고 달을 마주해서는 슬픔으로 넋이 나갑니다. 저희가 매화나무에 앉은 꾀꼬리를 쌍쌍이 날지 못하게 하고 주렴 위의 제비 집에 암수가 함께 둥지를 틀지 못하게 하는 이유는 다른 것이 아닙니다. 궁궐 담장을 넘기만 하면 인간 세상의 즐거움을 알 수 있건만 그렇게 안 한 것은 그럴 만한 힘이 없어서거나 그러고 싶은 마음이 없어서였겠습니까? 오직 주군의 위엄이 두려워 이 마음을 단단히 다잡고 궁궐 안에서 말라 죽으리라 생각했던 것입니다. 이제 지은 죄도 없으면서 죽을 곳에 놓였으니, 저희는 죽어서도 지하에서 눈을 감지 못할 것입니다."(『운영전』)

이는 궁녀 은섬이 한 말이다. 목숨을 걸고 대군에게 속내를 드러내는 궁녀의 발언이라 비장감마저 느껴진다. 은섬의 이런 발언을, 성리학적 인간학이나 작품 속에서 안평대군이 견지하는 인간학에 이의를 제기하는 대항 담론으로 해석할 수도 있을 것이다. 하지만 그렇다고 이것만으로 중세 지배체제를 근본적으로 부정하는 저항이라고 단언하기도 어렵다. 그보다는 사랑을 불온한 정념으로 규정하고 억압하는 유교적 금욕주의에 반대하고, 낭만적 사랑을 옹호하는 견해로 해석하는 편이 더 타당하다. 왜냐하면 운영의 자살을 단순히 신분적 억압에서 탈피하고자 한, 몰개성적 여성의 행동으로 파악하기보다 개인적·인간적 관점에서 해석하는 것이 더 의미 있어 보이기 때문이다.

그렇다면 운영의 자살을 어떻게 읽어야 할까? 죽기 직전 운영이 안평대군에게 하는 마지막 진술을 들어보자.

저는 이렇게 진술했습니다.

"주군의 은혜가 산과 같고 바다와 같건만 정절을 지키지 못한 것이 저의 첫째 죄입니다. 전후에 지은 시로 주군의 의심을 받으면서도 끝내 바른 대로 아뢰지 않은 것이 둘째 죄입니다. 서궁의 죄 없는 사람들이 저 때문에 함께 죄를 받게 된 것이 셋째 죄입니다. 이 세 가지 큰 죄를 지었으니 제가 산들 무슨 면목이 있겠습니까? 혹여 죽음을 늦추신다면 마땅히 자결하겠나이다."

(중략)

대군의 노기가 점점 풀어져 저를 별당에 가두고 나머지 사람들은 모두 풀어주었습니다. 그날 밤 저는 비단 수건으로 목을 매 스스로 목숨을 끊었습니다.(『운영전』)

운영이 자살한 직접적인 이유는 김 진사와의 이루어질 수 없는 사랑을 비관한 데서 찾는 것이 일반적이다. 하지만 운영은 자신이 죽어 마땅한 죄의 항목 어디에서도 김 진사와의 사랑을 거론한 바 없다. 즉 그와의 사랑을 잘못이라고 인정하지 않은 것이다. 이것은 운영이 자결할 수밖에 없었던 이유를 이룰 수 없는 사랑 때문이라고 단정 지을 수 없음을 방증하는 근거다. 그보다는 김 진사와 운영의 관계를 알게 된 안평대군의 문초가 운영을 죽음으로 몰아간 직접적 요인이 될 수 있다. 하지만 간과해선 안 될 것은 운영의 자결이 안평대군이 운영의 죄를 용서한 이후에 발생한다는 점이다. 운영의 자살을 단지 김 진사와의 사랑이 대군에게 발각된 두려움 때문이라고 보기 어려운 또 다른 이유가 바로 여기에 있다.

운영이 자살한 직접적인 이유를 찾기 위해서는 운영의 마지막 진술, 즉 자신이 인정한 죄목을 들여다볼 필요가 있다. 그녀는 자신이 지은 죄가 첫째, 안평대군에 대한 정조를 지키지 못한 것이라고 했다. 유교 사회에서 여성, 특히 궁녀에게 정조를 지키는 것은 목숨을 지키는 것과 직결되는 문제였다. 따라서 정조를 지키는 것이야말로 여성에겐 선 그 자체였고 의였다. 또한 죽음을 정당화하는 유일한 기제였다. 맹자는 의로움과 목숨 중 둘 다 선택할 수 없다면 목숨을 버리고 의로움을 택하라고 했는데, 운영은 의로움을 택한 것이다.

둘째, 운영은 '전후에 지은 시로 주군의 의심을 받으면서도 끝내 바른 대로 아뢰지 않은 것'이 죄라고 했다. 이는 늘 자기 자신에게 최선을 다하라는 충의 덕목을 지키지 못했고, 인을 실천하지 못했다는 인식에서 비롯된 것이다. 운영에게 충이란 자신에게 정직해야 하는 것이었다. 동시에 그것이 인한 것이었다. 인은 인간이 추구해야 할 최상의 덕이며 완전한 덕이다. 인간이 지녀야 할 덕성이 무너졌으니 자신 역시 무너질 수밖에 없다고 생각한 것이다.

셋째, 운영은 '서궁의 죄 없는 사람들이 저 때문에 함께 죄를 받게 된 것'이 죄라고 했다. 이는 타인과의 신뢰 관계가 무너진 것을 의미한다. 즉 충하지 못했으므로 신信도 무너질 수밖에 없다. 이웃과의 관계가 무너진 까닭에 자신의 존재 가치를 상실했다고 판단한 것이다.

흔히 유가에서는 인간을 관계적 자아로 해석한다. 즉 사회적 관계 속에서 자신의 존재를 확인하며 자신에게 부여된 사회적 지위에 맞는 역할을 하는 것을 도리라 여긴다. 이것이 정명正名이며, 개인이 존재해야 할 이유인 것이다. 그런데 운영이 스스로 인정한 죄목을 보면 자신을 인과 의를 상실한 인간으로 규정하고 있다. 이런 관점에서 그녀는 자신을 존재 이유를 상실한 인간으로 규정해버린 것이다. 즉 자존감의 상실과 자신이 궁녀들에게 피해를 준 사실이 그녀를 망설임 없이 자살로 이끌었다고 하겠다. 죽기 전 운영이 마지막으로 한 말이 이러한 추론을 뒷받침해준다.

이 세 가지 큰 죄를 지었으니 제가 산들 무슨 면목이 있겠습니까? 혹여 죽음을 늦추신다면 마땅히 자결하겠나이다.『운영전』

하지만 이런 이유가 과연 정당하고 올바른 것이냐 하는 문제는 여전히 남는다. 명분은 있지만 그것이 옳았다거나 최선이었다고 말할 수는 없다.

　오늘날 한국 사회에서 나타나고 있는, 이른바 '자살 열풍'도 바로 이런 점에서 운영의 자살과 크게 다르지 않다. 물론 오늘날 자살의 유형도 다양하며, 그 원인 또한 복합적이다. 이와 관련해 토머스 조이너Thomas Joiner는 『왜 사람들은 자살하는가?』라는 저서에서 자살하는 사람들은 대부분 자존감이 낮고, 자신이 소속된 집단에 대한 효능감이 낮아 우울증에 시달리는 특징을 보인다고 했다. 운영의 죽음 역시 자신의 존재 가치를 당대 지배이념과 비교해 스스로 낮게 보았고, 다른 궁녀들에 대한 죄책감을 크게 느꼈기 때문에 일어난 일임을 짐작할 수 있다.

● 　한 세계의 축소판, 수성궁

「운영전」의 공간적 배경은 수성궁이다. 그렇다면 운영을 자살로 몰아간 수성궁은 어떤 곳일까? 자살이 빈번한 오늘날 우리 사회의 축소판이 수성궁이라 볼 수 있을까?

　수성궁의 공간적 속성은 현대인의 생활공간에서도 흔히 보인다. 우리가 생활하는 공간 혹은 우리가 속한 집단은 자신을 억압하는 한편 자신을 실현하는 공간이라는 모순을 지니고 있기 때문이다. 학생에게 학교가, 회사원에게는 회사가, 가장에게는 가정이 그럴 수 있다. 다만 궁녀들에게 수성궁이 거부할 수 없는 타인에 의한 강제적인 성격의 억압 공간이었다면, 현대인들에게는 소속 공간이 자신이 자발적으로 선택한, 억압의 공간이면서도 동시에 기회를 실현할 수도 있는 불확정적 공간이라는 점에서 차이가 있다.

안평대군은 성적 쾌락과 소유욕을 충족하고자 여성을 배타적으로 독점하는 폭력적인 지배자는 아니었다. 그보다는 오히려 스스로를 전능하고 이상적인 보호자로 자처하는 가부장적 지배자라고 할 수 있다. 이 때문에 안평대군은 은애隱愛와 위엄이라는 이중적인 얼굴을 지니고 있다. 그렇기에 궁녀들과 안평대군 사이에서 갈등이 빚어진다. 현대인에게도 안평대군과 같은 인물이 존재한다. 학생에게는 교사가, 자녀에게는 부모가, 회사원에게는 사장이 각 개인들을 보호하는 동시에 지배자로서 존재하며, 그것이 갈등을 일으키는 한 원천이 된다.

한편 김 진사(와의 사랑)는 운영에게 안평대군이 부여한 수성궁의 기존 질서가 인간의 본능적인 욕구를 억압하는 반인간적인 질서라는 사실을 자각게 하는 매개체다. 또한 새로운 삶의 목표이며, 주체적인 삶을 살아가야겠다는 결심을 하게 해준 대상이기도 하다. 현대인에게 기존의 삶의 방식에서 벗어나게 하는 계기이자 목표가 되는 것은 무엇일까? 사람에 따라 따르겠지만 그중엔 꿈, 새로운 취미, 그리고 일탈과 같은 것이 있을 수 있다. 단 그것은 자신의 사회적 지위와 주어진 신분을 포기할 만큼 강렬한 욕망을 의미한다. 고등학생에게는 명문대 입학이 아닌 새로운 길을 모색하고자 하는 도전이 될 수 있으며, 직장인에게는 직장 내에서 승진하는 것이 아니라 창업을 하는 것이 될 수 있다.

운영에게 궁녀들은 거역할 수 없는 삶을 견디게 하는 동반자이자 지원자다. 이들은 목숨을 걸고 그녀의 처지를 이해하고 동정하며 도움을 주었다. 현대인에게도 궁녀들과 같은 이들이 존재한다. 수많은 사람들과 경쟁하며 살아남아야 하는 고단한 삶의 모습은 운영과 다를지 모르지만 그 무게만큼은 비슷하다. 그런 고단한 삶을 버티게 하는 사람들이 존재한다. 그것이 때론 주위의 선후배일 수 있다.

그렇다면 과연 운영과 김 진사는 자살 말고 다른 대안을 선택할 수는 없었을까? 사실 자살하기 전에 운영과 김 진사는 수성궁을 탈출할 계획을 궁녀인 지란에게 실토한 바 있다. 이때 이들의 이야기를 들은 지란은 다음과 같이 충고한다.

"서로 즐긴 지 오래되더니 스스로 재앙을 앞당기려는 거니? 한두 달 사귀었으면 만족할 만하건만, 아예 담장을 넘어 달아나겠다니, 그게 사람이 차마 할 짓이니? (중략) 천지가 하나의 그물 안에 들어 있으니 하늘 위로 오르고 땅속으로 들어가지 않고서야 어디로 달아날 수 있겠니? 만일 잡히면 그 재앙이 네 몸에만 그치겠어? 꿈자리가 안 좋았다는 건 말할 필요도 없는 말이야. 만일 좋은 징조였다면 기꺼이 가겠다는 거니? 뜻을 굽히고 고요함 속에 편안히 앉아 하늘의 뜻을 따르는 게 제일 좋아. 네가 좀 더 나이 들어 얼굴이 시들면 주군의 사랑도 차츰 식어갈 거야. 그즈음 형세를 보아 병들었다며 오래 누워 있으면 필시 고향으로 돌아가라 허락하시겠지. 그때 가서 낭군과 손잡고 돌아가 함께 살면 그 즐거움이 얼마나 크겠니? 지금 이런 생각을 못하고 감히 사리에 어긋나는 계책을 내다니, 네 비록 사람은 속인다 할지라도 하늘마저 속일 수 있을 것 같니?"『운영전』

지란은 탈출하여 도망자의 신세가 되기보다는 시기를 엿보다 수성궁을 나가 떳떳하게 사는 것이 현명하다는 충고를 한다. 사랑을 이룰 수 있는 현실적 대안을 제시한 것이다. 비이성적인 열정적 사랑에서 벗어나, 현실적인 사랑을 할 것을 권한 것이다. 하지만 남녀 간의 뜨거운 사랑은 우리가 영화나 드라마에서도 종종 목격하듯이, 차라리 죽음을 택하거나 현실에서 도망칠 것을 주문한다. 실제로 이 두 가지 방식 가운데 하나를 선택해 한쪽은 자살로 끝이 나지만, 다른 쪽은 끝내 행복을 얻은 상반된 예를 고전 작품에서 찾아볼 수 있다. 나라면 과연 어떤 것을 택하게 될까?

고전 서사에서 남녀가 사랑을 이루지 못한 채 자살로 끝이 나고
마는 또 다른 이야기가 있다. 바로 호동왕자와 낙랑공주에 관한
이야기다. 반면에 낭만적 사랑을 현실적으로 성취해나간 이야기
도 있다. 바로「옥소선 이야기」다. 두 이야기에서 주인공으로 등
장하는 남녀는 모두 자살할 만한 명분이 있었지만, 사뭇 다른 선
택을 내린다. 이를 통해 자살 문제를 다시 돌아보기로 하자.

　『삼국사기』에 실려 전하는「호동왕자와 낙랑공주 이야기」는
우리가 익히 잘 아는 이야기다. 이 이야기에서는 서로 만난 지 7개
월 만에 남녀 주인공이 각각 죽음에 이르는 두 개의 비극적 서사
가 중심이 된다. 우리에게 잘 알려진 이야기는 전반부 내용이다.
고구려 대무신왕의 아들인 호동왕자가 낙랑국에 들어가 낙랑공
주와 결혼을 하고 신기神器인 고각鼓角●을 낙랑공주로 하여금 부수
게 한 뒤, 낙랑을 쳐서 고구려가 승리한다는 내용이 바로 그것이
다. 이때 성을 함락당한 낙랑왕 최리崔理는 자기 딸인 낙랑공주가
나라를 배신하고 고각을 부숴버렸다는 사실을 알고는 그녀를 죽
이고 만다.

　한편 이야기 후반부에서는 낙랑공주가 죽은 후, 호동왕자가

● 자명고로 널리 알려진 북과 피리

고구려의 태자 자리가 탐나 첫째 왕비를 유혹하려 한다는 모함을 받고는 자살하고 만다는 내용이 주가 된다. 둘째 왕비의 아들인 호동은 자신이 첫째 왕비를 유혹하려 한다는 모함이 부친에게 큰 걱정을 끼쳤다는 데 자책감을 느끼고 불효하지 않겠다며 스스로 자살하고 만 것이다. 여기서 앞서 문제 제기한 대로, 과연 호동은 자살 외에 다른 방법을 선택할 수는 없었을지 생각해볼 일이다. 한 가지 흥미로운 사실은 저자 김부식은 호동의 죽음이 헛되다고 못 박고 있다는 점이다. 당대인이 보더라도 호동의 자살은 명분이 약하고 성급했기 때문이다. 호동의 자살을 다룬 대목과 김부식의 평가 부분을 함께 보자.

11월에 왕자 호동이 자살했다. 그는 왕의 차비^{次妃}, 즉 갈사왕^{曷思王} 손녀의 소생이었다. 호동의 얼굴이 미려^{美麗}하여 왕이 그를 매우 사랑하는 까닭에 이름을 호동^{好童}이라 한 것이다. 원비^{元妃}는 왕이 적자^{嫡子} 자리를 빼앗아 호동을 태자로 삼을까 염려하여 왕에게 참소를 했다. "호동이 저를 예로써 대하지 않는 것이 아마도 저를 음란하게 하려 하는 것 아닌가 싶습니다." 왕이 가로되, "당신의 아이가 아니라서 미워하는 것이오?" 하니, 원비는 왕이 자신의 말을 믿지 아니함을 알고 화가 자신에게 미칠까 두려운 나머지 울면서 왕에게 아뢰었다. "청컨대, 대왕은 가만히 엿보소서. 만일 이러한 일이 없으면 내가 스스로 죄를 받겠습니다." 이에 대왕도 의

심하지 않을 수 없어 장차 호동에게 죄를 주려고 했다. 이 무렵 어떤 사람이 호동에게 물었다. "그대는 왜 스스로 결백을 변명하지 않는가?" 그러자 호동이 대답했다. "내가 만일 변명하면 이는 어머니의 악함을 드러내어 왕의 걱정을 끼치게 될 텐데 그것이 어찌 효라 할 수 있겠는가?" 얼마 후 호동은 칼에 엎드려 죽었다.

사신史臣은 논하여 말한다. 지금 왕이 참소하는 말을 믿고 죄가 없는 사랑하는 아들을 죽였으니 그 어질지 못함은 말할 필요조차 없거니와 호동도 아주 죄가 없다고 할 수 없다. 왜냐하면 아들이 아비에게 꾸지람을 들을 때는 마땅히 어린 순舜임금이 부친 고수瞽瞍에게 한 것처럼, 작은 매로 때리면 맞고, 큰 매로 때리면 달아나 부친이 불의에 빠뜨리지 않도록 했어야 한다. 그런데 호동은 이렇게 할 줄 몰라 그 죽음이 헛되고 말았으니, 가히 소근小謹에 집착하여 대의大義에 어두웠다 할 것이다.『삼국사기』

원비의 모함에 괴로워하던 호동은 불효는 안 된다며 칼을 물고 꽃다운 나이에 스스로 목숨을 끊고 말았다. 그때가 11월이었다. 낙랑공주를 처음 만난 것이 4월이고, 얼마 후 자명고를 부수게 한 뒤 낙랑국을 공격해 정복했지만, 그 과정에서 공주가 부친 최리 왕의 손에 죽임을 당하고 만다. 이런 커다란 사건이 벌어진 지 불과 몇 달 만에 호동왕자가 다시 자살을 한 것이다. 호동왕자와 낙랑공주가 과연 사랑하는 사이였는지, 아니면 정략결혼으로 이용만 당하고 만 것인지 확인하긴 어렵다. 다만 호동 역시 자살로 이 세상과의 모든 인연을 끊었다는 점에서, 우리가 알 수 없는 모든 비밀을 혼자만의 가슴에 묻고 가려 했음을 짐작해볼 따름이다. 하지만 호동의 그런 행위는 폭력이 심했던 아버지를 동정하거나 비난하지 않고 이성적으로 처신하면서 임기응변할 줄 알아 결국 부친의 이름과 자신의 존재를 역사에 알린 어린 순임금의 처신과도 큰 차이를 보인다.

물론 여기서 몇 가지 의문이 든다. 원문 내용에 기초해 호동이 자살한 이유를 좀 더 신중히 판단할 필요가 있다. 호동은 모친의 악행을 드러내고 부친에게 근심을 끼치는 게 옳지 못하다고 여겨 자살을 택했다고 했다. 그런데 상식적으로 그것을 자살의 이유로 보기엔 너무나 궁색하다. 왜냐하면 원비와 자신의 관계가 부적절하지 않았다면, 즉 원비가 모함한 것이라면, 부친의 근심이야 진실이 밝혀지면 사라질 것이 아니던가. 물론 그 대신 원비가 모함죄로 큰 벌을 받겠지만, 자신이 잘못한 것이 없는 이상 원비를 위해 목숨을 버릴 이유까지야 없다. '효'를 목숨과 바꿀 만큼 중요하게 생각했다면, 호동은 이른바 '소의少義'에 집착한, 앞뒤가 꽉 막힌 위인이었다고 할 것이다. 하지만 『삼국사기』에서 대단한 미남자로 소개된 호동은 낙랑국을 멸망시키는 데 큰 공을 세운 왕자 중의 왕자다운 모습을 보여준다. 따라서 자살의 근본 이유는 원비의 처벌을 두려워하는 효심 때문이었다기보다는 부친이 갖게 될 근심 때문이었다고 할 것이다.

부친이 갖게 될 근심이란 도대체 무엇인가? 모함 내용대로 실제로 호동이 원비와 사사로운 관계를 맺었기에 근심하게 되었다는 것일까? 호동이 자살을 할 만큼 부친이 근심할 만한 걱정거리라면 아무래도 부친과 밀접한 관련이 있는 것이 아니었을까? 조금 상상의 나래를 펼쳐보면, 왕은 정작 아들 호동을 사랑하는데, 호동이 첫째 부인과 이성적 관계를 맺어서 괴로워한 것 아니었을까? 즉 남들이 알아서는 안 되는 비윤리적이고 비도덕적인 허물, 바로 부친의 동성애 때문에 호동이 그 비밀을 안고 자살을 택한 것으로 볼 수 있다는 것이다.

사실 호동은 당대 미남 중 미남이었다. 낙랑국의 최리가 사냥 도중에 생면부지의 호동을 만났을 때, "대무신왕의 아들이 아니냐?"고 물을 수 있었던 것은 이미 대무신왕의 아들인 호동의 외모가 출중하다는 소문이 널리 퍼져 있었기 때문이다. 그뿐이 아니다. 『삼국사기』에서는 호동이 자살했다고 요약적으로 사건(사실)을 제시한 뒤, 곧바로 호동의 출생을 언급하면서 호동이 미려美麗하여 왕의 총애가 대단히 심했다[顔色美麗, 王甚愛之, 故名好童]고 적고 있는 것에 주목할 필요가 있다. 즉 남자인 호동의 얼굴이 너무 아름답고 고와 왕이 호동을 심히 사랑했다는 것이다. 그리고 그런 이유로 세상 사람들이 그를 '호동(好童=아이를 좋아한다)'이라 불렀다고 했다. 호동은 후에 붙여진 이름으로, '아이를 좋아하던[好

童' 주체는 바로 부친인 대무신왕이었을 것이다.

남자지만 얼굴이 곱고 아름다워 아버지가 심히 사랑했고, 그래서 사람들이 그를 '호동'이라 불렀다는 것. 이런 내용을 정사正史『삼국사기』에서 김부식이 사실과 달리 허구적으로 지어냈을 리는 없다. 매우 짧은 분량의 '호동' 이야기에서 그의 외모를 중점적으로 다룬 기록을 곳곳에 적은 것은 호동의 이른바 '트레이드마크'가 외모였음을 방증한다. 따라서 출중한 외모에 지략과 용맹을 겸비한 호동을 부친 대무신왕이 사랑하고 아꼈는데, 아들 호동이 자신이 아닌 어머니를 이성으로 여기고 좋아한다는 소리를 들었을 때, 동성애자인 부친이 호동에게 느꼈을 배신감과 격정은 이루 말할 수 없었으리라. 그렇다고 부친이 직접 동성애를 세상에 밝히는 것은 더더욱 있을 수 없는 일이다. 따라서 왕은 처음에는 호동과 원비의 관계를 모함하는 소리를 믿지 않았지만, 첫째 부인의 심각한 참언에 결국에는 의심을 할 수밖에 없었던 것이다. 그리고 이를 알아차린 호동은 부친(왕)에게 충성을 다해야 하는 아들이자 왕자로서 그 비밀스런 관계를 무덤까지 묻고 가고자 스스로 극단적 선택을 할 수밖에 없었다고 상상해볼 수 있지 않겠는가? 호동은 결국 대무신왕의 동성애가 세상에 드러나지 않도록 하기 위해 자살이라는 방법으로 효를 실천하고자 했던 것이다.

하지만 이유가 어찌 됐건 호동의 자살은 아름답지 못하다. 목숨보다 더 가치 있고 아름다운 것은 없기 때문이다. 그의 죽음과 번민은 안타깝지만, 그렇다고 그의 자살까지, 그리고 자살 이유까지 용서하거나 공감할 수 있는 것은 아니다. 자살 이전에 더 많은 경험과 고민을 해보고 이 세상이 얼마나 살 만한지를 한 걸음 물러나 냉철히 정리해보는 시간이 필요하다. 호동의 자살은 결국 사랑하는 이(낙랑공주)의 사랑도 스스로 챙겨줄 수 없게 되고, 빛나게 해줄 수도 없기 때문이다. 자살은 선택이 아니라 인간 생명의 존엄성을 파괴하는 행위일 뿐이다.

반면, 호동과는 다른 선택을 한 이들도 있다. 「옥소선 이야기」의 주인공 '옥소선'과 '생'이다. 이들은 신분을 뛰어넘는 사랑을 완성한 인물들이다. 그들은 현실의 속박을 피해 산속 오지로 숨어들어가 자신들만의 사랑을 지켜나가고자 했다. 하지만 그들은 그것이 영원한 행복과 사랑을 보장해주지 못한다는 사실도 잘 알고 있었다. 그렇기에 그들은 다시 부모와 세상 앞에 나와 당당히 인정받으려 하는 실천적 사랑과 용기를 보여주기에 이른다. 남녀 간의 불같은 사랑은 쉽게 꺼지게 마련이다. 그래서 진정한 사랑을 이루려면 현실을 직시하고 문제를 해결해나가려는 지혜가 필요하다. '옥소선'과 '생'은 자살이라는 극단적 선택이 아닌, 현실 문제에 정면으로 부딪치는 전략으로 신분을 뛰어넘는 사랑을 성취하게 된다. 자살만이, 죽음만이 외통수 사랑의 완성이 아님을 보여주는 좋은 예다. 이처럼 「호동왕자와 낙랑공주 이야기」와 「옥소선 이야기」는, 비록 결말은 다르지만, 공통적으로 '자살 불가론'이라는 입장에서 남녀의 사랑 문제를 이야기하는 고전 서사에 해당한다.

독일의 실존주의자 하이데거는 인간을 '죽음의 존재'라고 정의했다. 이는 인간만이 죽음을 인지하여 죽음으로 나아가는 유일한 존재라는 의미일 것이다. 삶과 죽음은 분리될 수 없으며, 죽음을 직시하는 사람만이 삶의 의미를 충분히 알 수 있다. 이런 점에서 삶은 참으로 공평하다. 생명은 인종과 국가, 남녀노소, 귀천과 상관없이 동등하며 소중하다. 그렇기 때문에 운영의 자살은 제3자 입장에서 볼 때 비겁하다. 하지만 운영 자신에게는 부끄러운 행동이 아니었을지 모르겠다. 그녀의 자살이 그저 안타깝고 먹먹하게 느껴지는 것도 바로 이 때문이다. 운영의 자살이 현재를 사는 우리에게 살고자 하는 힘과 용기를 불어넣어주는 반면교사가 되고 있는지 되물을 일이다.

소설 깊이 들여다보기

1 이생규장전

「이생규장전李生窺墻傳」(김시습 저)은 '이생이 담을 엿본 이야기'라는 제목의 한문소설로『금오신화』에 실려 있다. 개성에 사는 이생李生이 학당을 오가다가 최씨녀를 알게 되어 밤마다 담을 넘어 사랑을 나눈다. 하지만 아들의 행실을 알게 된 이생의 부모는 집안 차이를 들어 그를 울산 농장으로 보내버리고, 최씨녀는 상사병이 나 죽을 지경이 된다. 최씨녀가 이생을 향한 마음이 확고함을 안 부모들은 결국 이들의 혼인을 허락한다. 이생은 과거에 급제하고 행복하게 살았으나, 어느 날 홍건적의 난이 일어난다. 도망치다가 양가 가족이 모두 죽고 이생만 살아남아 슬픔에 잠겨 있을 때, 죽은 귀신 최씨녀가 나타난다. 이생은 그녀가 이미 죽은 여자인 줄 알면서도 열렬히 사랑한 나머지 의심하지 않고 반갑게 맞아 수년간 행복하게 산다. 그러던 어느 날 최씨녀는 이승의 인연이 끝났다며 사라지고 이생은 최씨녀의 뼈를 찾아 묻어준 뒤 그녀를 그리워하다가 병을 얻어 죽는다. 이처럼 작품의 전반부에서는 남녀 주인공이 문벌의 차이로 인한 어려움을 극복하고 사랑을 성취해나가는 과정을 그리고, 후반부에서는 불가항력적인 세계의 횡포(홍건적의 난)로 사랑이 파멸을 맞이하였으나, 그것마저 초월적 방법으로 극복해내는 과정을 그리고 있다. 하지만 현실의 질곡으로 인한 남녀 간의 안타까운 사랑을 보여준다는 점에서「운영전」과 유사한 비극적 결말을 지닌 작품이라 하겠다.

2 만복사저포기

「만복사저포기萬福寺樗蒲記」는『금오신화』에 실린 다섯 편 중 하나다. 전라남도 남원에 사는 총각 양생梁生이 만복사에서 외로이 지내다가 부처와 저포놀이를 해서 이긴 대가로 아름다운 처녀를 얻는다. 둘은 부부 관계를 맺고 며칠간 열렬한 사랑을 나누다가 다시 만날 것을 약속하고 헤어진다. 그런데 약속 장소에서 기다리던 양생은 그녀가 왜구의 난으로 이미 삼 년 전에 죽은 양반집 딸의 혼령임을 알게 된다. 여자는 양생과 함께 제사 음식을 먹은 뒤, 저승의 명을 거역할 수 없다며 사라진다. 슬픔에 빠진 양생은 절로 들어가 불공을 올리다 그녀의 환영을 보게 된다. 그녀는 자신이 다른 나라에서 남자로 다시 태어났다고 말하며 양생에게 불도를 닦아 윤회를 벗어나라고 권한다. 양생은 그녀를 그리워하며 지리산으로 들어가 약초를 캐며 지낸다. 그 후 그가 어떻게 되었는지 알지 못한다는 내용으로 끝이 난다. 역시 남녀 간의 간절한 사랑이 맺어지지 못하고 안타깝게 끝나고 마는데, 단순히 비극적 결말로 볼 것만은 아니고, 도교적 사상도 고려할 필요가 있다.

3   주생전

「주생전周生傳」은 남녀 간 삼각관계를 처음으로 다룬, 16세기 후반의 한문소설이다. 중국 촉주蜀州 출신의 주인공 주생周生은 번번이 과거 시험에 낙방하자 재물을 팔아 강호를 유람한다. 전당錢塘 땅에서 어린 시절 소꿉친구였던 기생 배도俳桃를 만나 백년가약을 맺는다. 그리고 배도가 드나드는 노승상盧丞相 집에 갔다가 탁월한 학식을 인정받아 승상의 아들 국영國英을 가르치게 된다. 그때 국영의 누나인 선화仙花를 보고는 사랑에 빠진다. 배도에게 이 일이 알려져 선화와 헤어지나 배도는 세상을 떠난다. 후에 장씨의 중매로 선화와 정혼을 하지만, 마침 임진왜란이 일어나 명나라 군으로 조선에 가게 되어 두 사람은 인연을 맺지 못하고 끝난다. 비극적 결말도, 행복한 결말도 아닌 열린 결말이라고 할 수 있겠으나, 남녀 간의 안타까운 사랑을 사실적으로 그려낸다는 점에서, 비록 방법의 차이는 있을지언정 기본적 서술 의식은 「이생규장전」, 「만복사저포기」 등과 크게 다르지 않다.

4   심생전

「심생전沈生傳」은 18세기 후반~19세기 초에 살았던 이옥李鈺의 작품이다. 서울 양반 집안의 심생은 우연히 길을 가다가 가마를 타고 가던 중인中人의 딸을 보고는 눈이 맞아 그녀의 뒤를 쫓아간다. 집을 알아놓은 심생은 매일 밤 담장을 넘어 처자의 방문 앞에서 그녀가 문을 열어주기만을 기다린다. 한 달여를 기다려 결국 뜻을 이루지만, 심생의 부모가 이를 알고 그를 북한산 산사로 공부하러 보낸다. 그녀는 심생을 그리워하다가 끝내 병이 들고, 죽기 직전에 심생에게 편지를 써서 보낸다. 후에 그녀의 죽음을 알게 된 심생은 글공부를 그만두고 무과에 급제하나 일찍 죽고 만다. 젊은 남녀가 신분의 차이 때문에 사랑을 이루지 못하고 안타깝게 죽음을 맞이하는 결말을 보이고 있다.

이생규장전

우리 시대의 담장을 엿보다

●   최초의 소설, 그 이름을 호명하는 이유

고등학교 3학년 국어 수업 시간의 풍경이다. 선생님이 묻는다.

"자, 우리나라 최초의 소설이 무엇이지요?"

학생들은 시시하다는 표정으로 답한다.

"김시습의『금오신화』요."

그러나 '왜『금오신화』가 최초의 소설인가?'라고 물으면 학생들은 모두 당황해한다. 물론 최초의 소설이『금오신화』인지,『춘향전』인지 아무려면 어떠냐고 반문할 수 있다. 최초의 소설과 관

련된 문제는 지식 자체에 있지 않다. 『금오신화』가 최초의 소설이라면, 그 이전 시기의 서사문학 작품은 소설이 아니란 말인가? 그렇다면 그 이전 서사 작품과 『금오신화』가 어떤 차이가 있고, 무슨 이유에서 『금오신화』를 소설이라 말할 수 있는지, 소설이란 무엇인지를 따지지 않을 수 없다. 정작 중요한 것은 최초의 소설이 『금오신화』라는 지식이 아니라 소설과 설화의 차이가 무엇이며, 소설의 특성과 본질이 무엇인지를 고민하는 것이다.

사실 현재 학계에서는 『금오신화』가 국내 최초의 소설이라는 견해에 맞서 나말여초羅末麗初의 「최치원」 같은 전기傳奇 작품이 최초의 소설이라는 논쟁이 뜨겁다. 후자의 경우라도 『금오신화』는 전기傳奇소설의 대표적 작품이라는 입장에서 중요하게 다뤄질 수밖에 없다. 그만큼 『금오신화』는 문제적이다. 당대의 시대 담론을 주도해 나갈 추동력을 지녔던 작품임을 방증한다.

그래서일까? 지금까지 『금오신화』와 관련해 다층적 논의가 가열하게 전개되어 왔음에도 불구하고 여전히 작품에 대한 재해석과 새로운 의미부여는 끊임없이 이루어지고 있다. 『금오신화』가 '고전'이라는 이름에 걸맞는 비중으로 다루어지고 여전히 재해석되는 것은 공감할 수 있는 지점이 많다는 데서 그 이유를 찾을 수 있다. 『금오신화』 다섯 편 중에서도 가장 문제적이라 할 수 있는 「이생규장전李生窺墻傳」을 통해 사랑의 욕망을 다시 읽어보도록 하자.

「이생규장전」은 '이생이 담장을 엿본 이야기'란 뜻이다. 작가는 '담장을 엿본 사건'이 이 작품의 핵심임을 천명한 셈이다. 그렇다면 여기서 '담장'이 의미하는 바는 과연 무엇인가?

여기 선남선녀의 주인공 이생과 최랑이 있다. 그들은 세 번의 만남을 가진다. 그중 첫 만남이 실제 '담'을 경계로 이루어진다. 이생이 그 담 너머를 엿보았기 때문이요, 또 그 담을 넘었기 때문에 둘의 낭만적 사랑이 시작될 수 있었다. 그런데 이렇게 사랑에 빠진 남녀 주인공은 집안의 반대라는 새로운 벽(담)에 부딪힌다. 둘의 사랑은 너무나 강렬했기 때문에 집안의 담마저 넘어 결혼하는 데 성공한다. 얼마 지나지 않아 홍건적의 난이 일어난다. 그 결과 두 사람은 또다시 '사별'이란 담과 맞닥뜨리고 만다. 우리가 살아가면서 마주할 수 있는 인생의 담들을 그들도 그렇게 만나고 있었던 것이다. 그런데 사랑의 눈물이 천제마저 감동시켜 죽은 최랑이 일시적으로 환생해 부부의 정을 나눌 수 있는 기회를 얻게 되었지만, 그마저도 얼마 후엔 영원한 담으로 가로막히고 만다. 최랑이 죽은 귀신으로서 '어쩔 수 없이' 천상으로 돌아간 것이다. 이생에게는 더 이상 넘을 담이 없다. 그래서 이생은 죽음의 '문'을 직접 열고 그녀 뒤를 따라간 것이다.

여기서 우리는 죽음의 담까지 넘어서고자 했던 이생과 최랑의 사랑에 주목하지 않을 수 없다. 작품에서 두 사람의 사랑을 끌고 나가는 것은 이생이 아닌 최랑이다. 최랑은 특유의 적극성과 과감성을 발휘해 주체적으로 남자 주인공 이생과의 사랑을 이루어낸다. 작품 처음부터 최랑의 적극적 면모가 드러난다.

> 최랑은 시중드는 여종 향이더러 담장 안으로 떨어진 물건을 가져오게 했다. 종이를 펼쳐 보니 이생이 쓴 시가 적혀 있었다. 두 번 세 번 되풀이 읽노라니 마음이 절로 기뻤다. 최랑은 작은 종이에 몇 글자를 적어 담장 밖으로 던졌다. 그 종이에는 이런 글귀가 적혀 있었다. '의심 마시고 밤에 이리로 오셔요.' (『이생규장전』)

최랑은 꽤나 대담한 면이 있는 여성이다. 이생을 유혹하는 시를 지어 읊은 것도 최랑이었고, 황혼녘에 만나자고 적극적으로 나선 것도 그녀였다. 마치 '사랑은 쟁취하는 거야' 라는 말을 실천에 옮기려는 듯이 말이다. 오늘날에도 우리 사회에는 여전히 무의식 중에 여자는 사랑에 있어 수동적일 때 매력적이라는 의식을 가지고 있다. 그에 비해, 최랑은 꽤 적극적이고 대담하다. 남녀 관계에 있어 적극적으로 행동하는 소설 속 여성 주인공들의 모습은 흥미롭지 않을 수 없다. 오히려 자신들의 애정 행각이 불러올 결과에 대해 걱정하는 이생을 향해 최랑은 일침을 가한다. 그리고 자신이 이 모든 일을 책임지겠노라 말한다.

훗날 우리의 사랑 누설되어서
무정한 비바람 맞으리니 가련도 하지.

이생의 읊조림을 듣자 문득 최랑의 얼굴이 굳었다. 최랑은 이
렇게 말했다.

"저는 평생 당신을 모시며 영원히 함께 기쁨을 누리고자 하건만,
서방님께선 무슨 말씀을 그렇게 하셔요? 여자인 저도 마음을 태
연히 먹고 있거늘, 대장부가 그런 말을 하다니요? 훗날 이곳에서
의 일이 발각되어 부모님의 질책을 받게 된다 한들 제가 감당하겠
어요."(「이생규장전」)

거침없이 말하는 최랑의 당당함 속에서 우리는 그녀가 이생
을 진심으로 사랑하고 있음을 느낄 수 있다. 사실 두 사람의 첫 번
째 만남은 애당초 이생이 담장 너머로 최랑을 훔쳐보았던 것이 아
니라, 이미 최랑이 담장 밖의 이생을 먼저 마음속에 두고 있었던
데서 시작된 것이었다. 그렇기 때문에 이생의 편지를 받자마자 최
랑은 적극적으로 만남을 끌고 나갈 수 있었던 것이다. 처음부터
관심을 표현한 것, 이생이 담장을 넘어 집에 들어오자 이것은 결
코 작은 인연이 아니라며 두터운 정의를 맺자고 한 것도 모두 최
랑이었다. 심지어 그녀는 두 사람의 결혼도 성사시켰고, 죽은 혼

령이 되어서도 부모님의 시신을 수습토록 알려주고 장례를 돕기까지 한다. 이렇게 본다면 「이생규장전」의 작품 제목을 소위 「최랑규장외전崔娘窺牆外傳」, 곧 '최랑이 담장 밖을 엿본 특별한 이야기' 정도로 바꿔야 하지 않을까 싶을 정도다.

● 사랑을 쟁취하기 위한 일탈

사랑의 매개체로써 담장의 의미는 광대하고 매력적이다. 그런데 담장이 아주 높고 굳건하였다면 담장 안의 세계에 이생은 관심조차 보이지 않았을 수 있다. 반대로 그곳이 활짝 열려 안이 훤히 들여다보이는 대문이었다면, 아마 그들의 사랑은 시작조차 하지 못했을 것이다. 보일 듯 말 듯 하여 사람의 호기심을 자극하고, 또한 대문처럼 손쉽게 걸어 들어갈 수 있거나 아예 쳐다보지도 못할 곳이 아닌, 비록 힘들지만 사랑의 힘이 있다면 넘을 수 있는 것이 바로 담장이었다. 이런 담장의 설정은 앞으로 펼쳐질 둘의 사랑을 예고라도 하듯 이중적 세계의 이미지를 잘 표현해 준다.

　게다가 담장의 설정으로 그 의미가 배가될 수 있었던 것이 편지였다. 처음 이생이 최랑을 만나는 장면이 눈길을 끄는 이유 역시 그들의 만남이 직접적인 만남이 아닌 '편지'를 통한 것이었기 때문이다. 편지 내용도 그들의 만남을 북돋는 주요 장치다. 한시로 쓴 편지 내용이란 자연물을 비유하여 매우 감각적으로 그려지고 있는데, 눈에 보이는 듯 그려지는 장면 묘사는 생생함 그 자체다. 말을 걸지 못하고 쪽지를 주고받는, 마치 남녀가 '내외'하는 듯한 모습에서 독자는 아슬아슬한 긴장감을 맛본다. 그러면서 오히려 인간 본연의 순수한 설렘과 마음을 자극하는 낭만적 사랑의 거울을 들여다보는 듯한 착각에 빠지기도 한다.

그렇다면 이생이 엿본 집은 어떠했을까?

하루는 이생이 최랑의 집 담장 안을 넘겨다봤다. 아름다운 꽃들이 활짝 피어 있고, 벌과 새들이 그 사이를 요란스레 날아다니고 있었다. 뜰 한쪽에는 꽃나무 수풀 사이로 작은 정자 하나가 보였다. 문에는 구슬발이 반쯤 걷혀 있고, 그 안에 비단 장막이 드리워 있었다.(『이생규장전』)

마치 선녀가 살 것만 같은 그 집 중에서도 최랑이 머물고 있는 곳은 꽃 숲 사이에 있는 누각이다. 이곳은 최랑의 부모님이 머물고 있는 곳과는 멀리 떨어져 있어서 웃으며 큰 소리로 이야기해도 들리지 않는 곳이다. 그렇기 때문에 최랑이 있는 곳은 평범한 현실과 또 다른 공간이다. 그래서일까? 최랑 역시 특별한 공간에 어울리는 인물이었다. 최랑은 애초에 이생을 남편으로 모셔 오래도록 즐겁게 지내려 마음먹고 있었다는 말을 할 정도로 당찬 여자였다. 혼인도 하기 전에 남자와 정분을 맺고 상사병까지 앓아누워 버린 것도 최랑이었다. 이런 당찬 여인이 살 수 있는 공간은 뭐가 달라도 달랐던 것이다. 바로 담장 안의 공간은 사람들의 사고방식부터 주변풍경까지 현실과는 전혀 다른 공간이다.

그런 공간을 이생이 담을 넘어 안으로 들어간 것이다. 그것은 이생이 자신이 있는 현실에서 최랑의 세계로 들어간 것을 뜻한다. 사랑하는 연인을 만나기 위해 자신이 살고 있는 세상에서 '일탈'을 감행한 것이다. 아무리 최랑이 당찬 여인이라 할지라도 이생의 과감한 결정과 행동이 없었다면 두 사람의 사랑은 이루어지지 못했을 것이다.

그러나 이생이 최랑과 처음 만나고 며칠 동안 그녀의 집에서 머물다가 떠나왔을 때, 그 둘은 헤어지게 된다. 최랑이 있는 세계를 떠나자마자 이별이 온 것이다. 또, 이생과 최랑이 우여곡절 끝에 혼인하게 되지만 얼마 지나지 않아 홍건적의 난이 일어나면서 최랑이 죽고 만다. 이생이 최랑의 세계로 들어가는 것은 가능했지만 최랑은 이생이 사는 현실세계로 들어갈 수 없는 운명이었던 것이다. 그러하기에 영혼이 되어서라도 돌아온 최랑은 얼마간 이생과 함께 할 수 있게 된다.

이 장면에서 현대의 독자들은 아쉬움을 토로하기 쉽다. 사랑의 쟁취에 대한 노력이 다소 밋밋하게 그려지고 있기 때문이다. 전반부에서 이생이 부모에게 별다른 거역이나 대항 없이 울주(울산)로 내려가는 것도 그렇거니와 이생과 최랑이 죽음으로 헤어질 수밖에 없는 장면에서 무책임한 이생의 모습을 포착할 수 있다. 전자에서 최랑이 병을 얻게 되었을 때 결국 그 문제를 해결하고 두 사람의 사랑을 이어주는 매개체는 이생이 아닌 부모이기 때문이다. 또한 후자에서 이생은 최랑을 죽음의 상황에서 끝까지 지켜내지 못했을 뿐더러 노력하는 모습도 보이지 않는다. 타자에 의한 일의 결과보다 이생이 사랑을 위해 눈물로 노력하는 모습이 있었다면 현대인들에게 좀 더 공감을 불러일으킬 수 있었을 것이다.

죽은 최랑을 다시 만나는 장면에서도 두 사람의 재회는 이생에겐 쉽게 얻어진 결과라는 느낌을 준다. 이생은 폐허가 된 집과 누각에서 슬픔에 잠겨 있을 뿐이었는데, 천제가 최랑을 불쌍히 여겨 이생에게 보내주었다고 설정되어 있기 때문이다. 그런 최랑을 아무런 노력 없이 다시 만나게 된 것이다.

영화 〈사랑과 영혼〉을 비교해 보자. 영화에서는 죽어서 혼령이 된 남자 주인공 샘이 여자 주인공인 몰리에게 자신이 곁에 있다는 것을 알리기 위해 안간힘을 쓴다. 샘은 노력 끝에 몰리의 눈앞에서 동전을 움직이게 되고 몰리는 샘을 느끼고 감동의 눈물을 흘린다. 이 장면이야말로 〈사랑과 영혼〉의 명장면 중 하나로 꼽힌다. 「이생규장전」에서는 이러한 눈물겨운 사랑의 쟁취를 향한 내용이 빠져 있는 것이다. 적어도 현대인의 시각에서는 이 점이 불만일 수 있다.

작품에서는 이생과 최랑의 영혼이 만나서 보낸 세월을 이렇게 서술하고 있다.

> 이생은 이제 세상사에 관심을 두지 않아 친척이나 어르신들의 경
> 조사에도 가보지 않고 집 안에 틀어박혀 있었다. 언제나 최랑과
> 함께 술잔을 기울이며 시를 주고받을 뿐이었다. 이렇게 부부가
> 금실 좋게 지내는 동안 어언 몇 년의 세월이 흘렀다.(「이생규장전」)

이때 이생은 사랑하는 최랑과 함께 하기 위해 그가 사는 세상
과는 다른 세상 속으로 뛰어들었다. 그랬기 때문에 평범한 일상생
활과는 다른 생활을 했다. 방문을 걸어 잠그고 죽은 혼령과 삼 년
을 함께 지낸 것이다. 정상인의 시각에서 보면, 죽은 혼령은 눈에
보이지 않기에 이생 혼자 방에서 대화를 나누고 손을 붙잡는 흉
내를 내고 함께 누워 자는 행동을 하는 등 미친 사람처럼 보였을
것임이 분명하다. 다른 세상(최랑의 세계)에 사는 것은 현실에서 사
는 것과는 분명히 다르기 때문이다. 결과적으로, 최랑은 항상 새
로운 공간에서 이생을 맞이하는 사람이었고, 이생은 그러한 최랑
의 공간으로 적극적으로 들어가는 사람이었다. 소설의 후반부에
최랑의 영혼이 떠나고 얼마 있지 않아 이생도 병을 얻어 죽은 것은
이생이 또다시 최랑의 세계로 들어갔음을 암시한다.

'이생규장'의 진정한 의미는 바로 여기에 있다. 「이생규장전」
의 주제인 '죽음을 초월한 남녀 간의 사랑'은 이생의 일탈이 없었

다면 불가능한 일이었다. 최랑의 적극적인 애정 표현과 당찬 태도 뒤에는 이생이 담을 엿보고, 그 담을 넘은 사실이 있었다. 즉, 자신이 살아왔던 평범한 삶 대신에 사랑하는 연인의 세계로 들어갔기 때문에 그 사랑은 지속될 수 있었던 것이다.

「이생규장전」은 이렇듯 사랑하는 사람에게 갈 수 없는 여자와 사랑하는 사람에게 가야만 하는 남자, 이 두 사람을 운명처럼 엮어놓았다. 이생이 '담'을 넘은 이유도, 최랑이 적극적인 애정표현을 했던 이유도 이러한 운명 때문이었다. 이때의 운명은 너무나 현실적이고 보편적이어서 동서고금을 막론하고 공감을 자아내기에 충분하다. 이 운명이 곧 살아가면서 남녀가 경험하는 갈등 그 자체인 것이다.

●　　　간절할수록 현실적인 사랑의 비극

죽음만큼 인간이 당면한 가장 큰 문제는 없다. 죽음은 인간에게 무한한 구속이자, 굴레다. 그렇기에 거기에서 벗어나려는 정신적 시도가 이루어지고 풍부한 상상력을 발휘할 수 있게 만드는 원동력이 되기도 한다. 여기서 「이생규장전」이 초월적, 비현실적인 상황을 설정해 놓고 있지만, 주인공들은 지극히 현실적인 인간의 모습을 보이고 있다. 남녀 주인공의 기이한 만남과 환신還身과의 사랑이라는 주제가 흥미로움에도 불구하고 오히려 주목하게 되는 것은 현실 공간에서 그들이 겪게 되는 절망적인 상황에 있다.

이생과 최랑의 첫 번째 위기는 부모의 혼인 반대다. 그러나 최랑이 병으로 쓰러지고 최랑의 부모가 다시 허락함으로써 문제는 해결된다. 얼마 후, 홍건적의 침입으로 최랑은 죽음에 이르고 이생은 간신히 목숨을 구하지만 깊은 슬픔과 절망감에 빠지고 만다. 혼인을 하여 행복한 삶을 보낼 것을 상상하며 행복에 빠져 있던 상태에서 그 누구도 예측하지 못했고, 또 그것을 외면할 수조차 없는 운명적 상황에 맞닥뜨리면서 받게 된 충격은 더 클 수밖에 없었다. 도적들은 집을 불태워버리고 사람과 가축을 고기 저미듯이 마구 살육하는 만행을 저질렀다. 위기의 순간에 우리가 상상하는 드라마틱한 상황이나 영웅소설 속의 영웅은 나타나지 않았다. 평온했던 삶의 터전이 아비규환의 현장으로 변했을 뿐이다.

여기서 우리가 느끼는 감정은 슬픔과 연민이다. 목숨을 잃은 최랑, 혼자 남겨진 이생에 대한 안타까움이다. 만약 지나가는 사람이 갑자기 번개를 맞아 죽게 된다면 그것은 어쩌다가 그런 불행을 겪게 되었을까 하는 마음에 연민을 느낄 것이다. 그러나 이생은 이러한 불행한 상황에 노출된 것으로 그치지 않는다. 슬픈 마음은 비통함으로, 비통함은 다시 절망감으로, 그리고 절망감은 다시 허무감으로 이어진다. '완연히 한바탕 꿈과 같다'라는 심적 토로를 통해서 그 허무함이 절정에 이르렀음을 알 수 있다. 어찌 보면 현실이 허무하기 때문에 현실이 중요하지 않다는 것이 아니라, 현실에 아무리 집착하고 애틋해 한다 한들 개인의 힘으로 모든 것을 가지거나 극복할 수 없는 상황이 더 안타깝고 먹먹하게 만드는 것이리라.

그런데 현실세계에서 가장 애틋하게 여기던 것을 잃은 이생에게 최랑이 환신으로 돌아오는 것이야말로 '비극적 상황'의 절정이라 할 만하다. 이생은 사랑하던 사람이 귀신이 된 것을 잘 알고 있었고, 사람으로서 귀신을 사랑할 수 없다는 사실도 잘 알고 있었기 때문이다. 그럼에도 불구하고, 모른 척, 아무렇지도 않은 듯, 다시 만나게 된 상황에만 '충실히' 반응하려는 이생의 모습은 도저히 극복할 수 없는 상황에 직면해 있으면서도 가장 소중한 것을 추구하고 싶어하는 몸부림의 다름 아니다. 2014년에 일어난 세월호 침몰 사건으로 더 이상 돌아올 수 없는, 사랑하는 영혼들을 그렇게 부르고 또 부를 수밖에 없는, 망부석이 된 유가족의 울부짖음이 바로 이생의 마음과 다르지 않다.

이것은 인간의 본질적인 갈망을 그대로 직시해 보여주는 것이지만, 그만큼 두려움 또한 증폭시켜 준다. 귀신임을 알고도 귀신인 그녀를 사랑할 정도로 최랑을 향한 마음이 간절하다면, 그러한 상대를 잃게 된 슬픔과 고통이 얼마나 컸겠으며 그 상황 또한 얼마나 비극적이었겠는가? 그러므로 그런 내면적인 고통과 절망을 직설적으로 토로하지 않고 귀신이 된 최랑을 만나도 상관없다는 이생의 절실한 마음이야말로 '죽음도 넘어선 환상적인 사랑'

이 아니라 '죽음을 넘어서고자 하는 현실적인 사랑'이라 할 것이다. 최랑의 환신을 만들어 낸 원인이 이생의 간절함 때문이라고 한다면, 그 환신은 구체적인 실상이 아닌 '상상 속의 현실'인 것이다. 그러한 상상과 간절함만큼 현실적이고 보편적인 것은 없다.

이생과 최랑이 죽음을 초월해 '상상 속 현실' 세계에서 수년을 보내지만 어느덧 세 번째 이별이 다가왔다. 저승으로 가야 하는 운명인 최랑은 결국 함께한 세월이 무상하다 싶게 종적도 없이 사라져 버리고 이생은 또다시 홀로 남게 된다. 하지만 그는 이전과는 다른 모습을 보인다. 첫 번째 위기에서는 부모의 도움으로 뜻을 이루고, 두 번째 위기에서는 간절한 마음으로 뜻을 이루지만, 세 번째 위기에서는 앞의 경우와 사뭇 다르다. 앞의 두 경우와 달리 현실 공간 속에서 다시 최랑을 만나는 일은 없을 것이며 이생마저도 현실 공간을 떠나게 되기 때문이다.

첫 번째 위기 이후에 바로 세 번째 위기가 이어져 나타난 것이라면, 끊임없이 사랑만을 갈구하다가 이에 집착한 나머지 결국 아무것도 얻지 못하고 죽음에 이른 것이라 생각하기 쉽다. 그러나 두 번째 위기에서 이미 이생은 한 단계 달라진 모습을 보여준다. 현실에서 욕망하고 행하고자 하던 것들이 사라져버렸을 때 그것은 한바탕 꿈과 같다고 깨닫게 되는 지점과 맞닿아 있다. 더욱이 최랑이 이미 죽은 사람이라는 것도 자각하고 있었고, 그럼에도 불구하고 다시 만남을 가졌다는 것은 이생이 마냥 최랑을 사모하고 그리워하여 병을 얻은 것이 아니라 오히려 현실에서 부여잡고 있던 집착의 끈을 놓아버린 까닭에서였다.

사랑하는 사람이 죽었는데 그녀가 귀신이 되어 돌아왔을 때, 정말로 그 상대를 과연 이전처럼 대할 수 있을까? 그리고 이전과 분명 다른 존재임을 인식하면서도 기쁘고 벅찬 마음에 의심조차 하지 않을 수 있을까? 만약 그러기 어렵다면 이는 인간이 처할 수 있는 가장 심각한 비극 중의 하나임에 틀림없다. 여기에 사태의 비극성과 심각성, 그리고 현실성이 자리 잡게 된다.

결국 「이생규장전」에서 비극성은 사건의 결말이 아니라 서사 과정 전체에 걸쳐 내재화된 갈등의 과정에 있다 할 것이다. 다시 말해, 진정한 비극은 사건의 결말에 있지 않고 갈등 과정에 있는 것이다. 이렇게 본다면 「이생규장전」에서의 비극은 '아이러니' 그 자체라 할 것이다.

● 순수한 사랑에 대한 열망을 담다

앞서 언급했듯이, 이생과 최랑은 황혼녘에 만나 시를 주고받으며 마음을 확인한다. 이때 두 사람이 주고받는 시를 따라가며 읽노라면 관능적인 분위기마저 느껴진다. 결국 둘은 사랑을 나누며 수일을 보낸다. 남녀가 혼인이라는 제도적 통과의례를 거치지 않고 육체적인 애정 관계를 맺는 것은 유교 사회에서 용납될 수 없는 행위임에 틀림없다.

　그러나 이러한 사실보다 더 의아한 점이 있다. 자기 자신의 입으로 "단지 규중의 예법만을 알고, 다른 것은 잘 알지 못한다"라고 한 최랑의 말과 행동에 일관성이 없다는 점이다. 낯선 남자에게 유혹의 시를 읊고, 은밀히 만날 것을 제안한 뒤 그 날 바로 남녀 간의 정을 맺는 것은 규중의 예법만 알고 다른 것은 잘 알지 못하는 여자의 행동이라 보기 어렵기 때문이다. 소설의 중반부에서 최랑은 도적에게 능욕 당하지 않기 위해 목숨까지 버린다. 이렇듯 여자의 정조와 절개를 중요시하는 최랑이 이생과는 너무 쉽게 정을 나누는 것은 분명 이상해 보인다.

　물론 서로가 첫눈에 반했고, 시를 주고받으며 서로의 마음을 확인한 사실 등으로 미루어 본다면 이생과 최랑이 서로 사랑을 느꼈을 수 있다. 그러나 몇 수의 서정시로 서로의 애정을 갈구하고 감정을 전달했다고는 하지만, 서로에 대해 몰라도 너무 모르는 상태였다. 구애의 과정을 길게 묘사하고는 있지만, 남녀주인공들이 만나서 성적 결합을 갖기까지의 시간은 단 하루만으로도 충분했다. 이런 예는 『춘향전』에서 이도령과 춘향이가 낮에 만나 그날 밤에 운우지정雲雨之情을 나누는 것과도 상통한다. 시간적 거리가 어언 천 년에 이르지만, 문학 작품 속에서 남녀가 성적 결합을 이루는 서사 전통 역시 그만큼의 역사를 지니고 있다고 할 것이다. 이때 두 남녀 주인공들은 오랜 시간 정신적인 연정의 교환 기간을 거친 후 비로소 육체적인 결합에 이르는 것이 아니라, 만남이 곧 육체적인 결합으로 이어지고 있는 것이다. 그래서 이들의 첫날밤은 다분히 즉흥적이고 충동적이다.

이생은 자신들의 행각이 밝혀질까 걱정하긴 했지만, 혼전의 성적 결합 자체의 옳고 그름에 대한 갈등이나 죄의식은 전혀 보이지 않는다. '성'에 대한 인식이 점점 더 개방적으로 변해가는 요즘도 혼전 순결 문제는 의견이 분분하다. 오늘날 우리 사회에는 여전히 '성'을 은밀한 것으로 여기며 점잖은 체 하지만, 막상 그 이면에는 더 비정상적이고 추악한 행태들이 적지 않다. 여성의 육체적 순결이 여전히 강조되고 있으면서도 사랑과 결혼, 그리고 육체적 관계는 자유로움의 도를 넘어선 느낌이다.

이에 비하면, 작품 속에서는 남녀의 만남 자체를 성적인 결합으로 의식하고 있었다. 부언컨대, 적어도 고소설 속 남녀 주인공의 성적인 결합에 있어서는 이성 간 만남은 진실하다는 전제, 아니 믿음이 있었기 때문에 곧바로 성적인 결합을 이루는 것이 사랑을 확인하는 확실한 방법이었던 것이다. 이것은 애정을 정신과 육체, 마음과 몸으로 이분화하지 않았다는 것을 의미한다. 사랑을 전제로 하는 한 결혼을 하기 전에는 반드시 육체적인 순결을 지켜야 한다는 성의식조차 찾아볼 수 없다. 남녀가 만나서 마음이 원하는 대로 즉흥적인 육체관계를 맺는 것이 사랑이라고 작품 속 주인공들은 인식하고 있었던 것이다. 그렇기에 소설 속 남녀 간 사랑은 맑은 호수처럼 순수하기만 하다. 역설적으로 작품 속 사랑은 현실적이지 않다고 말할 수 있다. 현실에서 그렇지 못하기에 가상으로 그런 순수한 사랑을 욕망한 결과일 뿐이다. 현실은 결핍의 세계이고, 그런 결핍의 상태를 극복하려는 욕망을 담아낸 것이 바로 소설인 것이다.

그런데 이생과 최랑에게 있어 혼전의 순결관과는 달리 정조관은 중시되고 있음을 간과할 수 없다. 최랑이 도적에게 붙잡혀 정조를 잃을 위기에 처하자, 서슴없이 자신의 목숨을 내버렸기 때문이다. 정조관이라는 도덕규범은 목숨보다 더 중요한 것으로 철저히 고수되었던 것이다. 사랑은 불장난처럼 시작되었더라도 필사종부必死從夫의 관념만큼은 기필코 지켜야 할 신념이자 절대적 가치였다. 고소설이 음탕하고 허무맹랑한 이야기라고 치부되면서도 유교 사회에서 상하층을 아우르는 독자층을 형성하며 발달해 올수 있었던 면죄부와 같은 것이 바로 유교 이데올로기였던 것이다. 이것이 고소설이 근대 소설과 구별되는 주요 특질이기도 하다.

이처럼 고전 작품 속 애정관과 정조관은 당대의 가치관을 대변하는 동시에 오늘날 우리에게 적잖은 시사점을 던져준다. 물론 21세기를 살아가는 우리에게 목숨을 내버리면서까지 육체적인 정조를 지켜야 한다고 말하는 것은 아니다. 그러나 남녀가 사랑을 하고 성적인 관계를 맺고 결혼을 하는 데 있어, 서로의 진실한 사랑과 정신적인 지조가 그 바탕이 되어야 할 것은 예나 지금이나 동일하다. 쉽게 육체적인 관계를 맺고, 유행처럼 이혼을 하면서도 겉으로는 혼전 순결을 강조하고 성에 관한 언행을 금기시하는 현대인의 모습은 여전히 불편한 진실이 아닐 수 없다. 사랑 앞에 진실해지고, 진실한 사랑을 바탕으로 남녀의 관계가 이루어질 때 우리의 사랑 이야기도 이생과 최랑의 이야기처럼 후세에 널리 기억될 수 있지 않을까?

● 21세기의 이생과 최랑을 만나다

고전 작품 감상은 관점이 다른 다양한 해석과 적용을 넉넉히 허용하는 매력이 있다. 게다가 현대에 의미 있는 스토리텔링으로 재창조되거나 부활할 수 있다. 시점이 다른 해석들과 판타지와 멜로라는 오락적 요소들을 가미하여 멋진 영화나 드라마를 만들 수 있는 매력적인 요소를 「이생규장전」 역시 다분히 함유하고 있다. 실제로 「이생규장전」이 갖는 서사상 특징 중 하나인 환생 모티프는 오늘날 소위 판타지소설, 또는 영화 영역에서 종종 사용되는 형상화 기법의 한 축이기도 하다. 이러한 판타지적 요소가 현대와 소통할 수 있는 자질과 콘텐츠를 충분히 가지고 있음을 남이 발견하는 것이 아니라 바로 나 자신이 발견하는 일이 긴요하다.

일본 소설 『지금, 만나러 갑니다』는 죽기 전 비 오는 계절에 찾아온다던 미오가 어느 여름 장마 때 환생하여 돌아와 남편 타

쿠미, 아들 유우지와 즐거운 한때를 보내다 돌아가는 내용의 작품이다. 한국 관객들도 환생한 아내와 가족의 만남과 사랑 나눔에 많은 눈물을 쏟고 공감을 표했다. 〈고스트맘마〉는 죽은 아내가 영혼으로 돌아와 남편과 사랑을 나누다가 그 한계를 느끼고 남편을 다른 이와 이어주는 영화로 기억된다. 그 밖에 너무나 잘 알려진 〈은행나무 침대〉나 〈사랑과 영혼〉, 〈천녀유혼〉 등의 영화도 귀신 혹은 영혼과의 사랑을 다루었는데, 국내 관객들에게 많은 감동과 재미를 선사했다. 바로 제2, 제3의 「이생규장전」인 셈이다.

그렇다면 이러한 비현실적 사랑이야기가 최첨단 문화를 자랑하는 오늘날에도 끊임없이 만들어지는 이유는 무엇인가?

무엇보다 작품 속 주제라 할 수 있는 현실의 굴레를 벗어나고픈 욕망이야말로 시공간을 초월해 인간이 추구하고자 하는 보편적인 욕망이기 때문이다. 현실은 인간의 욕망을 충족시켜 주기 어려운 절대 결핍의 세계다. 인간이 추구하는 쾌락과 욕망이 현실에서 허용되지 못하는 경우가 너무 많기 때문이다. 그래서 인간은 상상을 통해서라도 욕망을 꿈꾸고 일탈을 추구하고, 볼온성을 지향하기까지 한다. 이러한 이유에서 현실의 벽에 부딪혀 사랑이 파국을 맞은 사람이 상상 속에서 사랑의 완성을 그려보고자 하는 것이다. 어느 시대에나 몽상적인 기법을 활용한 문학 작품, 예술이 존재하는 이유가 바로 이 때문이다.

두 번째 이유는 인간의 타락성과 그 반항이란 측면에서 찾을 수 있다. 문명이 발달할수록 인간은 점점 더 타락해 가고 세상은 불순해져간다. 아니 좀 더 정확히 말하면, 현대인 다수가 이렇게 생각하고 이것을 염려한다. 따라서 이에 맞서서 인간성을 회복하고자 하는 욕구 또한 강력하다. 세상이 불순해지면 질수록 순수함을 추구하려는 욕망 또한 강력히 제기되며, 인간이 타락하게 될수록 또 다른 한편으로 순결함을 갈망하는 욕구가 분출된다. 순수하지도 순결하지도 않은 사랑으로 인간관계를 맺는 현실 생활의 이면에서 순수하고 순결한 사랑을 꿈꾸는 욕망은 동서고금을 막론해 소설을 작동시켜 온 원동력이다. 그것이 방법상 소설로, 영화로, 드라마로 달리 표현될 뿐 그 본질적 욕망은 예나 지금이나, 동양이나 서양이 같다.

그렇기에 오늘날 영화 〈사랑과 영혼〉을 보면서 느꼈던 감동이나 판타지소설을 읽으면서 느끼는 카타르시스는 과거 『금오신화』의 독자들이 죽은 영혼과의 사랑 이야기를 읽으면서 느꼈던 가상현실의 꿈과 본질 면에서 다르지 않다. 변화하는 세상 속에서 그 본질은 변함없이 시간의 흐름을 타고 전해져 온다. 대중의 기호가 변해감에 따라 전통의 재창조에도 강한 손길이 더해져 가는 것이 그 전통의 형질을 지켜나갈 수 있는 좋은 선택이라고도 할 수 있다.

오늘날 우리에게 「이생규장전」은 무엇인가? 자동적으로 '최초의 소설'이라는 수식어가 붙는 화석화된 지식이 아니라 진주를 품고 있는 조개의 속살과 같음을 알아차렸는가? 굳이 판타지와 멜로라는 장르의 어느 중간쯤 위치한 것으로 연결시켜 설명할 필요도 없다. 다만 고전은 고리타분하다는 무척 소극적이고 일방적인 판단을 내리기에 앞서, 또는 문학교과서를 앞세운 천편일률적 해석과 적용의 방식으로 학생과 대면하기에 앞서 조금이라도 작품 속에 나타난 인물의 성격과 그 관계성, 세계의 불가항력적 국면을 나의 문제로, 우리의 현실로 환치시켜 고민해 보는 기회로 만들면 그것으로 족하다. 「이생규장전」을 단순히 남녀 간의 사랑을 주제로 한 작품으로 외우지 말고, 여러 가지 인생의 보석을 숨겨 놓은 서사 놀이터로 바라보는 사고의 전환이 필요하다.

대하장편소설

소운성의 나이 10세가 되었는데, 석파가 그의 기운이 하늘을 찌름을 보고 그를 한번 속여야겠다고 생각했다.

하루는 여러 어린 소저들에게 팔에 주점朱點을 찍는데, 운성이 곁에 있었다. 이때를 타 팔을 내라고 하니, 운성이 무심코 팔을 내밀었다. 석파가 우겨서 앵혈鶯血을 찍으니 운성이 급히 씻었지만 벌써 살에 들어가 옥 같은 팔뚝이 앵두같이 되었다. 석파가 크게 웃으며 말했다.

"네가 매우 사나우니 앵혈로 표시해두고 부인을 얻게 해야겠다."

운성이 어찌할 도리가 없어 웃으며 말했다.

"늙은 할미가 할 일이 없으면 청산靑山의 소나무 아래에 깃들어 만년토록 살기나 할 것이지 어찌 이런 장난을 하는가?

석부인이 꾸짖어 말했다.

"네가 이렇듯 말을 가리지 않고 할머니를 욕하니, 승상께 고하여 벌을 받도록 해야겠다."

운성이 사죄하고 나서 서당으로 나와, 다시금 팔을 보고는 싫어하며 생각하였다.

'내가 세상의 기이한 남자이고 대장부인데, 어찌 여자의 앵혈을 찍고서 한시라도 있겠는가?'

계속 고민하더니 홀연 깨달은 듯이 웃으며 말했다.

"석파가 나를 못살게 구니 내가 계교를 내어 그를 속여야겠다."

몸을 일으켜 안으로 들어가 일희당 동산에 올라가 굽어보니, 석파는 없고 그가 키우는 소영이 난간 밖에서 놀고 있었다. 소영은 석파의 외족外族으로 부모가 모두 죽어 석파가 데려다가 길러 괜찮은 사람을 구하게 되면 맡기려 하였다. 그녀의 나이는 12세이고 재주와 용모가 매우 빼어났다. 운성이 석파를 미워하여 마음속으로 웃으며 말했다.

"내가 당당히 소영을 첩으로 삼아 앵혈을 없앨 것이다."

몸을 낮게 하여 난간에 와서 소영을 옆에 끼고 동산에 이르러 소영을 위협하며 말했다.

"네가 만약 소리 내어 발악하면 부친께 고하고 너를 죽일 것이다."

소영이 두려워 소리를 못 내니, 운성이 기뻐하며 친압^{親狎}하고 나서 당부하며 말했다.

"너는 조금도 이를 발설하려는 마음을 먹지 마라. 내가 나중에 너를 첩으로 삼겠다."

말을 마치자 몹시 웃고는 자기 팔을 보았다. 앵혈이 없기에 환희하며 서당으로 돌아갔다.(『소현성록』)

여성 독자를 위한 소설

고소설 작품 중에는 수십 책에서 수백 책에 이르는 매우 많은 권수로 이루어진 소설이 있다. 이들을 흔히 대하장편소설이라 부르는데, 분량이 여느 고소설 작품보다 훨씬 길고 복잡한 서사를 자랑한다. 오늘날 박경리의 『토지』나 조정래의 『태백산맥』 분량에 해당하는 고소설 작품들이 이미 조선 후기에도 상당수 존재했던 것이다. 이들 작품들은 한글 소설로, 17세기 후반에 『소현성록』이 나타난 이후로 18세기에는 서울에서 인기 있는 독서물로 자리 잡았다. 당시 대하장편소설의 주 독자는 사대부 집안의 여성들이었다.

그 시기 서울에 세책점●이 있었는데, 여기서 취급하던 소설책들이 주로 대하장편소설 작품이었다. 세책점 주인은 긴 분량의 책

● 오늘날의 도서대여점과 비슷한 역할을 하는 가게.

을 취급해야 대여해 가는 책의 수도 늘어나 이윤을 많이 남길 수 있었다. 따라서 작가들은 여러 대(특히 삼대)에 걸친 이야기를 기본 서사로 삼고, 집안과 집안이 혼인하면서 여러 친인척 구성원 간에 벌어지는 다양한 갈등을 복잡하게 엮어나감으로써 서사의 폭과 서사상 갈등을 확대시켰다. 내용의 성격상 교양도서 겸 수신서修身書면서 심심함을 물리칠 수 있는 독서물이기도 했다.

사대부 집안 여성들이 이런 종류의 책을 즐겨 읽은 것은 교훈과 재미가 적절히 어우러져 있었기 때문이다. 그리하여 여성 독자를 중심으로 폭발적 인기를 누리자 급기야 궁중도서관인 낙선재樂善齋까지 흘러들어가 궁중 여성들이 이를 열심히 필사하거나 애독하곤 했다. 낙선재에 소장되어 있던 소설 작품들을 일명 '낙선재본 소설'로 부르는 것도 바로 이 때문이다.

그런데 대하장편소설에서만 발견되는 독특한 서사 모티프가 있다. 바로 앵혈 모티프다. 흥미롭게도 이 앵혈 모티프는 중국이나 일본에는 없고, 오로지 한국 대하장편소설에서만 보인다. '앵혈'은 문자 그 자체로는 '꾀꼬리의 피'라는 뜻이다. 이는 남녀의 처녀성을 확인할 수 있는 '붉은 점'을 뜻한다.

그렇다면 실제로 소설 속에서 앵혈을 어떤 모습으로 그리고 있을까? 대하장편소설에서 앵혈은 실로 다양한 모습으로 나타난다. 꾀꼬리 피로 문신한 자국으로 나타나기도 하고, 팔목에 꾀꼬리 피를 묻혔을 때 묻는지 여부에 따라 처녀성을 판단하는 모습으로 나타나기도 하고, 팔에 묻히면 피가 살갗에 스며들어 물이 들어 없어지지 않다가 성교를 하면 사라지는 모습으로 나타나기도 한다.

이런 앵혈은 어떻게 시작된 것일까? 앵혈의 유래와 관련해서는 두 가지 설이 유력하다. 첫 번째 설은 궁녀를 선발할 때 이용했다는 것이다. 실제 조선왕실의 궁녀였던 김명길 상궁의 증언에 따르면, 궁녀를 선발할 때 13세 이상의 처녀에게는 앵무새의 피를 팔목에 묻혀 묻을 경우에만 처녀로 인정하여 궁녀로 선발했다고 한다.

여기 한 가지 궁녀 선출의 희귀하고도 재미나는 방법은 처녀성의 감별법이다. (중략) 간혹 소주방이나 세답방 내인으로 13세 이상 숙성한 소녀가 후보자 중에 끼어 있을 경우에 한한다. 즉 의녀醫女가 앵무새의 생혈生血을 그 팔목에 묻혀보고 이것이 묻으면 처녀이고, 안 묻으면 처녀가 아니라는 것이다.(『조선조 궁중풍속 연구』)

김명길 상궁의 증언을 채록한 위 기록에 따르면, 궁녀를 선발할 때 앵무새의 피를 사용했다고 한다. 하지만 실제로 처녀성을 감별하기 위해 앵무새의 피를 이용했을 가능성은 매우 낮아 보인다. 앵혈을 궁녀 선발에 사용했다면, 일반 가정에서 발생한 성범죄 사건을 다룰 때도 유사한 용도로서 앵무새 피를 이용하는 것이 자연스러웠을 법하다. 하지만 어느 문헌에서도 앵혈을 이용했다는 기록은 보이지 않는다. 다만 대하장편소설에서만 언급될 뿐이다. 더욱이 당시 조선에서 앵무새가 희귀종이었음을 감안하면 궁녀를 선발할 때 처녀성 감별에 사용한다거나 간통, 강간 사건을 재판할 때 사용할 수 있을 정도의 피를 채취하기조차 힘들었을 것으로 보인다.

앵혈의 유래에 대한 두 번째 설은 중국의 수궁사守宮砂를 창작적으로 변용한 것이라는 것이다. 수궁사란 중국 고소설에서 처녀성 감별을 위해 사용하던 도구다. 도마뱀에게 주사(朱砂, 붉은 모래)를 먹여 기르면 온몸이 붉어지는데, 잘 키운 다음 이를 빻아서 여자의 몸에 바르면 죽을 때까지 없어지지 않고 오직 성교를 할 때만 없어진다고 한 기록이 중국의 『박물지博物志』에 보인다. 따라서 수궁사 자체는 실재했을 가능성이 높다. 하지만 우리나라는 중국과 달리 수궁사를 만들 정도로 큰 도마뱀이 서식하지도 않았고, 실제로 이용했다는 기록도 찾아볼 수 없다. 따라서 앵혈이 수궁사를 변용한 것이라고 보기는 어려울 듯하다.

이 두 설을 종합할 때, 앵혈은 우리나라에 실제로 존재하지는 않았고, 중국의 수궁사를 변용한 가상물로서 고소설 속에만 등장했을 가능성이 높다. 더욱이 수궁사가 언급되는 중국 소설 작품은 매우 소수고, 그런 작품의 출판 시기 역시 앵혈이 처음으로 등장하는 우리 장편소설(『소현성록』, 17세기 후반)보다 200년 가까이 뒤진다. 앵혈이 수궁사에서 유래했다고 단언할 수 없는 또 다른 이유다.

앵혈은 주표, 홍점, 앵점 등으로도 불린다. 이들 용어의 공통점은 붉다는 것이다. 이로 보아 작품 속 앵혈은 실제로 앵무새의 '피'나 앵두 열매의 '즙' 같은 것을 이용했다는 의미보다는 그와 같이 붉은빛을 띤다는 사실을 강조하기 위한 목적에서 사용되었다고 할 것이다.

●   중국의 '수궁사'와 한국의 '앵혈'

중국 고소설의 수궁사와 한국 고소설의 앵혈은 여성의 처녀성을 감별하기 위한 도구로 인식되었다는 공통점이 있다. 하지만 구체적으로 들여다보면 차이가 난다.

무엇보다 우리 고소설의 앵혈과 달리 중국 고소설의 수궁사는 모든 여성에게 찍어놓는 점이 아니다. 즉 특정한 이유와 목적이 있는 여성만 진정성과 처녀성을 입증하는 징표로서 보여주는 점이었던 것이다.

앵혈은 대하장편소설에서 모든 여성에게 점으로 찍혀 있는, 제도적 표지로 등장한다. 즉 국내 소설 작품에서는 앵혈이 신분이나 목적에 상관없이 어린 시절 누구에게나 나타난다. 거기에다 앵혈은 작품에서 단순히 처녀성을 감별하는 데만 쓰인 것이 아니라, 순결 및 신분 관련 사건에서 법적 증거력이 있는 표시로 인식되어

서사 장치로 효과적으로 사용되었다.

또한 수궁사는 여성에게만 이용된 반면, 앵혈은 여성뿐 아니라 남성의 동정을 감별하는 도구로까지 쓰인 것이 다르다.

그렇다면 대하장편소설에서는 앵혈 모티프가 어떻게 나타나고 있을까? 많은 대하장편소설에서 다양한 서사적 기능을 수행하기 위한 목적으로 앵혈 모티브를 사용했다. 특히 여성의 순결을 보여주기 위한 목적으로, 때로는 남성의 순결을 드러내기 위한 목적으로, 또는 여성의 신분을 드러내기 위한 목적으로 자주 사용했다.

여성의 순결을 드러내기 위한 목적으로 앵혈을 사용한 예를 보도록 하자. 간통죄에 연루된 여성들의 순결 여부를 보여주기 위해 앵혈을 이용한 작품에서는, 앵혈 모티브가 독자가 인물의 선악을 판단하고 사건의 결말을 예측할 수 있도록 도와준다. 그런가 하면 부부의 합궁 여부를 판단하는 데도 이용된다. 대하장편소설에서 부부의 합궁 여부는 작품의 서사상 가문의 번창과 연결되어 매우 중요하게 여기던 것이었다. 따라서 부부의 금슬을 판단하는 데 앵혈의 존재 유무가 중요한 기준이 되는 것이다. 그 밖에도 앵혈은 남편이 부인을 성적으로 박대하고 있음을 암시하는 표시로 사용되기도 하고, 여성이 남편과의 성관계를 거부하는 서사에서도 활용된다. 그뿐만이 아니다. 여성이 다른 남성과 간통한 사실을 나타내거나 성폭력을 당한 것을 보여주기 위한 목적에서 앵혈의 존재 여부를 확인하기도 한다. 남성에게 앵혈을 보임으로써 결혼으로 이어지거나, 간통 후 앵혈을 조작한 음녀가 최후에 벌을 받는다는 내용으로 구체화되기도 한다.

그런가 하면 여성임을 증명하려 한다거나 가족 관계나 이름을 드러내고자 할 때, 또는 기혼자라는 것을 드러내고자 할 때도 앵혈을 사용했다. 여성의 신분을 증명하는 수단으로 앵혈을 사용한 경우, 주로 처녀라는 신분을 증명하거나 남장을 한 사람이 '여성'이라는 것을 드러내는 방식으로 처리한다. 가족 관계와 이름을 증명하는 수단으로 앵혈을 사용한 경우에는 변란 중 헤어진 가족이 앵혈로 이름이나 성 등을 적어두었다가 후에 그것을 보고 가족임을 확인하는 방식으로 서술해나가기도 한다. 그 밖에도 정혼 사실을 드러내고자 할 때 앵혈을 사용한다. 전쟁으로 인해 헤어지고 고난을 겪은 남녀가 상봉할 때도 이 앵혈을 통해 정혼자임을 확인하는 것이다.

대하장편소설에서는 등장인물의 처녀성을 겉으로 드러내는 서사에서 앵혈이 가장 빈번하게 나타난다. 『옥루몽』•에서 앵혈 모티브가 등장하는 장면을 보자.

● 1840년경에 남영로南永魯가 지었다고 알려져 있다. 분량은 『구운몽』의 세 배나 된다. 구성이 치밀하고 표현력이 빼어날 뿐 아니라 여성 인물들이 개성 있게 그려져 있어서 조선 후기에 가장 많은 인기를 모은 소설 가운데 하나다.

노랑老娘은 의아하게 여기며 마음속으로 몰래 생각했다.

"나의 칠십 늙은 눈으로 세상일을 많이 보았기 때문에 사람의 정이나 사물의 모습을 한 번 보기만 해도 그 뜻을 대강 짐작할 정도다. 저런 미인(벽성선-인용자)이 어찌 나쁜 행실을 저질렀을까?"

그녀는 다시 자세히 살펴보았다. 순간 그 미인이 갑자기 길게 탄식하면서 돌아눕고는 옥 같은 팔뚝을 이마 위에 놓더니 곧바로 코를 골며 잠이 들었다. 놀라 자세히 살펴보니, 다 떨어진 적삼이 말려서 올라가 반쯤 드러난 팔뚝에 붉은 점 하나가 촛불 아래 분명히 보였다. 마치 구름 위 하늘을 날던 선학仙鶴이 그 정수리의 붉은 점을 드러내는 듯, 망제望帝의 원혼이 울면서 붉은 피를 토해내듯, 평범한 붉은 점이 아니라 이는 분명 한 점의 앵혈이었다. 노랑은 마음이 서늘해지고 가슴이 철렁하면서 칼을 들어 스스로 생각하였다.

'여자의 질투는 예부터 있었다. 하지만 증자가 살인했다고 거짓말을 한 것이나 효기孝起가 불효했다고 거짓말을 한 일은 내가 불쾌하게 여기는 바다. 나는 항상 의기義氣를 좋아한다면서 이 같은 사람을 구하지 않는다면 하찮은 여자가 되는 것을 면치 못하리라.'(『옥루몽』)

나이 칠십 세의 여자 자객인 노랑이 여주인공 벽성선을 죽이러 왔다가 앵혈이 선명한 벽성선을 보고, 그녀의 순결에 감탄하면서 오히려 그녀를 살리는 것이 의로운 일이라 여기게 되는 장면이다. 팔뚝에 선연한 붉은 점인 앵혈이 있기 때문에, 그것을 지닌 벽성선을 믿을만한 여인으로 여긴 것이다.

한편 남성의 순결을 드러내는 표지로 앵혈을 활용한 예는 매우 적다. 주로 남성이 동정이라는 사실을 드러내어 작중의 다른 사람들이 남성을 비웃는 사건에서 사용하는 정도다. 이 경우 남성은 앵혈을 애써 지워버리고자 한다. 본래 여성에게만 있어야 하는 앵혈이 있는 것 자체를 부끄럽게 여겼기 때문이다.

그런데 남성들이 앵혈을 지우기 위해, 총각 딱지를 떼기 위해 선택하는 상대는 주로 남성들이 쉽게 굴복시킬 수 있는 여성들이었다. 여기서 우리는 앵혈 모티브에 내재된 남성 중심적인 시선을 읽어낼 수가 있다.

● 　　앵혈 모티브에 드러나는 성도덕

이처럼 앵혈은 제도화된 혼전 순결의 징표라 할 수 있다. 앵혈을 주로 여성에게만 표시했다는 사실에 주목해보면, 앵혈 모티브를 성적 욕망과 연관 지을 수 있다. 특히 앵혈 모티브에는 남성 중심적인 시선이 강하게 담겨 있다. 여성을 억압하는 태도를 조장하고 여성의 정절 이데올로기를 강조하는가 하면, 처녀성을 겉으로 드러냄으로써 성차별을 조장하는 기제로 작용하고 있다고 할 것이다. 남성의 앵혈은 주로 그를 희롱하기 위한 서사에서 사용하고 있는 데 반해, 여성의 앵혈은 법적인 증거력을 가질 정도로 작품에서 중요한 역할을 한다. 이것은 대부분 고소설이 남성 중심적인 시선으로 쓰였음을 방증하는 것이기도 하다.

작품에 나타난 앵혈에 대한 남녀 간의 인식 차이를 살펴보면 대하장편소설이 얼마나 남성 중심의 시선으로 쓰였는지를 여실히 알 수 있다. 고소설에 등장하는 남성 인물은 앵혈의 존재 자체를 수치스럽게 여긴다. 따라서 그것을 없애야 자랑스러운 존재가 될 수 있다. 이러한 이유로 그가 앵혈을 씻기 위해 어떤 수단을 이용하더라도 비판을 받지 않는다.

『소현성록』에서 소운성이 석파가 찍은 앵혈을 부끄럽게 여겨 앵혈을 씻고자 석파의 조카인 석영을 위협하고 협박하여 강간하는 것이 그 좋은 예다. 여기서 소운성은 앵혈을 씻었다는 만족감을 느낄 뿐, 강간을 한 것을 반성하는 기미는 찾아보기 어렵다. 즉 작중 남성 인물들은 자신의 앵혈을 부끄러워할 뿐, 폭력을 사용한 것에 대해서는 성찰하지 않는다. 그들은 여성의 몸을 단순히 도구화하고 있는 것이다. 작품에서 여성에 대한 남성의 폭력을 그대로 용인하고 있는 셈이다.

또한 작중 여성 인물을 결혼하기 전과 결혼한 후의 앵혈의 존재 여부로 평가하는 것도 여성을 억압하는 태도를 드러내는 또 하나의 증거다. 남성에게는 아무런 상관이 없지만, 여성은 결혼을 하기 전 앵혈이 있어야 당연하다고 여긴다. 하지만 결혼 후에도 앵혈이 있는 것은 다른 사람으로 하여금 그 여성을 비정상적이라고 평가하게 만든다. 여성의 주체적인 사고나 행동 여부와는 상관없이 남성에게 선택받지 못한 존재라고 인식하게 만드는 것이다. 이러한 점들을 본다면, 앵혈은 성차별적인 모티프이며, 특히 남성 중심적인 관점에서 여성을 억압하는 기제로 적극 활용된 사실을 확인할 수 있다.

대하장편소설에서는 앵혈 모티프를 여성의 순종과 희생을 전제로 도덕적 성 기강의 확립을 지향하는 상징으로 사용했다. 그렇다면 성에 대한 이러한 관념을 현대의 관점에선 어떻게 바라볼 수 있을까?

그것은 남녀 차별적으로 적용되던 성도덕의 기준이 남녀 모두에게 동등한 기준으로 바뀌었고, 성도덕의 엄격성 또한 줄어들었다는 점에서 찾아야 하지 않을까? 과거에는 여성에게만 더 엄격하고 억압적으로 작용했던 성도덕이라는 잣대가 현대에는 남녀 모두에게 동등하게 작용하고 있다. 오늘날 현대인들은 사랑하는 대상이 바뀔 수 있다는 사실을 인정한다. 하지만 동시에 여러 사람과 성적인 관계를 맺는다거나 성적 욕구를 충족하려고 돈으로 성을 사는 행위는 부도덕하다고 판단한다.

동시에 여러 사람과 성적인 관계를 맺는 예로는 양다리를 걸친 연애라든지 결혼한 상태에서의 외도를 들 수 있다. 과거에는 이러한 행위를 하더라도 남성에게는 부도덕하다고 말하지 않았지만 여성에게는 매우 엄격한 비난을 가했다. 하지만 오늘날에는 이러한 행위를 연인에 대한 신뢰를 저버리는 행위로 여겨 남성이건 여성이건 상관없이 똑같이 비난한다. 그런가 하면 성적 욕구를 실현하고자 돈으로 성을 사는 행위도 과거 여성들은 상상도 할 수 없었던 일인 반면에 남성들은 기생과 하룻밤을 지내면서 당당하게 욕구를 실현했다. 오늘날에는 성매매를 통해 성적 욕구를 실현하는 행위는 남성이든 여성이든 상관없이 도덕적으로 비난을 받는다.

이렇게 과거에는 여성에게만 엄격했던 성도덕이 현대에는 양성 모두에게 엄격하게 적용되고 있다. 이는 분명 시대가 변하고 성관념이 변했음을 보여준다. 이는 현대로 올수록 성에 대한 시각이 개방적으로 바뀌었을 뿐만 아니라 성도덕이 양성 모두에게 합리적·제한적으로 작동하게 되었음을 의미한다.

오늘날 성도덕에 대한 엄격함은 과거보다 많이 약해졌다. 과거에는 결혼이라는 제도를 통해 성적 결합을 허락받았다. 하지만 현대에는 결혼하지 않은 연인의 성관계를 부도덕하다고 판단하는 인식이 많이 사라졌다. 성에 대한 태도가 개방적으로 변한 것이다. 성도덕이 남녀 모두에게 동등하게 적용되면서 개방적으로 변한 부분도 있다.

어디 그뿐인가? 오늘날에는 남녀 모두 사랑을 나누는 대상이 바뀔 수 있다는 점을 인정한다. 과거에는 남자는 일부다처제라든지 재혼 등을 통해 성관계를 맺는 대상을 바꿀 수 있었지만, 여성은 그렇지 못했다. 하지만 오늘날에는 여성도 재혼을 할 수 있고, 남성이건 여성이건 한 사람에 대한 지고지순한 순정만을 강요당하지 않는다. 현대에는 남녀 모두 성적 쾌락이나 욕구를 자유롭게 표현할 수 있게 된 것이다. 과거에는 유교문화에 따라 남성도 어느정도 제약을 받기는 했지만, 한편으로는 도가적 풍류를 즐기면서 성적 욕구를 자유롭게 충족할 수 있었다. 하지만 여성은 정숙함만을 강요당했다. 반면 오늘날에는 성별에 상관없이 이성에 대한 애정 표현이나 성적 표현을 하는 것을 터부시하지 않는다. 이는 남성에게만 주어졌던 성적 자유가 여성에게도 주어진 개방적 변모라고 볼 수 있다. 이러한 가치관의 변화는 곧, 과거에 제한되었던 여성의 성이 개방적인 방향으로, 과거에는 남용되었던 남성의 성이 제한적인 방향으로 현대의 성 문화가 변모했음을 보여준다.

이옥(李鈺, 1760~1815)은 비록 유교적 이데올로기에서 완전히 벗어나지는 못했지만, 남녀의 정을 확실하게 지목하고, 이것을 문학의 제재나 주제로 삼는 것에 대해 적극적으로 긍정한 인물임이 틀림없다. 이옥은 남녀의 정이란 '인생의 본래 있는 것, 천도의 자연적인 이치, 그리고 풍속을 반영하는 것'이라고 보았다. 그는 남녀의 정이야말로 가장 본연적이며 진실하다고 보고, 그것을 다룬 작품을 긍정했다. 그러했기에 정조의 미움을 사 문체반정의 희생양이 되었어도 이옥은 끝끝내 자신의 신념과 관점을 바꾸지 않은 것이다.

성애性愛가 소설의 중심 소재 또는 주제로 부각되고 성애의 장면화가 이루어진 작품이 등장한 것은 19세기의 일이다. 『절화기담折花奇談』●과 『포의교집布衣交集』●● 같은 한문소설이 그 좋은 예다. 이들 작품에서는 불륜도 자연스럽게 소설의 소재로 자리 잡게 된다. 양반과 유부녀인 천민 여성 사이의 불륜을 다룬 『절화기담』과 『포의교집』은 자유연애를 소재로 삼은 점에서 우리 고소설이 근대소설이 태동할 수 있는 토대를 확보하고 있었음을 잘 보여주는 작품이다.

●　1809년에 창작된 것으로 추정되는 한문소설로 한미한 양반과 유부녀의 사랑을 다루고 있다. 이생李生과 17살의 순매舜梅 사이에 벌어지는 불륜과 애정 갈등을 중매자 노파를 매개로 핍진하게 엮어나가고 있다.

●●　1866년 이후에 창작된 한문소설이다. 40대의 유부남 양반 이생과 여종 출신 유부녀 초옥과의 불륜과 지기(知己)의 문제를 다룬 독특한 작품이다. 이생을 진정한 양반의 기상을 지닌 남자로 착각한 초옥이 남녀 관계를 지기의 관계로 여기고, 그것을 이루기 위해 저돌적인 사랑도 마다 않는다. 유교 이데올로기의 정절 관념에 종속되지 않은 자의식과 개인 욕망을 실감나게 드러내고 있다. 서사 전개 과정 또한 치밀하고 대단히 사실적이다. 자신이 선택한 사랑으로 말미암아 많은 고통을 감당해야 했던 초옥과 달리, 이생으로 대표되는 양반 남성들은 능력이 없는 속물적 인간으로 그려진다. 이런 점에서 두 남녀 주인공은 기존 고소설 작품에서 쉽게 발견할 수 없었던 캐릭터라 할 수 있다.

고소설 속 성 풍속도

조선시대 사람들의 성 풍속도는 어떠했을까? 유교 이념과 예의 규범이 강력했던 조선 사회는 표면적으로 폐쇄적인 성문화를 내세우지 않을 수 없었다. 따라서 남녀 간 애정 문제는 대놓고 이야기할 성질의 것이 못 되었다. 하지만 그런 사회일지라도 남녀 간 사랑과 성욕은 엄연히 존재했으며, 오히려 그 목마른 욕구를 풀어줄 출구가 필요했다. 그 하나가 바로 불온함과 전복성을 다분히 내포한 소설이었다. 고소설 작품을 들여다보면 남녀가 만나 그날로 '하룻밤 정을 나누었다'거나 '운우지정雲雨之情을 즐겼다'는 표현들이 심심치 않게 등장한다. 『춘향전』만 보아도 낮에 춘향과 몽룡이 만난 후, 그날 밤에 운우지정을 나누는 것으로 그리고 있지 않는가. 또한 다수의 애정소설에서도 남자 주인공보다 여자 주인공이 먼저 마음을 표현하거나 적극적으로 애정을 갈망하는 모습을 발견할 수 있다. 그렇다면 실제 현실세계에서도 소설 속에서처럼 여성이 남성에게 적극적인 모습을 보일 수 있었을까? 소설은 현실세계를 그대로 반영한 것이라는 반영론적 입장을 고려할 때, 과연 조선시대의 성 문화는 어떠했는지 궁금하지 않을 수 없다.

먼저 소설 작품에 나타난 성적인 묘사를 몇 가지 살펴보자. 고소설 작품 중 남녀 간 삼각관계를 다룬 작품이 있다. 앞에서 잠시 언급한 바 있는, 바로 권필(權韠, 1569~1612)의 「주생전周生傳」이다. 「주생전」은 남녀 간 사랑의 속성을 현실적으로 잘 그려냈다고 평가받는 한문소설이다.

주생은 방 안으로 들어갔다. 함께 잠자리에 파고들었다. 선화는 나이가 어린 데다가 약질이었다. 견뎌내지 못했다. 하지만 엷은 구름과 가는 비처럼, 버들과 어린 꽃처럼 교태로웠고 울다가는 부드럽게 속삭였고 미소 짓다가는 가볍게 찡그리기도 했다. 주생은 벌이 꽃을 찾아날듯, 나비가 꽃가루를 그리워하듯 매혹되었다. 정신은 한없이 무르녹았다.(「주생전」)

「주생전」에서 주생이 기존의 연인 배도를 버리고 선화를 취하기 위해 몰래 방 안으로 들어가는 장면이다. 남녀 주인공이 잠자리를 함께하며 사랑을 나누는 장면을 상당히 농염한 분위기로 수준 높게 그려내고 있다.

애정소설의 최고봉으로 꼽히는 『춘향전』을 보자. 이몽룡과 춘향이 광한루에서 만난 후, 이몽룡이 밤늦게 춘향의 집으로 찾아가 춘향의 어머니께 혼인을 약속하고 서로 사랑을 나누는 부분이다. 이 부분에서 유명한 〈사랑가〉도 나오는데, 묘사가 직접적이고 솔직해 낯 뜨거운 느낌마저 든다.

춘향의 가는 허리를 후리쳐 담쑥 안고 기지개 아드득 떨며 귀와 뺨도 쪽쪽 빨고 주홍 같은 혀를 물고 오색단청 순금장 안의 날아가고 날아오는 비둘기같이 꾹꿍꾹꿍 으흥거려 뒤로 돌려 담쑥 안고 젖을 쥐고 발발 떨며 저고리, 치마, 바지, 속곳까지 벗겨놓으니 춘향이 부끄러워 한편으로 잡치고 앉았을 때, 도련님 답답하여 가만히 살펴보니 얼굴이 복찜하여 구슬땀이 송실송실 맺혔구나.(『춘향전』)

성 문화를 엿볼 수 있는 작품으로는 『변강쇠가』도 빼놓을 수 없다. 성적 표현이 가장 두드러지는 부분은, 같이 살던 남편이 계속 죽는 바람에 마을에서 내쫓겨 길을 가던 옹녀가 변강쇠를 만나 대낮에 바위 위에서 사랑을 나누는 장면일 것이다. 그 둘은 서로 생식기를 희롱하고 묘사하면서 사랑을 더욱 극대화시킨다. 또한 여기서 비유가 두드러지게 나타나는데, 여자의 생식기를 옥문관●, 늙은 중의 입, 돔부꽃, 파명당 등에 비유하며 모양이나 특징을 묘사하는 것이 특이하다. 반대로 옹녀도 변강쇠의 생식기를 오군문(조선시대 다섯 군영), 군뢰(헌병), 송아지 말뚝, 숭어, 절굿대 등으로 표현하고 있다.

직접적으로 말하면 혐오스럽게 느껴질 법한 성적 소재를 여러 가지 비유와 묘사를 통해 간접적으로 형상화해낸 것이다. 또한 변강쇠는 옹녀의 그것을 제사상이라 표현하고 옹녀는 변강쇠의 그것을 세간살이라 말하며 자신들의 생활에 자주 쓰이는 물건들로 비유하는 것도 이 작품이 지닌 고유한 미적 감각과 작품의 특성을 잘 드러내 보여준다.

성을 소재로 한 서사는 소설뿐만 아니라 양반들이 즐겨 향유하던 야담집 내지 패설집의 소화笑話●● 형태로 많은 양이 전해지고 있다.

그 대표적인 예가 『어면순禦眠楯』이다. 『어면순』은 조선 중종 때 송세림(宋世琳, 1479~?)이 지은 음담패설집이다. 이미 조선 전기에 음담패설집이 여러 편 나타났는데, 그중 '밀려오는 잠을 막는 방

●   고대 중국의 서쪽 요지 부근에 배치된 관문으로 여성의 중요한 부위를 가리킨다.
●● 우스운 이야기, 또는 우스개 이야기

패'라는 뜻의『어면순』은 대표적인 소화집笑話集으로 솔깃해질 만한 외설담이 상당수를 차지한다.

재주와 재능이 있으면서도 당대에 그 재주를 펴지 못한 선비는 반드시 소설로 유희하여 자기의 뜻을 담나니, 보는 사람들이 그 문장에서 골계만 파악할 뿐 그곳에 깃든 뜻을 헤아리지 못한다면 어찌 족히 그 작가를 알 수 있겠는가?(『어면순』 서문)

그렇지만『어면순』은 단순히 난잡하고 음탕한 글이 아니라, 무절제한 성적 욕망이 어떤 결과를 낳는지 보여줌으로써, 행동을 삼가고 예법에 맞게 살아갈 것을 깨우치려 했다. 몸에 좋지만 먹기 싫은 쓴 약은 달콤한 꿀을 발라서 먹이듯이 유교의 가르침을 음탕하고 우스운 이야기를 통해서 전하고자 한 것이다.

그런가 하면『어면순』의 후속작이라 할『속어면순續禦眠楯』도 있다.『속어면순』에 실려 전하는 작품 하나를 소개해본다.

많은 하인을 부리고 있는 한 부잣집 사나이가 그 첩을 친정에 보내게 되었다. 마음이 불안하여 종놈 하나를 따라 보내려고 어리석은 종놈을 불러, 음양을 모르는 줄 알고 묻길,
"네가 옥문을 아느냐?" 하니까, 종놈이 "모르겠습니다" 하고 대답하였다.

그때 모기 한 마리가 날아들거늘 종놈이 모기를 가리키며, "저게 그 옥문이지요" 하니 주인이 만족하여 첩의 호행을 맡게 하였는데, 한참을 가다가 시냇물을 건너게 되었다. 첩이 종과 더불어 속옷까지 벗고 물을 건너가는데 종놈이 양다리 밑에 불그죽죽한 옥문을 가리켜,

"저게 대체 무슨 물건이옵니까?"

"응 이것 말이냐, 이것은 네 주인의 양두가 들어가 갇히는 감옥이란다" 하니, 종이 자기의 양두에다 신발을 걸어두고 신발을 찾는 체하니 첩이 그 양두를 가리키며,

"신이 그 대가리 위에 있느니라" 하고 말하니, 종놈이 말하기를

"이놈이 흉악한 신 도둑놈이올시다그려" 하면서

"마님, 원컨대 이놈을 가두어둘 그 옥을 빌려주십시오" 하니 첩이 생글생글 웃으며 "그거야 하지 못하랴. 옥獄이 비어 있는 터에."

둘이 합환合歡하였음은 두말할 것도 없었다. (『속어면순』)

성여학成汝學이 편찬한 한문 소화집인 『속어면순』은 그보다 앞서 송세림이 편찬한 『어면순』에 실리지 않은 이야기들만을 따로 모아놓은 것이다. 『속어면순』에 실린 글 중에는 「십격묘법十格妙法」이라는 것도 있다. 「십격묘법」은 여종을 겁탈하는 방법을 밝혀놓은 것으로 당시 양반가에 널리 퍼져 있었다. 이를 통해 조선시대 사대부들이 여종을 어떻게 생각하는지 엿볼 수 있다. 「십격묘

법」은 사대부들이 여종을 인간 이하의 소유물로 취급했으며, 당시 여종들은 남자들에게 성적 유희 대상에 지나지 않았음을 잘 보여준다.

1. 아호탐육餓虎貪肉 굶주린 호랑이가 고기를 탐내듯이
2. 백로규어白鷺窺漁 백로가 물고기를 노리듯이 여종을 훔쳐보고
3. 노호청빙老狐聽氷 여우 같은 늙은 아내가 잠들었는지 확인한 뒤에
4. 한선탈곡寒蟬脫穀 추운 날 매미가 껍질을 벗듯 여종의 옷을 벗긴다.
5. 영묘농서靈苗弄鼠 고양이가 쥐를 놀리는 것처럼 희롱하고
6. 창응포치蒼鷹捕雉 무서운 매가 꿩을 낚아채듯 여종을 덮친다.
7. 옥토도락玉兎搗樂 옥토끼가 방아를 찧듯이 사랑을 나누고
8. 여룡토주驪龍吐珠 용이 구슬을 토하듯이 정액을 배설한다.
9. 오우천월吳牛喘月 소가 달을 쳐다보듯이 헐떡거리면서
10. 노마환가老馬還家 늙은 말처럼 집으로 돌아온다.(『속어면순』)

물론 실제 생활에서 양반들이 이런 의식을 겉으로 얼마나 드러냈는지는 알기 어렵다. 다만 분명한 것은 성을 억압하고 음지의 영역으로 치부해버릴수록, 그 반대편의 그림자도 깊게 드리워지게 마련이라는 것이다. 평소 유교 이념에 충실하고 고상한 삶을 지향하던 양반들일지라도 이렇듯 여종을 겁탈하는 방법을 적어놓고 즐겼던 사정을 여러 패설집을 통해 확인할 수 있다.

이처럼 『어면순』 등 많은 패설집에는 내시 또는 중, 그리고 양반들이 성에 집착하는 이야기와 이로 인해 벌어지는 온갖 우스개 이야기가 풍부히 실려 있다. 더욱이 탈속하여 거룩하고 경건한 생활을 추구해야 할 중들이 여자를 밝히고 성욕을 채우기 위해 혈안이 되어 있다는 내용의 이야기는 중을 풍자하고 조소하는 의미마저 담고 있다.

동성애는 옛날부터 있었다. 동성애자로 여겨지는 최초의 인물은 아마도 신라 36대 임금인 혜공왕惠恭王이 아닌가 싶다. 『삼국유사』에는 혜공왕이 여자처럼 단장하는 것을 좋아하고 비단 주머니를 차고 다니고, 도사와 함께 희롱하기도 했다는 기록이 있다. 이것을 근거로 혜공왕을 동성애자로 보는 것이다. 그런데 다른 한편으로 경덕왕이 원래 딸로 태어났어야 했던 아이를 억지로 아들로 만든 것이 혜공왕이었다는 『삼국유사』 기록을 그대로 받아들인다면 혜공왕은 트랜스젠더에 더 가까운 인물이었을지 모르겠다.

동성애는 조선시대에 더욱 엄격한 규제를 받았다. 『조선왕조실록』에는 세종의 며느리였던 봉씨가 동성애를 즐겼으며, 이로 인해 처벌을 받았다는 기록도 보인다. 궁녀들 사이에도 동성애가 존재했다. 임금만 바라보며 살다가 성은을 입지 못할 경우 자연스레 동성애로 이어졌다. 이들은 엉덩이에 '붕朋'이라는 글자를 새기고 서로를 벗이라고 부르며 동성애를 즐겼다. 이처럼 실록에는 여성들의 동성애가 많이 나와 있지만, 남성 간에도 동성애가 있었으리라 추정된다.

한편 남녀의 성애 또는 성행위를 묘사하거나 상징적으로 표현해놓은 그림인 춘화도 있었다. 사람들이 춘화를 그리고 그것을 즐겨 본 것은 성욕을 북돋기 위해서였다. 조선 사람들은 춘화를 보면서 춘흥을 즐기거나 성욕을 키우곤 했다. 춘화가 최음제 역할을 한 것이다. 영화 〈음란서생〉에 나오는 여러 성행위 장면들도 춘화를 재현한 것이다. 그렇지만 조선시대에 퍼져 있던 유교적인 사상 때문에 일본이나 중국처럼 성행하지는 못했을 것이다. 춘화는 18세기에 접어들면서 본격적으로 보급되었지만 19세기 말쯤에 오히려 쇠퇴하게 되었다. 그것은 일본에서 건너온 노골적이고 화려한, 값싼 춘화가 대량으로 보급되었기 때문이라는 설도 있으나 사실인지 확인하기는 어렵다.

이렇듯 조선시대 야담이나 성을 소재로 한 이야기는 하나의 음란물로 치부해버릴 수도 있지만, 다른 한편으로 선조들의 생활과 혼이 담겨 있음을 간과해서는 안 된다. 성 담론 역시 하나의 문화이기 때문이다. 사람들은 오늘날의 음란물을 판단하는 잣대로 조선시대의 성 이야기를 보려 한다. 그렇기에 그것이 쓸데없고 문란하기 짝이 없는 이야기라고 폄하하기 쉽다. 실제로 많은 야담집이 나왔을 때 당시 사대부들도 그러한 책이야말로 문란하고 혼을 더럽히는 것이라 여겨 이를 배격했다. 하지만 지금 이런 소설이나 야담

집은 조선시대 사람들의 가치관이나 생활상을 보여주는 좋은 자료집이다. 물론 현대의 음란물도 훗날 미래의 후손들에게는 과거의 문화와 생활을 보여주는 좋은 자료집이 될 수 있다. 조선의 규범을 대표하는 법전인 『경국대전』에는 성에 대해 이렇게 적혀 있다.

첫째, 성은 자연스러운 결합이어야 한다.
둘째, 성은 절제해야 할 욕망이다.
셋째, 성은 인간관계를 나타낸다.

흔히들 조선시대에는 성에 대해 억압적이었을 것이라고 생각한다. 하지만 조선시대에는 성을 억압하지 않았다. 단지 몸보다 마음이 우위에 있음을 주장하며 성욕 등 인간의 욕망을 절제할 것을 권장했으며, 그에 따라 성을 공적으로 표현하고 전승하는 일이 제약을 받았을 뿐이다. 상층 여성의 성을 억압했다고 했으나 실제로 억압한 것은 신분 질서였지 성이 아니었다.

오늘날에는 조선시대에 비해 성을 가볍게 여기는 경향이 있다. 마치 아르바이트를 하듯이 성관계를 맺는다든지, 육체적 결합만을 위해 이성을 만나는 등 성을 사고파는 물건처럼 여기는 이들이 많다. 조선시대의 성 개념을 다시 한 번 일깨우고 선조들의 정신과 가치관을 본받아 자신의 성이 얼마나 소중한지 생각하고 행동할 필요가 있다.

2

여성들에 의한, 여성들을 위한 세상을 꿈꾸다

방한림전

스스로 지위를 얻는 여성영웅

여성영웅소설 중에 여성 간의 동성결혼이라는 소재를 다룬 흥미로운 작품이 있다. 바로 『방한림전』이다. 한글 필사본으로, 작가가 누구인지는 정확히 밝혀지지 않았다. 작품 후반부에 '민한림 부인 방씨'가 방한림의 사정을 잘 알고 있어 쓴 것이라는 기록이 보이지만, 그것을 액면 그대로 받아들일 수 있을지 의문스럽다. 서민과 여성 독자의 취향을 고려해 창작했을 것으로 짐작할 따름이다. 작가가 남성 지식인이었다면 그는 아마도 서민의식이나 여성 의식이 있거나, 흥미 본위의 이야깃거리를 염두에 둔 사람이었을 것이다. 작가가 누구였는지와는 별개로, 남성 위주의 가부장제 사회에서 남성과 여성의 성차별을 비판적으로 형상화한 작가 정신에 더 주목할 필요가 있다.

● 『방한림전』의 두 이본

『방한림전』은 두 개의 이본이 있는데, 『낙성전』과 『가심쌍원기봉』이 그것이다. 『낙성전』은 방한림의 아들인 낙성을 제목으로 내세워 남성주의적 시각에서 쓴 작품이다. 『방한림전』에서 나오는 '유모'를 '젖먹이는 계집'으로 나타내는 등 여성 비하적인 표현이 많이 보인다. 반면 『가심쌍원기봉』은 세 남매가 연서連書한 것으로 알려져 있는 작품으로, 한글로 쉽게 풀어 쓰려 했다. 다른 두 이본과 달리 심리묘사가 뛰어나다. 이에 비해 『방한림전』은 문장이나 말투, 묘사에서 품위를 유지하고 있다. 이런 점 등을 고려해볼 때 『방한림전』은 가풍 있는 사대부 집안의 진보적인 여성이 썼을 가능성을 배제하기 어렵다. 또한 『방한림전』은 이본들 중에서 가장 여성주의적인 글쓰기를 보여주는 작품으로 19세기경에 창작되었을 것으로 추정된다.

　『방한림전』은 아직 대중에게 널리 알려지지 않은 생소한 작품이다. 이에 먼저 대강의 줄거리를 소개해본다.

　여주인공 방관주는 노부부의 무남독녀로 태어난다. 어려서부터 전쟁놀이를 좋아하는 등 여장부 기질이 강했던 관주는 남복을 한 채 시와 글을 배우며 자라난다. 부모도 딸의 뜻을 따라 여자가 해야 할 일을 권하지 않고, 주위 사람들에게 아들이라고 말한다. 여덟 살에 부모가 죽자, 관주는 여도女道●를 요구하는 유모에게 자신의 본색을 발설하지 말 것을 요구하며, 자신이 남장한 것은 입신양명하여 부모의 후사를 빛내기 위함이라고 한다. 그 후 방관주는 장원급제하여 한림학사가 된다. 한편 또 다른 여주인공인 영혜빙은 관주와 같은 해에 병부상서 집안의 막내딸로 태어난다. 혜빙 역시 남자의 제약을 받는 여자로 사느니 차라리 독신으로 지내는 편이 낫다는 생각을 하며 자라난다.

그러던 중 영혜빙의 아버지가 한림학사인 방관주를 좋게 여겨 혜빙과의 혼인을 주선한다. 어쩔 수 없이 두 사람은 서로 만나는데, 영혜빙은 관주를 보자마자 그가 여자인 줄 알아차리지만 부모에게는 말하지 않고 혼례를 올린다. 첫날밤에 관주와 혜빙은 서로 속마음을 털어놓고 평생지기로 살기로 한다. 방관주는 영혜빙이 총명하고 지혜로운 여인임을 알고, 지기지우知己之友인 부부로서의 삶을 살아간다.

방관주가 내란을 평정하고 돌아오는 길에 산에서 버려진 어린아이 '낙성'을 데려온다. 영혜빙도 좋아하며 낙성을 아들로 입

● 여자로서 지키고 행해야 할 도리

양하여 키운다. 한편 외적이 쳐들어와 방관주가 자원해 출전하게 된다. 방 원수는 천문을 읽어 자객을 죽이고 외적 호 임금을 설득하여 항복을 받아낸다. 공을 인정받아 관주는 우승상에 오른다. 방관주 부부는 명문 집안의 여자인 김 소저를 낙성의 며느리로 삼고, 낙성은 13세에 장원급제한다.

어느 날 한 도사가 찾아와 관주가 40세 되기 전에 죽을 것을 알려준다. 관주가 병에 걸려 드러눕자, 임금이 친히 문병을 온다. 이때 자신이 남장 여인임을 임금에게 밝히고 사죄를 청한다. 하지만 임금은 오히려 관주의 솔직한 고백을 높이 평가한다. 사실을 알게 된 장인은 어이없어 한다. 얼마 후 방관주가 죽고, 영혜빙도 명이 다해 같이 죽는다. 양자인 낙성은 예를 다해 부모의 장례를 치른다. 낙성 부부의 꿈에 방관주 부부가 나타나 원래 천상계에서 부부였던 두 사람이 벌을 받아 지상에 내려와 허명 부부로 지내다가 다시 천상계로 돌아와 화목하게 지낸다고 알려주고, 가문을 빛내줄 것을 당부하고는 다시 하늘로 올라간다.

이처럼 『방한림전』은 남장한 여주인공이 영웅적 활약을 벌인다는 점에서 여성영웅소설과 차이가 없다. 하지만 남주인공이 설정되어 있지 않아 남녀의 대립이나 이합이 보이지 않는다는 것은 여느 여성영웅소설과는 다른 점이라 하겠다. 부부의 인연을 맺고 평생 동성혼의 삶을 살아가는, 남성에게 예속당하지 않는 평등한 결혼 생활을 그려내고 있는 것이다.

● 　　　　스스로 지위를 얻는 여성영웅

다른 여성영웅소설 작품들이 주인공의 부모에 대해 서술하며 이
야기를 시작하는 것과 달리, 『방한림전』은 소설의 첫 부분에서 여
주인공인 방관주의 이름을 가장 먼저 언급하면서 여성 주인공에
대한 설명으로 시작한다. 따라서 태몽에 대한 서술도 매우 간략
하다. 그 대신 주인공인 방관주의 능력과 성품, 생각을 드러내는
부분이 많다. 특히 방관주가 어려서부터 부모의 동의하에 남장을
하고 공부에 정진하는 것은 방관주의 자아실현 의지가 얼마나 남
달랐는지를 짐작케 해준다. 부모가 남녀의 역할에 대한 편견 없이
딸의 의지를 받아들이는 것도 매우 이례적인 일이다. 이처럼 방관
주는 어려서부터 자신의 의지로 기존의 여도를 거부하고 남복을
한 채 공부와 무예를 갈고닦는 데 힘쓴다. 그리고 부모도 딸의 능
력이 출중함을 보고 딸의 생각을 존중하여 그 뜻을 따르는데, 이
는 기존 사회의 이데올로기로 남녀의 역할을 엄격히 구분하지 않
고 개인의 의지와 능력을 중시하는 사고를 갖고 있었음을 의미한
다. 자신이 여자임을 발설하지 말라고 당부하는 언사에서 그녀의
의지를 여실히 느낄 수 있다.

내 이미 선친과 모명을 받자와 남아로 행한 지 십 년에 한 번도 개복한 바 없나니 어찌 졸연히 나의 집심을 고치며 선부모의 뜻을 저버리리오. 내 마땅히 입신양명하여 부모의 후사를 빛내리니 어미는 괴로운 언론을 다시 마라. 나의 본사를 타인께 말을 맒을 바라노라.(『방한림전』)

방관주는 조력자의 도움을 받자나 스승을 통해 그 능력을 연마한 것이 아니라, 스스로 깨달음을 통해서 그 능력을 키워간다. 이는 여성 주인공의 독자적인 자아실현 의지와 사고를 더욱 뚜렷이 나타낸 것이다. 즉 방관주는 여성으로서 자아인식이나 정체성보다 인간으로서 자아를 실현하고픈 욕구가 월등히 크다. 그리하여 결국 방관주는 "비록 여자나 그 처신을 남자로 하였으니 시속 여자의 가부家夫 섬기는 도를 뉘 하리오" 하는 생각을 품고 과거시험에 임하여 장원급제한 후 한림학사가 되어 공적인 지위를 얻게 된다.

어린 나이에 능력을 인정받아 한림학사가 된 방한림. 그녀는 곧 여러 구혼자들에게 시달리게 되는데, 그중 병부상서 영공의 딸인 영혜빙과 선을 본다. 영혜빙은 방한림과 동갑이며 '여자는 죄인이라. 백사에 임의치 못하여 그 사람의 절제를 받나니 남아가 못 될진대 인륜을 그침이 옳으리라'는 생각을 하던 여자였다. 그런 그녀가 첫눈에 방한림이 여자임을 알아보고 방한림과 결혼하기로 결심한다.

내 보건대 방씨 용안이 쇄락하고 기지는 엄하여 일세 기남자라. 이런 영웅의 여자를 만나 일생 지기 되어 부부의 의와 형제의 정을 맺어 일생을 마침이 나의 원이라. 내 본디 남자의 총실寵室이 되어 그 절제를 받으며 눈썹을 그려 아당함을 괴로이 여겨 금실우지와 종고지락을 내 원치 않더니 우연히 이런 일이 있으니 어찌 우연타 하리오. 반드시 천도 유의하심이라.(『방한림전』)

방한림과 영혜빙은 결혼 후 평생의 지기로 서로가 대등한 관계로 살게 된다. 자신을 알아본 영혜빙과의 결연을 통해 자신이 여성임을 드러내지 않은 채 결혼 생활을 계속 영위할 수 있게 된 방한림은 공적 영역에서의 지위를 더욱 공고히 하게 된다. 다른 여성영웅소설의 여주인공이 입신양명을 이룬 후 외부에서 결혼 압력이 들어오면 어쩔 수 없이 남복을 벗고 자신이 여성이라는 사실을 밝히는 것과는 달리, 방한림은 자의식과 독립심이 강한 또 다른 여성과 상호 이해를 바탕으로 결합함으로써 결연 과정에서 나타날 수 있는 남녀의 대립이나 갈등 없이 사회적인 성취 욕구를 충분히 실현하는 것이다. 동성끼리의 결혼은 남성에게 종속되지 않고 스스로 주체적인 삶을 이루어나가려는 여성의 내면 의지를 드러낸다. 이러한 설정은 여성의 사고와 삶에 초점을 맞추어 이야기를 전개해 나갈 수 있다는 장점이 있다.

결혼 후 방한림은 가문을 일으키며 청렴한 관리로서 백성을 다스리는 데 능력을 발휘하고 전란에서 승리를 거두어 나라에 공을 세우는 등 사회적으로 커다란 성취를 이룬다. 그리고 하늘에서 큰 별이 떨어진 곳에서 아이를 얻어 양육함으로써 후사를 얻게 된다. 아이를 낳을 수 없는 이들 부부가 '하늘에서 떨어진 아이'를 얻는다는 이야기 전개는 여성만으로도 한 가문을 유지, 존속할 수 있음을 보여주기 위한 설정이라고 할 수 있다. 방한림은 죽을 때까지 남성으로 행세하며 사회적 지위를 유지하다가 죽기 직전에 자신에게 문병 온 임금께 사실을 고한다. 임금은 개의치 않으며 방한림의 능력을 인정하고 한림이 죽은 후에도 장례를 국례로 치르게 하고 온갖 일이나 예식을 거행할 때도 다 남장으로 하는 등 한림의 지위를 그대로 인정한다.

이처럼 이 작품은 남성 인물을 배제한 채 여성 인물들의 일생에만 초점을 맞추어 그들의 자아인식과 자아실현 의지를 고스란히 보여준다. 그럼으로써 공적 영역에 대한 여성의 관심과 능력이 커졌음을 드러내고자 했다. 즉 기존 남성 중심의 사회질서가 강요해 온 여성상과는 다른 새로운 여성상과 여성관을 제시하고 있다. 그리고 이러한 내용을 통해 가부장제 아래에서 남성에게 종속되어 사적 영역에만 머물러야 하는 조선시대 여성의 삶과는 달리, 자아실현을 여성이 지향해야 할 최고의 가치로 여기는 또 다른 삶의 방식을 제시하고 있다. 이는 곧 여성이 남성의 시각으로 규정되어온 기존의 역할과 지위에서 벗어나 능력과 이상에 따라 자신의 삶을 주체적으로 선택하고 발전시켜 나가는 새로운 여성상을 의미한다.

● 조선의 여성으로 살아가는 법

조선 사회에서 유교적 이념이 공고해짐에 따라 유교적 여성관은 가부장제 사회를 강화하는 역할을 하게 된다. 원래 유교에서 구현하고자 한 남녀 관계의 이상적인 윤리는 남녀 간, 부부 간의 상호 존중과 역할 분담이라고 할 수 있다. 하지만 실제 조선 사회에서는 남성이 지배와 강함의 주체가 되고, 여성은 복종과 유순함의 대상으로 고착되고 만다. 그리고 남녀 간 차별이 더욱 강화되고 거처와 직분에 구별이 더 심해졌다.

조선 사회는 의식적·관습적·법적으로 성차별이 극명히 존재했다. '내외법'으로 여성의 활동을 '안'에만 국한하고 범위를 축소해 교육·정치·종교 활동에서 여성을 배제한 것이 그 단적인 예다.『조선왕조실록』을 보면 여성들의 일상생활을 규제해야 한다는 상소가 많았음을 확인할 수 있다. 『경국대전』에서는 심지어 "양반집의 여인으로서 냇가나 산을 찾아다니며 놀이를 벌이거나 직접 야외 제사를 지내는 자는 장 100대에 처한다"라고 못 박기까지 했다. 이러한 사회적 인식으로 인해 여인들의 영역은 가사와 육아로 축소될 수밖에 없었다.

그뿐만이 아니다. '삼종지도三從之道'라 해서 여성의 정절을 강조하고 재가를 금지코자 했다. 그 결과 성종 대에는 '재가금지법'이 법률화된다. 재가금지법은 재가한 여인의 자식이 과거에 응시할 수 없도록 한 것이다. 이는 가문의 존립에 위협이 되므로 양반 가문에서는 수절을 당연시할 수밖에 없었다. 이처럼 여성의 정절을 강조하고 수절을 당연시한 까닭에 조선 후기에는 남편이 죽으면 따라 죽든지 해야 겨우 열녀 축에 낄 수 있었다. 그러니 극단적인 일까지 벌어졌다. 남자의 손이 닿은 어깨를 도끼로 친다거나 사주만 받았을 뿐 신랑의 얼굴조차 보지 못했음에도 평생 수절해야 하는 사례가 나타나게 된 것이다.

이러한 성차별 의식은 17세기 이후에 더욱 굳어졌다. 임진왜란과 병자호란 같은 큰 전란을 겪은 후라 사회질서를 바로잡고 근간을 다잡을 필요가 있었다. 이에 따라 조선 중기 이후로 예학이 발달하고 종법제를 적극적으로 수용하고, 부계 중심의 가족제도가 확립되어나갔다. 그만큼 여성에 대한 성적 규제는 더욱 강해졌다. 17세기 이후로 생산력이 높아짐에 따라 자본주의의 맹아가 나타나고 상업 발달이 가시화되었음에도, 오히려 봉건체제를 강화시키려는 지배세력에 의해 가부장제가 더욱 구조화되었다. 예를 들어, 반친영제●나 재산 상속에서 차등을 두게 된 것이 바로

● 혼례는 예전과 같이 계속 신부 집에서 치르되, 삼 일만 신부 집에 묵고 삼 일 후부터는 신랑 집에 가서 사는 것을 의미한다.

그것이다. 본래 처가에서 혼례를 올리고 살다가 아이를 낳으면 시집으로 가서 살던 서류부가혼壻留婦家婚이 일반적이었는데, 조선 후기로 갈수록 반친영제로 굳어지면서 처가에서 지내는 기간이 대폭 줄어든다. 그러면서 자연스레 결혼한 여성을 출가외인으로 보는 인식이 강해진 것이다. 또한 점차 아들과 딸에 대한 상속이 차등적으로 바뀌고, 돌아가면서 지내던 제사가 장자에게 집중되면서 재산 상속도 장자 중심으로 이루어진다. 또한 앞서 말한 정절 관념 역시 조선 전기에는 주로 사대부 집안의 여성들에게 요구되는 것이었는데, 후기로 갈수록 평민, 천민층에게까지 수절을 강요할 정도로 더욱 강화되어갔다.

이처럼 남녀에 대한 유교적 성차별관이 고질적으로 존속되어 온 상태였기에 가부장제 사회의 차별 관습을 비판하고 옥죄인 여성들의 숨통을 트이게 하는 욕망 표출은 어떤 면에서 지극히 자연스러운 일이었다. 『방한림전』의 출현은 우리 소설사가 중세 지배 이념에 저항하고자 한 불온한 의식의 역사이자 인정人情이 주가 되는 산문 역사의 증인임을 단적으로 보여준다.

『방한림전』의 주인공 방관주는 자신의 정체성에 일찍부터 관심을 기울이고, 다양한 층위의 욕구를 행동으로 옮길 줄 아는 여인이었다. 그렇기에 여성에게 원천적인 제약을 가하는 가부장제 이데올로기인 '여도女道'를 전면으로 거부하고, 그것을 극복하기 위한 고달픈 여정을 시작한다. 이때 사회적 규율과 관습을 넘어서기 위해 택한 현실적 방법 중 하나가 바로 '남장'이다.

남장은 생물학적 조건이 중요한 척도가 되는 사회제도에서 사회제도적·생물학적 갈등을 극복하고자 할 때 큰 의미를 지니는 일종의 변신이다. 어린 관주가 여복이 아닌 '남장'을 선택했을 때 부모 역시 그것을 받아주었다. 그래서 친척에게도 관주를 아들이라고 소개한다. 하지만 관주는 이런 든든한 지원자인 부모를 여덟 살 때 갑작스럽게 잃고 만다. 작가가 그런 든든한 후원자를 갑자기 죽는 것으로 처리한 이유는 방관주의 '자율성'을 더욱 드러내기 위해서였을 것이다. 주변인과의 관계를 통해 정체성을 확인해나가는 여성이 아니라, 자신이 하나의 독립적인 개체임을 스스로 자각함으로써 자신의 정체성을 확인해나가는 여성을 그리고자 했기 때문이다.

그 결과 방관주는 공부하고 관직에 나아가는 한편, 장례, 제사 및 가묘 관리 등도 여느 남성과 다를 바 없이 성공적으로 수행해낸다. 당대가 남아에게만 사회적·공적 자유를 인정하는 여성차별 사회였기에 스스로 남장을 해야 했지만, 불리한 조건을 나보란 듯이 극복해나간 것이다. 국문 영웅소설에서 자주 등장하는 이인異人과 같은 스승의 도움도 없이, 방관주는 스스로 깨닫고 공부하는 여성으로 그려지고 있다. 이는 부모와 마찬가지로 스승도 도움을 주는 조력자일 수 있지만, 고정관념 및 가부장적 제도에 편입할 것을 요구할 수 있다는 점에서 아예 배제했으리라. 아니면 작가는 이러한 여지를 애초에 차단함으로써 주인공 여성이 주체적으로 문제를 해결해나가는 것을 더욱 값지게 여길 것이라고 생각했는지도 모르겠다. 남장을 하며 여도를 거부함으로써 비로소 여성으로서도 딸로서도 공적·사회적·경제적 자아를 실현하는 단초를 모색할 수 있음을 방관주와 영혜빙을 통해 보여주고자 한 것이다.

● 동성결혼, 여성 공동체의 형성

동성 간 결혼 모티프는 가부장적 결혼제도에 대한 강력한 경고이자 대안이다. 가부장적 결혼이 함의하는 '여성의 자아 소멸'을 거부하고 그 과정에서 소외를 극복할 수 있는 정서적 기반을 형성하는 역할을 하는 것이 바로 동성결혼이기 때문이다. 방관주가 살아가야 하는 사회는 유가 질서가 공적·사적 생활의 기반이 되는 사회였다. 그리하여 주인공은 공적 생활을 하기 위해 결혼을 해야 했고, 그래서 유가 질서에서 절대적으로 금기시하는 동성결혼을 부득불 해야만 하는 중첩적 갈등 상황에 놓여 있었다. 즉 방관주는 자신의 공적 지위와 생활을 유지하는 한편, 남에게 여자라는 사실을 은폐하고자 동성결혼을 감행한다. 영혜빙 또한 남성에 의해 여성이 억압받는 사회에서는 차라리 남자와 관계를 끊는 것이 옳다고 여겼다. 그래서 동성결혼을 유지해나가기를 원했다. 따라서 어떤 면에서 이 두 여인의 동성결혼은 '정치적'이라고 말할 수도 있을 것이다.

물론 둘의 결혼 생활에서 방관주가 가끔씩 가부장적인 모습을 보이는 것도 사실이다. 이때마다 영혜빙은 방관주에게 굽히지 않고 비판하고 충고함으로써 객관적이면서 대등한 관계를 유지하려고 한다.

> 방관주가 임금에게서 상으로 받은 통천관은 자신이 하고 서진과 책은 아들인 낙성에게만 주자, 영혜빙이 낭랑하게 웃으며 자기 것은 없느냐고 물었다. 이에 대해 방관주가 "부인에게는 당치 않는 것"이라고 하며 부인이 가진 것이 다 자신에게서 비롯된 것인데 만족하지 않고 투정하니 욕심이 많다고 하자, 영혜빙은 빙그레 웃으며 "나에게 맞지 않는 것이 그대에게 홀로 맞는 것이 있느냐"며 받아쳤다. 이 말을 들은 방관주가 눈썹을 찌푸리며 그런 말을 하지 말라고 하자 영혜빙은 여유롭게 웃었다.(『방한림전』)

영혜빙은 방관주의 위세나 능력에 기죽거나 열등감을 느끼지 않는다. 그녀가 원한 대로 구속받지 않고 동등한 관계를 만들어 가는 것이다. 물론 이 대목은 '방관주의 가부장적인 모습을 보여줌으로써 가부장제를 공고히 하려는 것이 아닌가?' 라는 의문을 자아낼 여지가 있다. 그리고 이것을 동성결혼은 통속적인 흥미를 위한 화소話素일 뿐이라고 일축해버리는 근거로 삼을 수도 있다. 하지만 방관주의 가부장적인 모습이 작품에서 전면적으로, 또는 비중 있게 구현되고 있다고 보기엔 너무 궁색하다. 그보다는 남성 중심 사회가 안고 있는 현실적이고 실제적인 여성 문제를 풀어가기 위해 동성결혼 모티프를 적극 활용한 것이라 보는 편이 더 설득력이 있다.

그런데 동성결혼에서 불가피하게 야기되는 문제가 바로 자식을 낳을 수 없다는 것이다. 남의 눈을 속이고 둘만이 서로 지기지음으로 지낸다 할지라도 주위 사람들은 둘 사이에 생길 자식에 깊은 관심을 표명하지 않을 수 없다. 『방한림전』은 이런 궁금증을 해소할 수 있는 서사 장치를 친절하게 마련해놓았다. 바로 입양의 방식으로 자식을 얻고, 남의 아이를 친자식처럼 키워내는 것으로 처리하고 있기 때문이다. 그리하여 끝까지 두 사람이 아름다운 연인의 모습뿐 아니라 위대한 부모의 모습까지 갖춘 천생연분임을 보여주는 데 보여주는 데 정성을 쏟았다.

사실 부계 중심의 성 잇기 사회에서 '여성의 성 잇기'는 가부장제 사회를 거스르는, 절대적인 금기를 깨뜨리는 혁명적 사건과도 같다. 따라서 아이의 입양을 통한 자손 잇기는 당대 인간관계의 근간을 흔드는 한편, 다원적 인간관계의 형성 가능성을 암시하고 있다. 이것은 기존의 부계 혈연 중심의 배타성을 탈피하고 싶어하는 마음을 강력히 드러내고, 대안적 모럴을 제시한 것이라는 점에서 그 의미가 크다.

그런데 방관주와 영혜빙 두 사람은 또 다른 비밀을 간직하고 있었다. 천상에서 방관주는 본래 남성이었고, 영혜빙과 사랑하는 사이였다는 사실이다. 그 금슬이 너무 좋아서 이를 고깝게 여긴 태을이 방관주를 희롱하고, 방관주가 방자하다는 이유로 여성으로 바꿔 지상으로 유배를 보낸 것이다. 이러한 이야기는 여성이 격하된 존재라는 의미를 내포하고 있다. 하지만 방관주가 지상에서 여자로 태어났어도 본성이나 인간관계에 변화는 없다. 따라서 타고나는 성이 인간의 본질이 아니라는, 상당히 근대적인 인간관까지 깔려 있음에 주목해야 한다. 작품 말미에서 방관주가 죽고 천상에 올라가서도 남성으로서 행복한 삶을 사는 것으로 그리는 것도 그러하다. 남녀가 생물학적 차이가 있고 여성은 열등하다는 인식으로 말미암아 차별을 받을 수밖에 없었던 유교 사회에서, 남성의 여성성, 여성의 남성성이 양립할 수 있음을 암시하는 성 변환을 천상에서 지상으로 유배 보내는 내용의 모티프를 통해 자연스럽게 보여줌으로써 은연중에 여성주의적 이상향을 드러내고 있는 것이다.

●   방관주와 영혜빙, 두 여성에게 묻다

한편 『방한림전』처럼 여성주의적 시각이 많이 드러나는 작품들로 여성영웅소설을 들 수 있다. 18세기 말부터 19세기에 창작된『홍계월전』[5],『이춘풍전』,『옥단춘전』[6] 등이 그 좋은 예다. 여성의 입장을 반영하며 여성을 매우 뛰어난 인물로 그리고 있다. 이전 시대 작품인『서주연의』● 같은 소설에서는 여자 주인공이 무술을 좋아하는 등 남성적인 면모를 보이면 부모가 심한 거부감을 드러내곤 했다. 그렇지만 18~19세기에 나타난 여성영웅소설, 특히『홍계월전』같은 작품에서는 남성적인 것으로 여겨지던 무술 등에 대한 여성 주인공의 관심을 부모가 인정하거나 아예 남장을 시켜 남자처럼 키운다. 이는『방한림전』에서 부모가 딸의 의견을 존중하여 시와 글을 가르치고 남장을 허락하는 것과도 유사하다.

방관주는 남성 중심 사회에서 당당히 남성 앞에 설 수 있었던 '여성영웅'이었다. 기본적으로『방한림전』에 나타난 방관주의 일생은 기아나 박대(고아), 위기, 고난 극복(남장·교육), 자아실현으로 이어지는, 일반적인 영웅소설 주인공의 일생 구조와도 일치한다. 하지만 기존 여성영웅소설의 주인공이 결혼 후 다시 영웅적 자질을 시험받고 또다시 위기에 처하는 것과 달리, 방관주는 완전한 자아실현을 이룩한다.

● 중국 서주西周 시대를 배경으로 활동한 영웅들의 충성, 배신, 술수, 사랑 등을 두루 다룬 중국 소설이다.『봉신연의封神演義』라고도 하며, 100회에 이르는 많은 이야기가 실려 있다. 이미 17세기에 국내에 들어와 번역된 이후로 여성 독자들 중심으로 널리 읽혔다.

부지런히 책을 읽고 여도에는 더욱 뜻이 없어져 한결같이 남자로 처신하고 비복婢僕을 위엄으로 다스리니 그의 정체를 친척도 알지 못하였다.(『방한림전』)

이렇듯 방관주는 '당대가 요구하는 여자'이기를 거부할 수 있는 용기와 자신감과 실천력을 겸비한 여자다. 나아가 자신이 원하는 것을 관철하기 위해서 '천명'이나 천상의 '금기'도 깰 수 있는 여자였다. 이런 의미에서 방관주는 시대의 영웅이다. 사회가 만든 규범 중 자신이 받아들이고 싶지 않은 부분은 얼마든지 거부할 수 있는 자율적·자주적 의지와 힘을 지니고 실천한 여성, 자신의 잠재력을 아는, 불온한 여성이었던 것이다.

물론 방관주가 남장을 하여 남성처럼 행동하는 것을 당대 여성의 현실을 절실히 인식한 데 따른 의식적인 행위가 아니라, 일방적이고 무의식적인 남성 지향의 결과라고 볼 수도 있다. 곧 그의 남장이 당대 여성의 꿈을 반영한 것이 아니라 오히려 그 반대로 당대 남성이 지닌 출세의 꿈을 반영하는 것이며, 방관주는 한마디로 '여성의 몸을 한 남성'이라는 의견도 일리는 있다. 하지만 『방한림전』어디에서도 방관주가 단순히 남성성을 동경하여 남장을 택한 것이라고 볼 만한 근거는 찾아보기 어렵다. 그것은 본래 누가 시킨 것도 아닌, 방관주 자신의 의지에 따른 선택이었기 때문이다. 그러니 한 개인의 자아실현을 위한 방편으로 남장을 이용한 것이라 보는 편이 더 타당하다.

한편 영혜빙은 넉넉한 환경에서 태어나 여성의 자율성과 존엄성을 인식하고 주체적인 삶을 살려고 한 여성이다. 방관주가 여러 가지로 결핍된 요소가 많은 환경에서 주체적인 여성으로 성장한 것과 달리, 영혜빙의 성장 배경은 넉넉하고 아쉬울 것이 없었다. 이를 통해, 작가는 무엇 하나 결핍된 것이 없는 상황에서도 '성에 대한 차별'은 있다는 사실을 말하고 싶었는지도 모르겠다. 또한 영혜빙을 통해 다른 여성들이 아무렇지도 않게 여기며 체념하거나 포기하고 사는 상황에 대해 문제제기를 하고, 그 출구를 모색하고자 한 것일 수 있다. 이런 점에서 그녀들의 역할은 오늘날에도 참으로 소중하다. 실존적 성찰을 가능케 하는 여성상을 보여주기 때문이다.

> 문득 세상 부부의 영욕榮辱을 초월超越같이 배척하여 말끝마다 다음과 같이 말하였다. "여자는 죄인이다. 온갖 일에 이미 마음대로 못하여 남의 규제를 받으니 남아가 못 된다면 인륜을 끊는 것이 옳다." 그러면서 언니들의 구차함을 비웃었다. 형제들은 활발하다고 조롱하고 부모는 그 마음을 괴이하게 여겼다.(『방한림전』)

영혜빙은 가부장제하에서 여성으로서 살아가는 방식과 결혼 생활에서 겪는 굴욕을 투명하게 인식해내고, 주변 사람들에게 자기주장을 분명히 한다. 그리고 가족이나 사회가 조롱하는 정신적 의식을 탈바꿈함으로써 내면적이고 가정적이며 여성주의적인 자아실현을 소망하고 이를 실천하고자 했다.

내가 보니 방 씨의 얼굴이 시원스럽고 행동거지가 단엄하여 일대의 기남자奇男子다. 이런 영웅 같은 여자를 만나 일생지기가 되어 부부의 의리와 형제의 정을 맺어 한평생을 마치는 것이 나의 소원이다. 내 본디 남자의 사랑하는 아내가 되어 그의 절제節制를 받으며 눈썹을 그려 아첨하는 것을 괴롭게 여기고 있었다. 금슬우지琴瑟友之와 종고지락鐘鼓之樂을 내가 원하지 않더니 우연히 이런 일이 있으니 어찌 우연하다 하리오? 반드시 하늘이 생각해주신 것이다. 수건과 빗을 맡는 구구한 일보다 이것이 낫지 않으리오?(『방한림전』)

'규방의 여자 가운데 세상 이치를 꿰뚫어 아는 여자'인 영혜빙은 남자의 절제를 받는 가부장적 결혼에 대해 깊은 문제의식을 갖고 있었다. 따라서 영혜빙이 말하는 처자의 도리는 방관주와 가부장적 위계를 맺음에 따라 파생되는 처자의 도리가 아니었다. 그것은 지기 관계로 유지되는 것이었다. 따라서 이들의 이런 의식은 그 자체로 아름답다고 할 만하다. 그 의식의 깨어 있음과 용기 면에서 말이다.

이런 점에서 『방한림전』은 여성의 능력을 남성보다 열등하다고 보는 당대의 보편적 관념을 너무나 잘 알고 있던 작가가 소설이란 장르적 특성을 십분 활용해 당대 통념을 비판하고, 일종의 보상을 받고자 쓴 작품이라 말할 법하지 않은가?

소설 깊이 들여다보기

5 홍계월전

『홍계월전』은 여주인공 계월桂月이 남편 보국輔國보다 능력이 뛰어난 여장부로서 나라에 큰 공을 세우고, 부부간 갈등을 슬기롭게 극복한다는 내용의 국문 여성영웅소설 작품이다. 계월은 난리 통에 부모를 잃고, 자신은 여공呂公의 구조를 받는다. 그리고 남장한 상태로 여공의 아들 보국과 형제처럼 지내며 자라난다. 후에 둘이 함께 과거에 장원급제하고, 계월은 대원수, 보국은 부원수가 된다. 계월이 싸움터에서 부모를 찾고 승리를 거두어 돌아오지만, 그동안 남장한 사실이 탄로 나고, 보국과 결혼을 한다. 하지만 보국은 아내의 직위가 자신보다 높고, 능력도 뛰어난 사실에 불만을 품고 첩 영춘永春을 가까이한다. 하지만 계월은 슬기롭게 남편과의 갈등을 극복하고 부부 관계를 다시 회복한다. 다른 여성영웅소설과 달리, 남장한 사실이 탄로 난 뒤에도 계월이 계속 우월한 능력을 발휘하며, 남성에 종속되지 않고 잘 처신해나가는 것으로 설정되어 있다. 이는 조선 후기 소설의 주 독자층인 여성들의 심리와 욕구를 적극 반영한 결과라 할 것이다.

『옥단춘전』은 기생 옥단춘의 도움으로 우정을 저버린 양반 김진희金眞喜를 치죄한다는 내용의 국문소설이다. 조선 숙종 때 두 재상의 아들인 김진희와 이혈룡李血龍은 동갑내기로 동문수학하며 우의가 두터웠다. 그래서 훗날 서로 돕고 살기로 언약을 한다. 하지만 김진희는 평안감사가 되고, 이혈룡은 빈한하게 살게 된다. 그러다 혈룡이 친구 진희를 찾아가 도움을 청하지만 박대를 받는다. 이때 기생 옥단춘이 혈룡을 도와주어 혈룡이 과거에 급제하게 된다. 암행어사 및 평안감사를 제수받은 혈룡은 김진희를 벌주고, 옥단춘과 행복하게 산다. 기생인 옥단춘의 기지와 지혜로 양반 친구들 간의 문제를 해결한다는 점에서 여성의 주체적 면모가 보이는 작품이다.

김안국 이야기

마음의 겯문을 연 내조의 여왕

조선 사회만큼 숭유문치崇儒文治를 중시한 사회도 드물다. 유학을 위주로 한 출세주의가 최고 관심사였고, 독서를 주 전공 삼아 평생 공부에 힘쓰는 것을 미덕으로 여겼다. 사정이 이렇다 보니 교육과 관련한 문제가 초미의 관심사가 아닐 수 없었다. 이는 개인의 성공과 출세뿐 아니라 집안과 가문의 운명과도 직결되는 일이어서 실제 생활 속 교육문제는 마치 우리가 늘 호흡하는 공기와 같은 의미를 지녔다 해도 과언이 아니다.

이런 조선의 교육 문제를 전면에 다룬 작품이 있다. 바로 「김안국金安國 이야기」이다. 이 작품은 한남서림翰南書林에서 1918년에 간행한 『동상기찬東廂記纂』(1918)에 실려 있는 한문 단편이다. 무엇보다 오늘날에도 화제가 되는 조기 교육과 주입식 교육 문제를 흥미롭게 형상화한 작품이라는 점에서 우리의 관심을 끌기에 충분하다. 이 작품을 통해 우리는 교육 공화국 대한민국의 현주소가 과거 조선시대의 교육 풍경과 크게 다르지 않다는 사실을 확인할 수 있다.

하지만 「김안국 이야기」는 단순히 교육에 관한 이야기는 아니다. 조선의 지혜롭고 당찬 여성인 '이씨 부인'을 호명해 내고 있기 때문이다. 마음의 상처가 깊어 기존 관념과 교육관을 거부하는 남편을 사랑과 배려의 힘으로 당당한 사회의 일원이 될 수 있도록 만든, 현숙하고 주체적인 여성이 바로 '이씨 부인'이다.

그러면 먼저 「김안국 이야기」의 내용을 들여다보자.

김안국은 김숙의 아들이다. 김숙 집안은 삼대에 걸쳐 대제학을 지내고 문장과 재주, 그리고 덕망까지 뛰어난 명문가다. 그런 집안에서 눈빛이 맑고 용모가 빼어난 안국이 태어나자 김숙은 그를 특별히 더 아끼고 사랑한다. 그리하여 안국이 말을 하게 될 무렵부터 김숙은 안국에게 글자를 가르친다. 하지만 석 달이 지나도록 '천지天地'란 두 글자를 이해 못하는 아들에 대해 실망한다. 하지만 아직 나이가 너무 어리다고 여긴 김숙은 몇 년 후에 공부를 시켜야겠다며 그 때를 기다린다. 그리고 몇 년 후 김숙은 다시 안국에게 글을 가르친다. 하지만 안국은 여전히 글자를 이해하지 못한다. 김숙은 안국이 보통 이하의 아이라 여겨 가문의 명성에 흠집이 생길까 걱정하기 시작한다.

세월이 흘러 안국의 나이 14세가 되었다. 하지만 안국은 여전히 글자를 깨우치지 못하는 것이었다. 결국 가문의 체면을 염려한 김숙은 아들을 차마 죽이진 못하고, 안동 고을의 원으로 부임해 가는 동생 김청에게 안국을 데리고 가 안동 백성으로 만들어 줄 것을 부탁한다. 김숙의 부탁을 듣지 않을 경우 안국이 죽을 수 있겠다고 여긴 김청은 결국 안국을 데리고 안동으로 내려간다. 김숙은 부자간의 인연을 끊고, 서울로 돌아오면 죽이겠다는 매몰찬 결별을 안국에게 선언한다.

그런 이유로 안국은 안동에 머물면서 안동 좌수인 이유신의 딸과 혼례를 치르게 된다. 그런데 안국의 아내 이씨 부인은 경서와 제자백가서를 훤히 꿰고 있던 여인이었다. 그녀가 옛날이야기를 하자며 천황 씨 이래의 역사를 이야기로 풀어내자 안국이 이를 귀 기울여 들으며 재미있어 한다. 이씨 부인은 안국이 들은 이야기를 정확히 외워 말하는 재주가 있음을 알게 되고 밤낮으로 안국에게 이야기를 들려준다. 안국은 자연스럽게 『사기』, 제자백가의 학설, 각종 경서와 성인의 전기 등 무수한 책의 내용을 외우게 된다.

그제야 안국은 글이 재미있는 것임을 깨닫고 글공부를 하게 되고, 글 짓는 법과 필법까지 배우게 된다. 시간이 흘러, 장인과 처남, 일가친척들도 안국의 재주를 알고 탄복한다. 안국의 문장과 재주가 날로 진보하여 영남지방의 이름난 스승과 선비에게까지 이름이 알려진다.

그러던 어느 날, 안국은 아내의 권유로 과거 시험을 치르기 위해 상경한다. 하지만 부친 김숙의 엄명이 생각이 나 안국은 차마 부친은 찾아뵙지 못하고, 다만 모친과 해후하고, 우연히 동생 안세과도 재회한다.

과거 시험날, 안국은 과거장에서 가장 먼저 답안을 제출하고 장원이 된다. 하지만 안국의 서울 출현을 알게 된 부친 김숙이 안국을 붙잡아 죽이려 한다. 다행히 과거 시험 감독관 덕분에 안국이 제 실력으로 장원을 했다는 사실을 알게 되고, 그간의 오해를 풀게 되어 안동에 살던 며느리를 불러오게 한다. 그러고는 며느리의 공을 크게 칭찬한다. 이씨 부인은 효성으로 시부모를 섬기고 자신의 공과 재주를 내세우지 않아 더욱 큰 사랑을 받는다. 안국은 문장과 재주가 나날이 높아져 훗날 벼슬이 대제학에 이른다.

이처럼 「김안국 이야기」는 어려서 글을 깨우치지 못한다는 이유로 대제학 집안의 부친으로부터 버림받고 안동으로 쫓겨 내려간 안국이 아내의 도움으로 문장을 깨우치고 마침내 장원급제해 부친의 인정을 받게 된다는 내용의 작품이다. 기본적으로 허구적 요소를 다소 기저에 깔고 있지만, 글이나 문장, 그리고 가문을 중시하는 조선 사회의 분위기와 시선을 여실히 감지할 수 있다. 뿐만 아니라, 아내의 도움으로 과거에 급제하는 과정을 통해 조선 사회의 비뚤어진 일면을 은연중에 비판하고자 한 작가 의식도 분명히 포착해 낼 수 있다.

「김안국 이야기」는 김안국의 문자 해득 여부가 주된 서사 모티프로 작동하고 있다. 이를 중심으로 작품을 전반부와 후반부로 나눌 수 있는데, 김안국의 아내인 '이씨 부인'의 도움으로 문자를 해득하는 부분이 바로 그 기점이 된다.

안국은 어려서부터 글을 배웠음에도 불구하고 김숙의 기대와 달리 문자를 해득하지 못한다. 하지만 그렇다고 해서 안국에게 신체적으로 결함이 있거나 지적 장애가 있었던 것은 아니었다. 단지 문자에 대한 이해력이 떨어졌을 뿐이다. 그것은 선천적인 요인에 의한 것이 아니라, 초기에 문자 해득 능력이 부족했거나 읽는 일에 어려움이 있거나 흥미를 느끼지 못한 데서 비롯된 경우가 많다. 그런데 김숙으로 대표되는 일반적 사대부 집안의 부모들은 학자녀가 거부하거나 수용할 수 없는 범위까지 기대하면서 '하늘 천, 땅 지'만 맹목적으로 반복, 암기할 것을 주문한다. 소위 '하늘 천, 땅 지, 검을 현, 누를 황'을 무작정 외우라고 할 뿐, 이를테면 위를 쳐다보면 푸르게 보이는 하늘을 왜 '검은 하늘'로 알고 외워야만 하는지 그 이유를 설명해 주지는 않았던 것이다.

이로 인해 안국의 학습 부적응은 시간이 지날수록 더욱 심해질 수밖에 없었다. 글자를 보거나 글 외는 소리만 들어도 두통이 난다고 말할 정도로 배타적인 심리가 강하게 나타난 것이다. 너무나 어린 나이부터 시작된 억압적 상황에서의 교육이 학문에 대한 흥미와 관심을 떨어뜨리고, 그로 말미암아 문자 자체에 대한 병적인 주의력 결핍 상황을 야기하고 말았다.

근대 이전 시기에 한자는 문자문화의 대명사로서 과거 시험에 소용될 뿐, 실제로 생활 속에서 손쉽게 사용하기 어려웠다. 그것은 구어와 문어의 불일치, 곧 기의와 기표 사이의 이질성 때문에 쉽게 나타날 수 있는 증상이기도 하다. 당시 사용하던 문장은 일상에서 사용하는 구어가 아닌 문어(한문)로 되어 있었기 때문에 상층 지식인, 곧 문장가만의 전유물 내지, 그들만의 소통과 인정의 코드로 기호화되어 있었다 해도 과언이 아니다. 이것은 계급 사회에서 자신의 위신을 높이는 수단이자 개인의 정체성과 위상을 결정짓는 도구와도 같았다. 그런데 이것을 단순 반복 암기할 것을 강요하고 그런 방식에 잘 적응한 사람만 인정받을 수 있었던 사회가 바로 문치주의 유교 국가였던 조선의 자화상이었다.

과거 양반 집안의 자제들은 '문장가' 또는 '문장'과 관련한 명성을 얻기 위해 안국과 같은 교육을 어렸을 적부터 받았다. 그리고 초등 교육 입문자들 중에는 안국처럼 학습 부진아로 낙인찍히는 이들도 적지 않았다. 이런 시대적 상황은 작품 속 숙부 김청이 한 말에서도 잘 나타나 있다.

"어떻게 그런 말씀을 하십니까? 예로부터 오늘날에 이르기까지 문장가 집안에 글 모르는 자식 둔 데가 한두 군데가 아니었지만, 그런 자식을 쫓아냈다는 말은 들어보질 못했습니다. 그런데 지금 형님께서는 그 일을 기꺼이 하시겠단 말씀이십니까? 그리고 이 아이의 됨됨이가 이처럼 비범한데, 설령 평생 글자를 모른다고 하더라도 집안일을 돌보고 조상님들 제사를 받드는 일이야 해낼 수 있을 게 아닙니까?"(『김안국 이야기』)

안국처럼 문자를 쉽게 해득하지 못하는 아이들이 적지 않았음을 잘 보여준다. 조선의 문인이었던 이상수(李象秀, 1820~1882) 역시 당시의 교육 현실을 개탄하면서 십 년이 넘도록 공부해도 제대로 경서를 익히지 못하는 이들이 열에 여덟, 아홉이 된다고 언급한 바가 있다.

내가 보니 향곡의 자제가 7, 8세에 입학하여 20세가 되도록 문리가 여전히 트이지 않아 경서를 떼지 못한다. 이런 자가 10명 중 8, 9명이니, 어찌 다 둔하고 완고한 성품이라서 그렇겠는가. 20살이 넘어 수염이 성성하고 뼈는 단단한데 이룬 것은 없으니, 제가諸家의 잡문雜文을 대하면 입이 뻑뻑하여 내려가지 않고, 영궐營闕·읍령邑슝은 눈이 어두워 알지 못하고, 과거 시험장에서는 글을 짓지 못하고, 문안 편지도 쓰지 못하며, 방리坊里·소첩訴牒에는 입도 떨어지지 않는다. 입학한 지 십 수 년에 사서삼경四書三經을 다 읽었으나 마침내 담 벽에 낯을 대고 말았다. 그 까닭을 부형도 알지 못하고 스승도 알지 못하며 자기 또한 알지 못하여, 다만 재주가 없는 탓으로 돌리니, 아아 어찌 사리가 그러하랴?(「김안국 이야기」)

안국이 가지는 학습에 대한 어려움은 당대의 사회적 맥락을 고려하면 지금보다 훨씬 더 복합적인 원인을 가지고 있었다. 김청도 말했듯이 안국은 문장가로 명성을 날리는 일 외에 장남에게 주어지는 가문 내 활동을 정상적으로 감당해 낼 수 있는 비범한 면모를 가진 소년이었다. 문제는 안국의 능력 유무가 아닌 아버지인 김숙의 교육방식에 있었다.

그렇다면 당대 여느 문장가 집안에서도 일어날 법한 한자 해득 문제가 무엇 때문에 김숙과 김안국 부자의 관계를 단절로까지 내몰게 된 것일까? 다시 「김안국 이야기」 속으로 들어가 보자.

안국이 말을 하게 되자, 그의 아버지인 숙이 글을 가르쳤는데 석달을 가르쳐도 '천지天地' 두 글자를 이해하지 못하는 것이었다. 숙은 괴이하게 여겨 고개를 갸우뚱거리며 중얼거렸다.

'이 아이의 용모와 미목은 이처럼 잘생겼는데 어찌하여 총명함과 재주는 이리도 몽매한가? 혹 나이가 어려 재주가 아직 나타나지 않아서 그런가? 몇 해 더 기다렸다가 가르쳐야겠다.'

몇 해가 지난 뒤 다시 가르쳐 보았으나 여전히 글자를 이해하지 못
하는 것이었다. 숙은 마음속으로 매우 걱정이 되어 중얼거렸다.
'이 아이가 끝내 이러하다면 다만 제 한 몸의 불행일 뿐만 아니라 가
문의 명성이 땅에 떨어질 것이니 이보다 더 큰일이 어디 있겠는가.'
하고는 밤낮으로 가르치고 틈만 나면 깨우쳐 꾸짖어 가며 글자를
이해시킬 수 있는 방도를 수도 없이 다해 보았으나 끝내 '천지' 두
글자의 뜻을 이해하지 못하였다. 이렇게 가르치는 사이에 한 달,
두 달이 가고 한 해, 두 해가 지나 안국의 나이가 어느덧 열네 살
이 되었다.(『김안국 이야기』)

작품에서 확인할 수 있듯이, 김숙과 안국의 숙부 김청은 안
국에게 기본적으로 주입식으로 한자를 가르치려 했다. 안국의 부
친 김숙은 안국이 말을 하자마자 글을 가르치기 시작하는데, 진
도를 나가지 못하자 아들의 능력을 의심하기 시작한다. 하지만
안국이 왜 글을 해득하지 못하는지 그 원인을 찾을 생각은 하지
못한다.

●　　　　　　'사회 부적응자'라는 낙인

'세상에 어찌 저런 인간이 다 있을까? 우리 조상님들의 혁혁한 명
성을 이 물건이 장차 다 사라지게 하고 말겠구나. 저렇듯 조상들

을 욕되게 하는 자식을 데리고 있느니 차라리 자식이 없이 제사 받는 일을 끊는 것이 낫겠구나. 내 이 물건만 보면 분통이 터져 머리가 지끈지끈하니 아무래도 집 안에 그냥 두고 기를 수는 없어.'

(「김안국 이야기」)

여기서 주목해야 할 것은 김숙의 사고방식이다. 바로 김숙이 안국의 학습 부진을 자신의 문제와 연결시키고 이를 자신의 약점이나 결핍 요소로 인식하여, 안국을 가문의 명성과 체면을 유지하는데 방해가 되는, 불필요한 '물건'으로 여기고 있다는 점이다. 이는 김숙이 자신과 아들, 가문을 하나의 동일체로 여길 뿐, 아들을 독립적 인격체를 분리해 생각하고 있지 않기 때문에 생겨난 결과다. 이는 장남이라는 가정 내 정체성과 위상을 교육의 궁극적 목표로 생각하고, 안국은 자신을 대신해 가문을 이어나갈 분신 정도로 한정하고 그 외의 다른 가능성은 허락하지 않는, 완고하고도 경직된 유교적 신념의 소산이라는 점에서 문제가 있다. 아들보다 사회제도와 신념을 더 중요하게 고려하고 있음을 알 수 있다.

부언컨대, 안국에게 나타나는 개인적 학습 능력의 '차이'를 '학습 부진아'요 '열등아'로 단정 짓고, 냉정하게 부자 관계마저 끊어버리고자 한 것은 아들을 도구적 존재로 여긴 것의 다름 아니다. 이로 본다면, 부모로서 어른으로서 김숙은 자격 미달이다. 그리하여 김숙은 안국을 쉽게 포기하고, 글공부를 '정상적으로'

하고 있는 차남 안세를 장남으로 세우기에 이른다. 안국은 부친의 일방적 가치 판단에 의해 '편견'과 '차별'의 피해자가 되고 만 것이다.

> "이제부터 나는 너를 아들로 여기지 않을 것이니, 너도 나를 아비로 여기지 말라. 그리고 다시는 서울로 올라오는 일이 없도록 해라. 올라오면 죽일 것이니라."(『김안국 이야기』)

이러한 김숙의 발언을 보면, 작품 속 서사 전개의 시발점은 비록 안국의 한자 해득 불능에서 기인했다지만, 이후 문제의 핵심은 김숙의 대응 방식에 의해 좌우됨을 알 수 있다.

문자 해득 불능이 이렇듯 안국의 죽음을 합리화하고 부자 관계의 단절을 초래할 만큼 중차대한 문제인가? 일찍 글을 배우고 남들처럼 문장가가 되어야 한다는 것은 아들의 재능 여부에 대한 고려와 관계없이 자신과 가문에 대한 자긍심 유지를 위해 만들어진, 김숙의 욕망이자 당대 사회의 욕망의 다름 아니다. 따라서 김숙은 교육 문제에 관한 한 아들과의 관계를 자신의 욕망 충족을 위한 과정으로 이해하고 있었던 것이다. 또한 독립적이자 주체적인 존재로 인식하지 않고 자신의 목표(가문 존속) 달성을 위한 역할자로 보고 교육 역시 거기에 초점을 둔, 이기적인 부모나 마찬가지이다.

"저 놈이 14살이 되도록 '천지' 두 글자도 해득하지 못했는데, 10년 사이에 어찌 과거 문체를 배울 수 있으며, 글을 지어 급제한단 말인가? 절대 그럴 리가 없네. 알아보느라 기다릴 것도 없지."

숙은 곤장을 치라고 급히 명했다. 말릴 수 없을 듯하자, 고시관은 몸소 섬돌로 내려가 숙의 손을 잡아끌었다. 그러자 숙은 화가 나서 고시관을 꾸짖었다.

"내가 내 자식을 죽이겠다는데, 자네가 무슨 상관인가? 그리고 저 놈이 내 눈앞에 보이기만 해도 머리가 지끈지끈하더니 이제 또 그렇단 말일세."(『김안국 이야기』)

가부장제 사회에서 가부장이 휘두르던 무소불위의 폭력성과 배타적 태도의 어떻게 해결할 수 있을까? 김숙은 아들의 학습 부진을 이유로 안국을 가정 내 문제아요 사회 부적응자로 낙인찍고 만다. 그 결과 어린 안국은 자기 정체성과 존재 의미마저 상실한 채, 모든 문제의 원인을 자기의 탓으로 돌리는 죄책감에 시달리게 되는 것이다. 이러한 부정적 자아의식은 당연히 자신의 잠재적 능력, 또는 발전 가능성마저 포기하게 만들고 말았다. 그렇기에 안국은 글공부를 완전히 포기하고, 버림받은 아들로서 죽은 듯이 살고자 했다. 인격 장애마저 생겨나게 된 것이다.

"내가 처음 말을 하게 되었을 때부터 부친께서 글을 가르치셨소.

그로부터 지금까지 14년이 되도록 끝내 '천지' 두 글자를 해득하지 못하였소. 그래서 부친께서는 나를 집안 망칠 놈이라고 여기셔서 나를 없애려 하셨지만 차마 그렇게는 못 하시고 이곳으로 쫓아 보내셨던 것이오. 그러고는 죽을 때까지 다시는 부모님 눈앞에 나타나지 말라고 하셨소. 그러니 나는 사실 죄인인 셈이오. 무슨 면목으로 고개를 들고 하늘의 해를 바라보겠소? 그리고 나는 비단 글을 해득하지 못할 뿐만 아니라, 글 한 줄 읽는 소리만 들어도 머리가 지끈지끈 깨질 것 같으니, 지금부터 내 귀에 다시는 글공부 얘기는 들리지 않도록 해 주시오."(「김안국 이야기」)

안동 좌수의 딸과 혼인한 안국이 그의 부인인 이씨 부인에게 한 말이다. 이씨 부인은 처음으로 안국에게 커다란 마음의 상처가 있음을 알게 된다. 그런 마음의 상처는 열등의식과 패배의식으로 이어져 어른이 되어서도 그대로 남아 있었던 것이다.

그런데 안국의 이러한 폐쇄적 사고와 자기 부정적 인식은 김숙 뿐 아니라 숙부 김청으로부터 교육을 받은 후에 더욱 확고해진 것으로 보인다. 어떤 면에서 부친이 가문을 생각하고 자식에게 많은 기대를 거는 것에 대해 당시 사회 분위기에서는 자식 입장에서 당연하고 자연스러울 일로 받아들일 수 있다. 그리고 자식 입장에서는 부모를 탓하기보다 자신을 탓하기 쉽다. 그런데 부친뿐 아니라 숙부로부터 재차 교육을 받은 후에도 여전히 자신의 학습 능력이 남들보다 부족하다는 사실을 알게 된 안국 입장에서는 그 충격과 스트레스가 더 심해졌을 것임이 자명하다.

청이 부임한 뒤에 생각하기를,

'안국의 용모와 미목이 이처럼 예사롭지 않은데 어찌 글을 가르치지 못할 리가 있겠는가? 내가 한 번 가르쳐 보리라.'

하고는 공무를 보는 사이에 틈이 나면 안국을 불러 글을 가르쳤다. 그렇게 석 달을 가르쳤는데, 안국은 과연 '천지天地' 두 글자를 해득하지 못하는 것이었다. 청이 한숨을 내쉬며 중얼거렸다.

'그랬구나. 그래서 판서 형님께서 이 아이를 내쫓으셨어.'

청은 안국에게 조용히 그 까닭을 물었다.

"어찌하여 그렇단 말이냐?"

"저는 전부터 심심풀이로 하는 잡담을 들으면 정신이 절로 맑아져서 밤낮으로 수많은 이야기를 들어도 한 번 들으면 모두 기억할 수 있었습니다만, 글자를 배우게 되면 비단 해득할 수가 없을 뿐만 아니라 글이라는 말만 들어도 정신이 절로 흐릿해지고 머리가 지끈지끈 하기까지 하답니다. 그러니 숙부님께서 죽이신다면 죽을 수밖에 없습니다. 글공부는 정말이지 어찌할 수가 없습니다."

청은 안국을 더 이상 어찌할 수 없음을 알고 책방으로 돌아가라고 하고는 더 이상 글공부를 시키지 않았다.(『김안국 이야기』)

김청은 형 김숙이 안국을 버리는 것을 만류하고, 안국을 데리고 안동에 가 안국에게 직접 교육을 시도하고자 한 인물이다. 하지만 형과 같은 방식으로 세 달간 교육을 하다 뜻대로 되지 않자, 그 또한 안국을 포기해버린다. 형과 달리 안국의 능력이나 관심이 무엇인지 대화를 통해 인지하였으나, 관심을 가지고 교육하려는 노력 없이 책실로 안국을 보내버리고 만 것이다.

거기에다 김안국의 처가인 '이씨 부인' 집안에서 안국을 대하는 태도 역시 안국을 더욱 의기소침하게 만들었을 가능성이 높다. 물론 안국의 장인인 이유신은 안국에게 대제학 가문의 후광을 바라기는 했지만, 그렇다고 김숙처럼 글공부를 강요하지는 않았다. 지방 좌수로서 집안이 넉넉하기 때문에 벼슬길에 나가지 않더라도 먹고 사는 일에 어려움이 없었기 때문이다. 하지만 지식인 사회에서 사랑방 문화는 중요한 의미를 갖는다. 더욱이 글 한 수도 짓지 못하는 남자는 사회생활을 영위해 나가기 힘들다. 그러므로 비록 장인과 두 처남이 안국의 사정을 들어 이미 알고 있었음에도 불구하고, 안국과 서로 대면하며 살갑게 지내는 일도 별로 없었다. 즉, 장인과 처남으로 대표되는 처가 집에서도 안국의 문제를 깊이 이해하고 헤아려 그 해결 방법을 찾으려 하지 않았던 것이다. 그들 역시 김숙이나 김청과 별반 다르지 않은, 기성 교육의 수혜자이자 동일한 교육관을 가진 부모였기 때문이었다. 그러했기에 안국은 처가 식구들과 함께 지내면서도 가족 관계를 제대로 맺지 못하고, 안동에 살면서도 지역 인사들과 사회생활을 원만하게 유지해 나갈 수 없었다.

●   글이라는 것이 이토록 재미있는 것이란 말이오?

그런데 이런 절망적 상황을 역전시킨 이가 바로 안국의 아내인 '이씨 부인'이다. 여기서 우리는 이씨 부인의 눈부신 활약에 주목할 필요가 있다. 혼인을 올린 지 석 달이 지나도록 두문불출하는 남편의 모습을 본 이씨 부인으로선 대단히 의아한 일이 아닐 수 없었다. 그래서 당연히 공부를 권해보지만, 안국은 오히려 예민하게 반응하며 아내에게 화를 낸다.

> 그의 아내는 남편이 나이가 들어가면서도 하는 일 없이 지내는 것이 걱정되어 어느 날 다시 남편에게 말했다.
> "제 친정아버님과 오라버니들이 모두 글재주가 있으니, 당신도 사랑채에 나가 글공부를 해보시지요."
> 이에 안국은 화를 벌컥 내며 소리를 질렀다.
> "지난번에 내가 이미 글이란 말만 들어도 머리가 아프다는 말을 했으면 마땅히 내게 다시는 그런 말을 말아야지, 오늘 또 무엇 때문에 쓸데없는 말을 하는 게요?"
> 하고는 머리가 아프다며 드러눕고 마는 것이었다. 그의 아내는

무안해하며 물러갔다. 그가 글공부에 넌더리를 낸다는 것을 알고는 다시는 글공부하라는 말을 하지 않았다.(『김안국 이야기』)

이씨 부인은 남편이 글공부라는 말만 들어도 짜증을 내므로 그 말 자체를 꺼내기조차 쉽지 않았다. 이런 상황이라면 조신하고 소극적인 여성이라면 그저 남편이 마음을 돌리고 스스로 바뀌기를 기다리는 반응을 보였을 것이다. 하지만 이씨 부인은 그런 평범한 여인들과 달랐다. 남편을 포기하지 않고, 오히려 적극적으로 사랑과 정성으로 남편의 문제를 해결하기 위한 노력을 기울인다. 부부이기 이전에 기본적으로 안국에 대한 사랑과 배려의 마음이 밑바탕에 깔려 있었기 때문에 가능한 일이었다.

또한 이씨 부인은 상대의 처지와 문제를 금방 알아차리는 센스와 융통성이 있는 여성이었다. 남편의 또 다른 잠재력과 가능성을 염두에 두고 다른 방법으로 접근을 시도했다. 마치 친구처럼 편하게 이야기를 나누며 타인과 만날 수 있는 문을 찾고자 했던 것이다. 이씨 부인은 다소 불편한 상황이었지만 대화의 물꼬를 트고자 남편에게 부담이 가지 않도록 조심스러우면서도 지혜롭게 말을 꺼낸다.

"사람이 돌부처도 아니고 목각인형도 아니 바에야 온종일 입을 봉하고 말 한 마디 안 할 수가 있겠습니까?"

그러자 안국이 대답하였다.

"말을 하고 싶어도 누구와 말을 한단 말이오?"

"그럼 저랑 옛날 이야기나 하면 어떻겠습니까?"

"그것이야말로 내가 참으로 바라던 바요."(「김안국 이야기」)

물론 이씨 부인은 남편이 심심풀이 삼아 하는 이야기를 좋아할지 미처 알지 못했다. 다만 보통 사람들이 대개 좋아하는 옛날 이야기를 들려주는 방법을 택했다. 보편적이고 공통적인 기호를 공략하여 결과적으로 호의적인 반응을 이끌어 낸 것이다. 남편의 상태를 정확히 진단한 후에는 남편과의 관계성을 고려하고, 글자에 대한 부정적 생각을 이겨낼 수 있도록 서두르지 않고 상대의 흥미를 끌만한 이야기를 들려주고자 한다.

그녀는 『사략史略』의 첫머리인 천황씨天皇氏 대목(=중국 태고 시대의 전설적인 황제 이야기)부터 역사를 풀어서 이야기하자, 안국은 마음을 차분히 하고 귀를 기울여 들었다. 그가 들으면서 줄곧 아내가 이야기를 잘한다며 칭찬하자, 그녀는 『사략』 첫 권을 모두 이야기로 풀어서 말해주었다. 그러고는

"이렇듯 심심풀이로 하는 이야기도 따라 해보지 않으면 곧 잊고 말 것이니 제가 해드린 이야기를 다시 외워 보세요."

하고 청하였다.(「김안국 이야기」)

책의 내용을 이야기하듯이 풀어서 말해주며 남편의 타고난 재주를 시험해보고자 한 것이다. 이는 들은 이야기를 외우게 하는 방법이다. 숙부 김청과의 대화 속에서 안국이 이미 자신의 능력과 관련해 스스로 평가하고 고백한 내용과 다르지 않다. 즉, 들은 이야기를 기억하는 능력이 있음을 스스로도 알고 있었고, 그것을 김청에게 말하기까지 했는데, 정작 본인 스스로 그것이 적절한 문제 해결 방법임을 적극적으로 생각하지 못했고 안국의 부친이나 숙부도 미처 적절히 대응하지 못했던 방법인 것이다. 이런 상황에서 아내가 들려주는 글 이야기가 재미있는 것임을 비로소 깨달은 안국은 그동안 글에 대해 가졌던 선입견 내지 강박적인 반감 의식이 누그러지게 된다.

흥미가 생기자, 안국은 적극적으로 듣기 활동에 참여하게 된다. 이때 이씨 부인은 이야기를 통해 역사서의 내용을 이해시킬 뿐만 아니라 외우게 함으로써 안국이 다시 이야기 활동을 하게끔 한다. 더 나아가 글씨를 쓰는 법과 글을 짓는 법까지 터득하게 한다. 즉, 글자 하나 못 쓰던 안국의 언어 기능을 발달시킴으로써 자신의 목적을 달성한 것이다. 그런데 안국에게 더 놀라운 일이 일어난다.

어느 날, 안국이 이씨에게 물었다.

"여보, 지금껏 나와 당신이 이야기하고 외우고 한 것들이 과연 무슨 이야기요?"

"그것들은 다른 것이 아니라 바로 글이라는 것이에요."

안국은 깜짝 놀라더니 의아한 듯이 물었다.

"참말이오. 그게 글이라는 게? 글이라는 것이 이토록 재미있다면 내가 왜 머리를 아파할 이유가 있겠소."

"글이란 게 본디 이처럼 재미있는 것인데 머리가 아플 리가 있나요."

"그렇다면 오늘부터 전에 말하던 글공부라는 것을 하겠소."(「김안국 이야기」)

이씨 부인의 입을 통해 표현된 이야기는 책에 서술된 표현 양식에 비해, 더욱 사실적이고 그럴듯하게 설명 가능하다. 짐작컨대, 안국은 책보다 구술 이야기를 통해 훨씬 더 쉽게 재미를 느낄 수 있었을 것이다. 이는 감정 이입을 통해 전달 효과를 극대화할 수 있다는 장점이 충분히 구현된 것이라 하겠다. 이를 통해 다른 사회의 문화나 시대를 초월한 세계를 경험할 수 있도록 해 준다. 안국이 '그렇게 재밌는 것이라면 배워보겠노라'고 말한 것 자체가 이미 그에게 충분한 동기가 부여되었음을 의미한다.

수많은 경서와 사서를 차근차근 다 외우게 된 안국의 입장에서 이미 해득한 내용을 문자로 확인하는 것은 그리 힘든 일이 아니었다. 이렇게 해서 안국은 글에 대한 공포와 여러 콤플렉스를 극복하고 글자를 익혀 마침내 해독과 작문까지 하겠다는 적극적

의사를 표현하게 된다. 자기 불신의 벽을 허물고 스스로 자기 긍정에 대한 활로를 찾게 된 것이다.

물론 이러한 유형의 서사 진행은 설화에서 종종 발견된다. 이 부분에 이르러서는 다소 낭만적이면서 환상적인 서사문학의 면모마저 감지된다. 하지만 그렇기 때문에 오히려 이 작품의 문제가 애당초 선천적이고 신체적 원인에서 유래된 것도, 과장된 상상력에 기인한 것도 아닌, 강압적이면서 단일한 태도를 보인 부친의 부적절한 역할과 관계 단절에서 비롯한 것이었음을 단적으로 보여준다.

그런데 매사에 자신감이 없고 의기소침해 있으면서 부자 관계의 단절로 인해 패배자였던 안국이 세상 밖으로, 타자의 시선 앞에 다시 나서기까지는 또 따른 용기와 시간이 필요했다. 이씨 부인의 진가는 여기서 더욱 빛을 발한다. 글을 깨우친 안국이 안동 제일의 명문장가가 되었지만, 여전히 과거에 응시하거나 서울로 올라가 부친을 만나는 것은 주저되는 요소였다. 글공부라는 말만 들어도 아내에게 화를 내곤 한 것은 안국이었지만, 그때마다 가장 답답하고 외로운 사람은 정작 김안국 자신이었다. 안국에게 아버지로 대표되는 안동 바깥의 세계는 자식을 버린, 아니 자신을 버린 냉혹한 세계이다. 그런 세계로 다시 돌아간다는 것은 안국의 내면에 꽁꽁 숨겨 두었던 두려움, 공포, 나약함, 열등감 등 과거의 모든 부정적 기억과 체험, 정서와 감각을 환기시키는 것을 의미하기 때문이다. 특히 어린 나이의 안국이 가졌던, 부모가 주는 압력과 수치심은 그로 하여금 더 실수하게 만들고, 자신을 부적절하고 무능한 존재로 인식하게 만들어 버렸던 것이다. 결국 글공부에 대한 부적응과 강압적 자녀 교육은 안국으로 하여금 사회생활마저 불가능하게 만들고, 열등한 자아의식과 대인기피 의식 속에서 살 수밖에 없게 만들었던 것이다.

그러한 안국이었기에 우리는 과거 시험에 응시하는 것을 꺼리는가하면 부친에게 자신의 문장력을 인정받고 관계 회복을 시도해 보라는 이씨 부인에 권유에 쉽게 동의하지 못하는 안국의 모습을 발견하게 된다. 그런데 이러한 상황에서도 이씨 부인은 문제를 다양한 시각에서 바라볼 수 있는 유연한 태도를 지니고 있었다. 글공부에 흥미를 갖도록 만든 것 외에 글자 학습을 유도했고, 글을 짓고 글씨를 쓰는 법까지 알려줌으로써 기대 이상의 성과를 거두었지만, 이씨 부인은 거기서 그치지 않았다. 안국이 대인기피증을 극복하고 자신감을 회복할 수 있도록 이씨 부인은 사랑채로 나가 안국의 장인과 처남들과 만나 사귐을 갖고 이야기를 나눌 수 있도록 권면하고 있기 때문이다. 안국은 이런 아내의 격려와 권면이 무척이나 고마웠으리라. 그래서 아내의 말을 믿고 용기를 내 사랑채로 나가 본다.

물론 여기서 안국의 미의식이나 예술적 감정, 상상력을 개발이 되었는지 여부는 자세히 알 순 없다. 다만 과거의 급제할 정도의 글 짓는 문예능력과 상상력이 향상된 것은 분명하다. 안국 입장에서는 무섭고 지엄한 부친과는 다른 이들이었기에 불안감이나 부담은 적었을 것이다. 하지만 아내의 말을 믿고 자신을 다른 사람들에게 내맡기게 된 것이다. 사랑채에 나갔고 장인과 처남들 앞에서 시를 짓고는 그들로부터 칭찬을 받는 자신의 모습에 자신도 스스로 놀랐을 것이다. 그리고 자신이 대견스러웠을 것이다. 결국 안국은 작은 일에서 성취욕을 맛보았고, 더불어 자신감이라는 자산을 획득하게 된 것이다.

하지만 이씨 부인은 여기서 멈추지 않았다. 때를 놓치지 않고 안국에게 말한다. 과거에 급제해 유명해지면 그로 말미암아 가문의 명성을 드높이게 되고, 그렇게 되면 부모님을 당당히 만날 수도 있고, 부모님 또한 그를 기쁘게 용서하실 것이라는 논리를 안국에게 제시한 것이다. 이는 궁극적으로 안국에게 용기를 갖고 안국이 갖고 있었던 근본적인 상처, 곧 내적 갈등에서 헤어 나올 수 있는 동력을 마련해 주기 위함이었음을 우리는 잘 안다. 이에 안국은 더 큰 믿음과 자신감을 갖고 장인과 처남들로부터 칭찬받았던 느낌 그대로 쭉 밀고 나가 과거 시험을 치르게 된 것이다. 그리고 그 결과는 장원급제였다. 또 다시 학문적 성취감과 자신감으로 충일하게 된 것이다. 이 모든 일은 아내인 이씨 부인의 무한 격려와 체계적인 조언이 있었기 때문에 가능했다. 또한 아내의 말을 전적으로 믿고 기존의 틀을 깨고 담대하게 나갈 수 있었던 안국의 용기 덕분이었다. 그리하여 안국은 멋지게 세상으로 나갔고, 사회 속의 일원이 될 수 있었던 것이다.

「김안국 이야기」는 무엇보다 이씨 부인의 현명한 내조와 적절한 격려가 한 남자의 일생을 바꾸어 놓았음을 잘 보여준다. 이런 점에서 이씨 부인은 안국의 배우자일 뿐 아니라, 병리적 이해와 해결 방법을 함께 고민하고 대안을 내놓은 심리상담 전문가나 마찬가지다. 이런 이씨 부인을 우리는 당차고 현명한 대한민국의 여성상으로 내세워도 부족하지 않을 것이다.

● 　　　문을 열고 다리를 잇다

「김안국 이야기」의 마지막 부분에는 다음과 같은 작가의 변이 소개되어 있다.

여기에 빈집이 한 채 있다고 하자. 그 집 대문은 안으로 잠겨 있고, 옆에 있는 곁문 하나가 열려 있다. 그 대문을 열려고 하는 사람이 있었는데, 그는 열려 있는 곁문을 보지 못한 채 하루 종일 대문 밖에 서서 무수히 대문을 두드려 보았지만 끝내 대문을 열 수 없었다. 다른 사람 하나가 그 대문에 와서 두드려 본 뒤 대문이 잠긴 것을 알고는 문득 열려 있는 그 곁문을 발견하고 들어가서 대문을 열었다.

처음에 안국의 재주는 텅 빈 대갓집이라고 할 수 있고, 그가 '천지' 두 글자를 해득하지 못한 것은 바로 대문이 잠겨 있는 것과 같은 것이라 하겠다. 한가롭게 잡담처럼 한 이야기를 듣고 잊지 않은 것은 바로 곁문이 열려져 있는 셈이었던 것이다.

안국의 아버지는 대문을 열려고 하면서도 곁문이 열려 있는 것을 보지 못한 격이요, 그의 아내는 곁문으로 들어가서 대문을 연 격이다. 그러니 안국의 아버지가 가르치지 못한 것을 그의 아내가 가르쳤다고 해서 이상하게 여길 것이 무엇인가?

아아! 이 어찌 다만 안국의 재주에만 국한된 것이랴! 대개 도덕에 밝지 못한 사람들이나 문장에 숙달되지 못한 사람들은 모두 대문이 닫혀 있는 빈집과 같은 격이나, 세상에 곁문으로 들어가 대문을 여는 사람은 얼마 되지 않는다. 그래서 문장과 도덕에 밝은 사람을 만나보기 어려운 것이리라. 나 또한 빈집에 대문이 닫힌 유형인지라, 이제 안국의 이야기에 내 나름대로 감동되는 바가 있어 이렇게 기록한다. 뒷날 곁문으로 들어와 대문을 열어줄 사람을 기다리며…(「김안국 이야기」)

소위 '텅 빈 대갓집 들어가는 법'에 관한 단상을 적어 놓았다. 여기서 작가는 대문을 여는 것만이 '텅 빈 대갓집'에 들어갈 수 있는 유일한 해결방식이 아님을 강조하고 있다. 이는 무한한 잠재력을 키워줄 수 있는 방법을 다각도로 찾아 개인에게 맞게 적용해야 함을 주장한 것이다. 대문이 닫혀 있다고 거기에 함몰되어 그것만 고집하거나 아예 들어가기를 포기하고 말 것이 아니라 다른 방법을 강구하려는 상대적 인식과 방법 모색이 중요함을 역설한 것이다. 작가 자신도 '빈집에 대문이 닫힌' 인물임을 인정하면서, 이씨 부인처럼 곁문으로 들어가 대문을 열 수 있는 인재가 후대에 나타나기를 희망한다고 했다.

짐멜Simmel●은 『다리와 문』(1909)에서 '다리'는 두 가지 유한한 자연적 대상을 연결하는 것인 반면, '문'은 일종의 경계로 그 안에 닫혀 있을 수 있지만 동시에 무한한 접점을 가질 수 있는 잠재력을 가진 것으로 파악했다. 하지만 우리는 기존에 세계와 통하는 통로로 만들어 놓은 '다리'에만 집착하기 쉽다. 그리하여 우리는 문이란 경계 지점에 서서 자신과 세계, 자신의 내면과 바깥 사회를 번갈아 응시하며 미처 짓지 못한 다리를 못내 안타까워 하고 말기 쉽다. 대문 외에 곁문이 있을 수 있고, 내가 다리를 만들겠다는 적극적 사고로 자신이 드나들 수 있는 무한한 접점을 만들어 놓는 지혜와 실천이 우리에게 요청된다. 이씨 부인은 조선 사회의 경직되고 고질적인 가문 제일주의 의식을 타파하고, 개인의 무한한 잠재력을 발휘토록 할 수 있는 문과 다리의 존재를 우리에게 일깨워준, 이 시대의 안내자이자 개척자요 깨어 있는 교육자가 아닐까?

● 게오르그 짐멜 Simmel Georg. 1858~1918. 독일의 철학자이자 사회학자.

조선시대 화장 이야기

여성의 얼굴이 성盛하고 쇠衰하는 것에는 때가 없으니, 하루라도 폐하면 아침에 천 가지 종기가 생겨나고, 아침에 나아가면 모든 아름다움이 다스려진다.(『여용국전』)

●   화장 문화의 보고寶庫

고전 서사 중에 '여자얼굴나라 이야기'라는 뜻의「여용국전女容國傳」이란 작품이 있다. 이는 조선시대 화장 문화와 화장과 관련한 생활상을 엿볼 수 있는 대단히 흥미로운 작품이다. 과연 우리 조상들은 어떻게 화장을 했는지, 미모를 가꾸기 위해 어떤 노력을 기울였는지 이 작품에서 여실히 확인할 수 있다. 「여용국전」은 '화장'이나 '화장용품'을 소재로 삼고 있어 현대사회와도 쉽게 연결시켜 볼 수 있다. 화장만큼 일상생활과 밀접하고 대중적인 소재도 드물기 때문이다. 따라서 「여용국전」을 보면 과거의 화장 문화를 들여다볼 수 있을 뿐만 아니라, 이를 현재와 비교하여 그 의미를 고찰할 수 있다.

조선 후기에는 탁전託傳이나 가전假傳이 앞 시대만큼 활발하게 창작되지는 않았다. 단순히 사물을 의인화한다는 발상이 이미 진부해졌고, 수많은 고사를 엮어 글을 쓰는 것은 새 시대의 문학관과 맞지 않아 높이 평가받지 못했기 때문이다. 그 대신 사람의 일생을 다루는 글이 다양한 형식으로 자유롭게 서술되었다. 그렇지만 앞 시대의 전례를 계승해 사물을 의인화하여 그 전기를 서술하면서 작가가 뜻하는 바를 이면적인 주제로 제시하는 가전을 짓는 데 큰 제약이 있었던 것도 아니다.

「여용국전」은 바로 이러한 시대 분위기에서 나타난 의인체 소설에 해당한다. 비록 '가전'의 문체를 일부 표방하고 있지만, 성격상 '가전 계통'에서 상당히 벗어나 있으며, 장르의 최종 소속은 '소설'이라 하겠다. 이런 작품군은 대상을 사물 또는 심성에 비유하면서 교훈과 흥미를 아울러 제시한다는 특징이 있다. 「여용국전」이 여자의 얼굴과 화장 도구를 의인화하되, '충성과 성실'이라는 교훈을 전달하고 있는 점에서는 가전의 성격이 남아 있다. 즉 의 인화 기법을 사용하되, 독자들로 하여금 수신修身의 중요성을 깨달게 한다는 점에서 그러하다. 그렇지만 「여용국전」은 한 인물의 행적을 삽화 식으로 나열, 서술하는 가전과는 달리 인과관계에 따라 사건이 전개된다는 점에서 차이를 보인다.

「여용국전」의 내용은 이러하다. '여자얼굴나라[女容國]'의 효장황제가 화장대를 뜻하는 능허대陵虛臺에서 황제로 즉위한다. 그 밑으로는 각각 거울, 연지, 분, 양칫대, 세숫물, 수건, 휘건, 비누, 육향, 곤지, 면분, 밀기름, 족집게, 비녀, 얼레빗, 참빗을 상징하는 화장용품과 세수 도구들이 신하로 등장한다. 황제와 신하들은 아침마다 능허대에 모여 나라를 잘 다스릴 궁리를 하므로 나라는 평화롭고 백성들은 태평한 시절을 보낼 수 있었다.

그런데 어느 날부턴가 황제가 게으른 생각을 하게 되었다. 그리하여 능허대로 신하를 모으지 않고 국사도 돌보지 않았다. 어쩌다 한번 세숫물과 참빗을 부르기는 했지만, 다른 신하들은 부를 생각조차 하지 않았다. 이렇게 몇 달이 지났다. 황제가 정사政事를 소홀히 하자, 구니공(얼굴 때), 슬양(이), 모송(이마 틸), 황염(이똥)과 같은 도둑들이 여자얼굴나라로 쳐들어왔다. 그리하여 곧 나라 전체가 어지러워지고 위기에 처하게 된다.

승상은 먼저 황제 앞에 나아가 아뢸 수 없었으므로 황제의 부름만을 기다려야 했다. 그러던 어느 날, 황제가 몸이 너무 피곤하고 불편한 것 같아 승상을 불렀다. 그러자 승상이 대표로 나라의 위급한 상황을 황제에게 고했다. 이에 황제는 매우 당황하지만, 곧바로 적당들을 물리칠 방도를 얻고자 신하들을 불러 모은다. 이때 자원해 싸움에 나갈 것을 외치는 용감한 신하들이 있었다. 이들은 황제의 명을 받아 전쟁에 나아가 도적들과 싸워 그들을 물리치는데, 이 부분이 절정 부분에 해당한다.

도적들과 대결하는 장면을 보자면 먼저, 소쾌(얼레빗)와 소진(참빗)이 나서서 머리에 있는 슬양(이)을 급습해 토벌한다. 그 후 관정(세숫물)과 포세(물수건), 말영(비누)이 나서서 구니공(얼굴 때)의 무리를 공격해 승리한다. 그러자 황제는 윤안(곤지), 방취(향수), 백원(분가루), 남용(비누), 밀기름, 채연(비녀) 등으로 오악산(이마, 코, 볼) 등 얼굴 및 흑두산(머리)을 관리하도록 지시한다. 그 후엔 섭상(족집게)이 자원 출정해 액개산(이마)에서 모송(이마 털)을 모조리 뽑아 죽인다. 마지막에는 양수(칫솔)가 백석산(치아)에서 완강히 저항하는 황염(이똥)을 수군(양칫물)의 지원하에 토벌한다.

결국 신하들은 전쟁에서 승리하여 도둑들을 평정하고, 다시 나라는 태평해진다. 황제는 공로에 따라 각 신하들에게 상과 벼슬을 내린다. 그 후 모든 신하들이 황제의 은덕에 감격하여 맡은 바 직책을 충실히 수행하고, 여용국은 다시 평화로워진다. 이것이 「여용국전」의 대강의 줄거리다.

「여용국전」에는 숨은 뜻이 적지 않다. 먼저 등장인물들의 면면을 보도록 하자. 여용국의 황제는 '효장황제曉粧皇帝'라 불린다. '효曉'는 새벽, '장粧'은 화장을 뜻하는 것으로, 여성이 새벽부터 일어나 화장을 시작했기 때문에 붙여진 이름이다. 효장황제의 신하로는 승상 동원청銅圓淸이 있는데, 거울의 맑은 속성을 염두에 두고 만든 호칭이다. 그는 늘 효장황제를 좌우에서 보좌하는 중요한 직책을 맡았다. 그리고 동원청 외에 열다섯 명의 신하가 등장하는데, 이 신하들은 화장품과 화장 도구를 의인화한 것이다.

국문본 「여용국평난긔」에는 특별히 문신 아홉 명, 무신 아홉 명으로 나눠져 있다. 이들 중 머릿니와 얼굴 때, 이똥 등을 제거할 때 쓰는 물건들은 무신에, 색조 화장용품이나 향수, 참기름 등 얼굴과 머리카락을 다듬을 때 쓰는 물건들은 문신에 비유해놓은 것이 이채롭다.

또한 각 신하마다 각각 용도에 어울릴 법한 관직명을 부여해놓은 것도 흥미롭다. 전장군 소쾌(얼레빗), 후장군 소진(참빗), 수군도독 관정(세숫물), 무위장군 포세(수건), 전전지휘사 포엄(휘건), 참군교위 말영(비누), 총융사 윤안(곤지), 형부시랑 방취(향수), 안무사 백원(면분), 도지휘사 납용(밀기름), 도어사 차연(비녀), 주련(연지), 소부 백광(분), 평장군 섭강(족집게), 호치장군 양수(칫솔) 등이 바로 그러하다. 여자얼굴나라의 신하들은 나라를 침범한 적당들과 싸우는데, 여기서 적당들은 세수와 화장을 게을리할 때 나타날 수 있는 더러운 것들, 곧 얼굴 때, 머릿니, 눈썹과 얼굴의 잔털, 이똥 등을 의인화한 것이다.

　작품의 마지막 부분에는 공적에 따라 논공행상을 벌이는 장면이 등장한다. 위기에 처한 여용국을 구하고자 적당과 대적해 승리를 거둔 신하들에게 황제가 공로를 치하하고 벼슬을 내리는 것이다. 그런데 각 이본마다 상을 주는 신하들의 수가 다르다. 또한 어떤 이본에서는 큰 공을 세웠다고 볼 수 없는 화장 도구나 화장품들이 먼저 벼슬을 하사받고, 오히려 적당을 물리치는 데 큰 공을 세운 도구들은 논공행상 대상으로 언급되지 않기도 한다. 큰 공을 세웠다고 볼 수 있는 신하들은 면분, 수건, 휘건, 빗, 칫솔, 세숫물, 족집게 등으로 전쟁에 참여하여 적당을 물리친 화장 도구들이다. 반면에 연지나 곤지, 밀기름, 비녀처럼 얼굴과 머리를 마지막으로 다듬을 때 쓰는 것들은 직접 나가 싸우지 않았다. 하지만 논공행상 장면에서 정작 큰 공을 세우지 않은 이런 화장품들에게 상을 내리고, 공을 세운 화장 도구들은 오히려 언급하지 않는 이본도 있다. 그리고 상을 주는 신하들의 수 역시 제각각이다.

　이처럼 이본마다 논공행상 장면에서 등장하는 인물의 수가 다르고 상을 받는 이들이 다른 이유는 개작자 또는 필사자가 평소에 자신이 애용하던 화장품이나 화장 도구를 우선적으로 내세우고자 했기 때문으로 보인다. 기초화장보다 색채화장에 쓰는 물건들을 더욱 중시했음을 짐작해볼 수 있다. 즉 논공행상 장면을 통해 조선 후기 사람들이 어떤 화장용품을 중요하게 여겼는지 엿볼 수 있는 것이다.

「여용국전」에서 당시 독자층의 흥미를 불러일으킨 가장 극적이고 핵심적인 내용은 아무래도 적당과 싸우는 장면일 것이다. 그런데 적당을 물리치는 순서 역시 이본마다 다르다. 예를 들어, 신하들이 적당과 대적하는 순서는 '슬양(이) → 구리공(얼굴 때) → 모송(눈썹 털) → 황염(이똥)'으로 서술해놓은 이본이 가장 많다. 하지만 어떤 이본에서는 슬양을 무찌르는 첫 번째 싸움 이후로는 순서가 제각각 다르다. 이는 적당을 공격해 나라를 재정비하는 부분을 여성의 화장 순서를 떠올리며 임의로 재구성했기 때문으로 보인다. 즉 사람마다 화장을 하는 순서가 제각각이라서, 「여용국전」 개작자나 필사자가 자신의 경험 또는 취향에 따라 화장 순서를 결정하는 등 자유롭게 변개한 것으로 보인다.

● 교훈과 재미라는 두 마리 토끼

고소설은 이본이 많다. 저작권 개념이 없었기 때문이기도 하지만, 필사 방식으로 책을 마련하는 것이 일반적이라 필사자에 따라 내용상 변개와 첨삭이 가능했기 때문이다. 당시에는 책을 베끼는 것이 곧 책을 읽는 행위였던 것이다. 그리고 국문으로 표기하느냐 한문으로 표기하느냐에 따라 작가와 독자가 나뉘던 시대였기에 소설 향유자의 수준과 기호, 그리고 그들의 미적 취향에 따라 동일 작품이라도 다른 버전의 작품이 탄생할 수 있었다. 그런데 어느 작품이 한문본과 국문본 이본이 다수 존재한다면, 이는 상하층이 모두 좋아하던 작품이었음을 방증한다. 『구운몽』이 그런 작품에 해당한다.

현재까지 알려진 「여용국전」의 이본은 총 6편으로, 한문본과 국문본, 그리고 국한문혼용본이 모두 존재한다. 한문본 「여용국전」은 화장이라는 일상적인 소재를 사용하여 당시 사람들의 흥미와 관심을 이끌어냈고, 의인화를 사용하여 교훈적인 주제를 잘 구현한다는 점에서 조선 후기 의인체 소설을 대표한다. '화장'이란 소재는 당시 사람들에게 일반적인 것이었기에 많은 사람들이 공유할 수 있다는 장점이 있다. 따라서 한문본이 등장한 이후 계속해서 이본이 등장한 것으로 보인다. 즉 한문본이 등장한 이후 화장 문화가 일반화되고 상하층 남녀를 불문하고 화장에 대한 관심이 늘어나면서 한문본이 국문으로 번역, 개작되고, 결국 국문본 이본까지 등장하게 된 것이라 하겠다.

이처럼 한문본에 이어 국문본이 등장한 것은 결국 「여용국전」의 독자층이 상층에서 하층으로 확대되었음을 의미한다. 그리고 이는 결국 상하층 모두가 「여용국전」을 향유했음을 의미한다. 또한 국문본으로 개작되면서 등장인물이 늘어나고, 서사 구조가 이전보다 치밀해지는데, 이것은「여용국전」이 그 이전 한문본 이본보다 국문본으로 개작되면서 소설적인 요소가 확대되고 본격적인 소설로 나아가고 있음을 의미한다. 결국「여용국전」이본들의 존재는 향유층의 확대와 소설의 발달을 잘 보여준다.

다양한 이본이 나타날 수 있었던 것은「여용국전」의 몇 가지 특성 덕분이다. 먼저「여용국전」은 비교적 짧고 구성이 복잡하지 않다. 나라를 잘 다스리다가 잠깐 해이해진 사이에 적당의 침입을 받아 위기에 처하지만, 이 위기를 잘 극복하여 다시 나라가 태평해졌다는 것이 핵심 내용이다. 이렇듯 사건 전개가 단순한 까닭에 내용을 기억하기 쉬웠고, 그렇기에 개작 또한 쉬웠을 것이다.

둘째,「여용국전」은 화장하는 행위와 화장 도구와 같은 일상적인 소재를 적절히 가져와 의인화한 소설이다. 일상적인 소재라는 점에서 친근감을 느낄 수 있을 뿐 아니라, 의인화한 대상과 그 물건들의 속성이 어떠한지를 독자들이 쉽게 알아차릴 수 있으므로 독자들의 공감대를 이끌어내기에 대단히 유리하다. 실제 생활 속에서 체험한 내용을 형상화한 까닭에 많은 이들의 흥미와 관심을 끌 수 있었던 것이다.

셋째, 상하층을 아우를 수 있는 주제를 제시하고 있다. 세수하고 화장하고 몸단장을 하는 것은 너무나 당연하고 중요한 일임에도, 매일같이 반복되는 일이라 소홀히 여기기 쉬운 법이다. 따라서 이것을 쉼 없이 지켜나가려면 성실함과 일관된 마음가짐이 요구된다. 자칫 귀찮아하거나 게을리하면 위생이 불결해져서 생기는 여러 불편한 현실과 마주하게 된다.

　나라를 다스리는 일도 마찬가지다. 왕과 신하들이 나라 다스리는 일에 게으르거나 나태해지기라도 한다면 그 나라는 얼마 못가 다른 세력에 의해 망하기 쉽다. 이런 보편적 주제를 「여용국전」을 읽는 독자라면 쉽게 눈치챌 수 있다. 수신하여 치국하는 것을 가장 중요한 수양 덕목으로 삼은 유교사회에서 상층과 하층이 모두 힘써 추구해야 하는 이상적 생활의 전형을 「여용국전」을 통해 보여주고자 한 셈이다. 심각하지 않으면서도 교훈과 재미라는 두 마리 토끼를 잡은 작품이 바로 「여용국전」이다.

　그래서일까. 「여용국전」은 유교적 법치국가의 이상적인 군주상과 바람직한 신하상을 제시하고 있다. 등장인물들의 성격에서 이것을 찾아볼 수 있는데, 작품에 등장하는 황제나 신하 모두 유교 이념에 따라 행동하는 이상적이고 전형적인 인물이다. 신하들도 모두 충실히 자신의 직임을 감당하고, 잠깐의 방심과 나태함으로 인해 적이 쳐들어왔을 때도 자신의 능력을 발휘해 적을 물리친다. 이상적인 결말 처리 역시 유교 법도 정치를 추구하고자 했던 작가의 의도를 잘 보여준다. 황제와 신하가 자신의 소임을 충실히 이행하고 나라에 충성함으로써 적을 물리치고 태평해졌다는 이야기는 결국 교훈적인 계세징인戒世懲人 의식을 그럴듯하게 포장해놓은 것이다.

한문본이 존재했다는 것은 남성들 역시 화장 문화에 관심이 있었음을 의미한다. 당시 조선 후기 남성들도 기초화장을 했다. 또한 시전市廛 중에 분전粉廛이라는 화장품 가게가 있어 남성들도 그 가게를 드나들었다. 당시 사람들은 얼굴과 몸을 아름답게 가꾸고 단장하는 것을 마음을 깨끗이 하는 것과 동일시했다. 외모는 정신이 밖으로 드러난 것이라고 이해한 것이다. 따라서 당시 사회는 여성뿐만 아니라 남성에게도 단정한 화장을 권했고, 화장을 예법을 실천하는 한 가지 방편으로 보았다.

여성 생활사 측면에서 보면 「여용국전」은 여성 어문 생활사를 이해하는 데 도움을 주는 자료로도 가치가 있다. 작품에 등장하는 인물들 자체가 화장품과 화장 도구를 의인화한 것이기에 당시 어떤 화장용품을 사용했는지 확인할 수 있다. 또한 적당과 싸우는 장면과 그 전쟁 순서를 보면 당시 여성들이 어떤 순서로 화장을 했는지 알 수 있다. 어디 그뿐인가. 논공행상을 행하는 장면에서는 당시 여성들이 어떤 화장용품을 중시했는지까지 알 수 있다. 이처럼 「여용국전」은 화장과 관련한 여성들의 심리와 그들의 실제 생활과 문화를 담고 있어 그 시대 여성들의 삶을 엿볼 수 있다는 점에서 귀중한 가치가 있다.

3

박제된 고전 다시 읽기

심청전

열다섯 소녀의 '행복을 찾아서'

『심청전』은 판소리계 소설로 일명 『심청왕후전』이라고도 하는데 한문본과 국문본 등 다양한 이본이 전한다. 이는 그만큼 당대인들에게 인기가 있었음을 방증한다. 하지만 각 이본은 저마다 작품 세계와 주제가 다르다. 경판본과 완판본은 작품의 세부적인 전개는 물론 그 이면에 깔린 세계관이나 주제까지 다르다.

게다가 『심청전』은 작가가 없다. 다시 말해 필사를 하거나 이본을 만든 이들이 모두 작가의 범주에 포함될 수 있다는 말이다. 일반적으로 문학작품에는 작가의 의식과 사상이 담겨 있다 할 때, 『심청전』과 같은 작품에는 향유한 많은 이들의 의식과 사상이 녹아들어 있는 셈이다. 『심청전』은 판소리로 불렸는가 하면 소설로 정착된 것도 있고 심지어는 가사로 전승되기도 했다. 또한 어떤 이본은 무가 양식으로 전승되기도 했다. 그 전승 매체도 다양하다. 필사본·방각본·창본·구활자본, 게다가 영어본·일어본·러시아어본 등 그 폭이 굉장히 넓다. 이는 『심청전』이 사람들에게 많이 회자되고 깊은 감동을 주고 흥미를 유발했다는 것을 의미한다.

이본의 내용은 가지각색이지만, 대강의 줄거리는 잘 알려져 있다시피 다음과 같다.

하늘이 내린 효녀 심청이 아버지 심 봉사의 눈을 뜨게 하려고 공양미 삼백 석에 몸을 팔아 인당수의 제물이 되었으나, 사해용왕에게 구출되어 천자의 황후가 되고, 결국 맹인 잔치를 열어 아버지를 만나고 심 봉사 또한 눈을 뜨게 된다는 내용이다. 『심청전』의 주제 또한 줄거리와 맞물려 일반적으로 '부모에 대한 지극한 효성'으로 언급되곤 한다. 그래서일까? 우리나라 고소설의 등장인물 중에서 지극한 효성을 지닌 인물을 꼽으라면 심청이 그 으뜸에 선다. 부모의 병구완을 위해 제 살점을 잘라낸 인물은 여럿 있으나, 아버지를 위해 제 목숨까지 바친 심청에 비할 수는 없기 때문이다.

하지만 제아무리 심청이라 하더라도 인간이라면 마땅히 있을 수밖에 없는, 살고 싶은 욕구가 없었을까? 살고 싶은 욕구보다 효심이 더욱 강했기에 인당수로 향하는 발걸음에 한 점 망설임조차 없었던 것일까? 혹은 자신의 선택을 후회했으나 되돌릴 수 없었기에 따라야만 했던 것은 아닐까?

● 강박증에 사로잡힌 심청

『심청전』 이본 중 『효녀실기심청』을 중심으로 살펴보자. 『효녀실기심청』은 20세기에 간행된 구활자본 소설(일명 딱지본 소설) 중 하나이다. 심청이 인당수에 몸을 던지기로 결심한 나이는 열다섯 살이다. 조선 후기에 열다섯이란 나이는 완연한 성인을 의미한다. 하지만 성인 취급을 받는다 하더라도 이 세상에 태어난 지 겨우 십오 년이다. 그 십오 년 동안 인생의 희로애락도 제대로 누려보지 못한 채 아버지를 위해 죽음을 각오한 것이다. 이로 본다면, 심청의 내면은 어린 시절부터 아버지에 대한 효심으로 가득 차 있어 자신의 삶과 행복, 안위는 돌볼 틈이 없었던 것으로 볼 수 있다. 심청이 인당수에 빠지기 전까지 그녀의 삶을 되짚어보자.

심청의 성장 과정은 일찍부터 남달랐다. 태어난 지 일주일 만에 어머니를 여의고, 눈이 보이지 않는 아버지와 함께 가난하게 살았으니 누가 보아도 불쌍하기 짝이 없는 삶이다. 하지만 비록 환경은 불우하나 심청은 심성이 곱고 아버지에 대한 효심이 남다른 자식으로 성장했다. 일찍부터 아버지가 남들과 다르다는 것을 깨닫고 아버지를 봉양하기 위해 제 한 몸 희생하는 것을 당연하게 여겼다. 아버지가 자신이 믿고 기댈 수 있는 세상에 남은 유일한 혈육이라는 점, 눈이 보이지 않는 아버지가 자신을 먹여 살리려고 어렵사리 젖동냥을 다닌 점 등이 심청에게 강한 효심을 심어준 배경이라 할 수 있다. 그런데 이러한 심청의 효심은 심청이 나이가 들수록 점차 아버지에 대한 강한 책임감으로 확산된다. 아버지를 향한 순수한 효심에 책임감이 덧붙여지기 시작한 것이다.

육칠 세 당하더니 효행이 지극하여 그 동네 이웃집에서 음식 오면 저는 먹지 아니하고 정결한 데 두었다가 시장하신 때를 알아 부친 앞에 갖다 놓고, "아버님 잡수시오." 심 봉사 좋아라고 "어떤 음식 생겼느냐? 너도 어서 먹어라." "예. 저도 먹습니다." 헛입맛 다시겠다. 심 봉사 곧이듣고

십여 세 되었으니 얼굴은 절색이요, 소견이 탁월하여 인자유순하고 덕행은 요조로다. 부친의 조석공경 모친의 기제사를 염려 없이 지내가니 뉘 아니 칭찬하랴. (중략) "아버님 눈 어두운데 급한 데 깊은 데 좁은 길 급한 길에 천방지방 다니시다가 낙상할까 염려옵고 궂은 날 갠 날 바람 불고 서리 찬 날 병이 날까 염려오니 아버님 오늘부턴 집에 누워 계시오면 내가 가서 밥을 빌어 조석공경 하오리다."(『효녀실기심청』)

심청은 예닐곱 살부터 자신보다 아버지를 위하는 삶을 살기

시작했다. 자신은 굶더라도 아버지의 끼니는 빠짐없이 챙기고, 아버지가 심청이 식사를 하는지 하지 않는지 걱정을 하자 헛입맛을 다시는 잔꾀도 부려가며 아버지를 봉양한다. 어린아이다운 잔망스러움이다.

그런데 심청이 십여 세에 이르면서부터 심청 집안의 가족 구도에 변화가 생기기 시작한다. 가장인 아버지를 대신하여 자신이 직접 본격적으로 동냥 길에 오른 것이다. 심청이 동냥 길에 오른 것은 심청 집안의 생계를 꾸려가는 책임이 아버지에게서 심청으로 옮겨온 것을 의미한다. 비록 맹인이지만 급한 길 좁은 길 마다않고 다니며 가장의 역할을 다하던 아버지를 별안간 방 안에 가만히 누워만 있게 하고 심청 본인이 직접 동냥 길에 나서기로 한 것이다. 이것을 단순히 효심으로만 설명하기는 힘들다. 맹인인 아버지를 이제 자신이 책임져야 한다는 강한 압박감이 나이 어린 소녀를 누더기 복색을 하고 추운 길거리로 나서게 한 것이다. 또한 심청이 어린 시절부터 되새겨온 중국 고사에 등장하는 효자들의 이야기가 심청의 책임감을 더욱 공고히 해주는 자극제가 되었다고 볼 수 있다.

하지만 무엇이든 억누르면 도리어 터지는 법. 아버지에 대한 심청의 굳은 책임감에 균열이 일기 시작한다. 아버지의 말 한마디로 인해 균열이 나타나기 시작한 것이다. 그것은 바로 심청이 공양미 삼백 석에 팔려 인당수에 빠지기 직전의 일이다.

평소 심청의 효심이 극진하다는 소문을 들은 무릉촌 장 승상 댁 부인이 심청을 보기를 청하였다. 아버지의 허락을 받고 장 승상 댁 부인을 만난 심청은 뜻밖의 제안을 듣는다. 장 승상 댁 부인은 승상이 일찍 벼슬을 얻고, 아들 삼 형제도 벼슬길에 올라 모두 집 밖에 나가 있는 사실을 심청에게 이야기하며, 평소 행실이 얌전하고 효성까지 극진한 심청을 수양딸로 삼고 싶다고 말한다. 어찌 보면 굉장히 자애로운 말이다. 하지만 장 승상 댁 부인의 뒷말이 심청의 마음에 상처를 입힌다.

"네 신세를 생각하니 근본 양반의 후예로서 저렇듯 궁곤하니 어찌 아니 불쌍하랴. 나의 수양딸이 되어 여공재질이나 숭상하고 문장 도학 학습하여 친딸같이 성취시켜 말년에 재미 보려 하니 너의 뜻이 어떠하뇨?"(『효녀실기심청』)

적적하던 차에 말년에 심청을 통해 재미를 보겠다는 장 승상 댁 부인의 말을 심청은 예의를 갖추어 일언지하에 거절한다. 비록 가난하지만 물심양면 아버지를 봉양하며 꿋꿋이 살아온 심청에게 이러한 제안이 달가울 리 없다. 하지만 이러한 장 승상 댁 부인의 제안은 후일 심청이 공양미 삼백 석에 팔려 갈 때 아버지에 대한 책임감을 내려놓는 계기가 된다.

심청이 장 승상 댁 부인을 방문하고 집으로 돌아오던 때, 심청의 아버지는 심청이 직접 동냥 길에 나선 뒤 처음으로 바깥출입을 한다. 배는 고프고 방은 추워 턱이 떨리는데 심청이 오지 않으니 직접 찾아 나선 것이다. 하지만 심청의 봉양으로 몇 년간 집 안에만 있던 맹인이 자기 집 앞의 길이라고 제대로 찾았을 리 없다. 지팡이를 짚고 사립문 밖을 나오다가 빙판에 미끄러져 그만 개천 아래로 떨어지고 만다. 이때 보은사 화주승이 물에 빠져 거의 죽게 된 심 봉사를 발견하고 그를 구해준다. 화주승은 심 봉사에게 다음과 같은 말을 한다.

> 우리 절 부처님이 매우 영험하오시니 공양미 삼백 석을 부처님께 올리옵고 지성축원 하옵시면 말년에 눈을 떠서 천지만물을 밝게 보고 영화를 보시리다.(『효녀실기심청』)

이 말에 심 봉사는 화주승에게 공양미 삼백 석을 주기로 덜컥 약속을 해버린다. 하루 끼니도 해결하지 못해 남의 집에서 밥을 빌어먹는 처지에 삼백 석 시주라니 가당치도 않은 말이다. 하지만 아버지의 이 어이없는 행동에도 심청은 강한 책임감을 느낀다. 이쯤 되면 아버지와 관련된 모든 일은 자신이 책임지고 감내할 수 있다는 이 무시무시한 강박에 의문이 든다. 온전히 효심에서 비롯된 것이라고 보기는 어려운 지경이기 때문이다. 그동안의 행동을 통해 아버지를 부양해야 한다는 심청의 책임감이 무게를 더하고 있음을 엿볼 수 있다. 그런데 이번 사건은 심청이 지닌 효심의 성격을 구체적으로 드러내 보여주는 것으로 해석할 수 있다.

당시 심청이 공양미 삼백 석을 구하기 위해 할 수 있는 선택은 제한되어 있었다. 여자의 몸으로 이른 시일 내에 그만한 곡식을 마련할 수 있는 일은 몸을 파는 일밖에는 없었다. 때마침 남경의 장사꾼들이 지나가며 인당수에 지나갈 때 제수로 물에 빠져 죽을 처녀가 필요하다는 말을 한다. 그래서 심청은 망설임도 없이 이 제안을 받아들인다. 그렇지만 극단적인 책임감에 짓눌려 자신을 내버리고 마는 일을 과연 순수한 효심에서 비롯된 행동이라고 말할 수 있을까?

> "주야로 복축하여 공양미 삼백 석을 불전에 올리오면 부친의 눈이 떠서 보리라 하옵기에 권선문에 기록하였으나 일 두 일 승 변통할 수 없삽기로 심청 이 몸 사 갈 사람을 점지하여주옵소서."
>
> (『효녀실기심청』)

자신의 목숨이 달려 있는 마당이고, 자신이 떠나면 아버지가 어찌 될지도 모르는 상황에서 심청은 인당수에 빠져 죽기로 마음을 굳게 먹고 책임감을 공고히 한다. 하지만 남에게 도움을 구하지도 않고 자신의 힘으로 자기 가족을 책임지려는 심청의 모습을 보고 있노라면 숭고하기는커녕 그 정신 상태가 의심스러울 지경이다.

그런데 이토록 단단한 심청의 마음에 균열이 생기기 시작한다. 심청은 보은사에 공양미 삼백 석을 시주하기로 약조하였다는 소식을 아버지께 전하며 그 대신 자신이 장 승상 댁 부인에게 수양 딸로 들어가기로 했다고 거짓을 고한다. 이제 아버지의 자식이 아 닌 남의 자식으로 살아가게 되었다고 고하는 딸에게 아버지는 다 음과 같이 반응한다.

> 심 봉사 좋아라고, "허허, 그 일 잘되었다. 그 부인 장하시도다. 일국 재상의 부인이라 아마도 다르구나. 양반의 자식으로 몸 팔 린다는 말이 괴이하나 장 승상 댁의 수양녀로 팔리는 거야 관계하 랴."(『효녀실기심청』)

아버지에게 이 말을 들은 이후부터 심청은 고뇌에 빠진다. 눈 어두운 아버지와 헤어지고 죽을 일과, 사람이 세상에 태어났다가 십오 년을 겨우 살고 죽을 일이 기가 막혀 아무 일도 없이 뜻도 없 이 식음을 전폐한 것이다. 심청이 이런 행동을 한 데는 자신이 다 른 집에 수양딸로 가게 되었다는 말에 오히려 기뻐하는 아버지의 반응이 큰 작용을 했을 것이다. 물론 아버지 입장에서는 자식이 부잣집에 들어가 살게 되었으니 차라리 잘되었다고 생각했을지도 모른다. 하지만 그것이 아버지의 눈을 뜨게 하기 위한 공양미 삼 백 석과 맞바꾼 결과라는 점을 감안하면 심청으로선 엄청난 배신 감이 아닐 수 없다. 걸인 행세를 하며 동냥을 해 아버지를 봉양했으나 아버지는 자신이 수양딸로 가기로 했다는 말에 역정을 내기는커녕 기뻐했기 때문이다.

하지만 평생 심청을 억압해온 책임감은 결코 가벼운 것이 아니었기에 심청은 인당수로 향한다. 그런데 이때는 이미 심청의 심리에 변화가 일기 시작한다. 인당수로 향하기 전 심청은 삶에 미련이 있음을 드러내 보인다.

> "뒷집의 큰아기, 앞집의 작은 아기, 김 낭자야, 이 처자야. 금년 칠월 칠석야七夕夜에 함께 걸교하자더니 이제는 허사로다. 너의 노부모 잘 뫼시고 부지 평안히 너 잘 있거라."(『효녀실기심청』)

걸교는 바느질 놀이의 일종이다. 심청은 자신이 죽음으로써 버려야 할 것들에 대해 생각하기 시작한다. 친한 친구와의 이별, 지키지 못한 약속과 그들에 대한 질투와 아쉬움은 열다섯 살 소녀 심청이 보여준 첫 번째 진심이다. 평범한 소녀에게는 지극히 사소한 것들이지만, 남들은 상상조차 할 수 없을 정도로 엄청난 책임감에 짓눌려온 심청에게는 자신이 누리지 못한 최소한의 것들이 가장 아쉽게 다가온 것이다.

인당수에 빠지는 대목에서도 심청의 후회가 드러난다.

심청이는 자결코자 하나 선인들이 수직守直하고, 도망하여 가자

하니 고국이 창망蒼茫하다.(『효녀실기심청』)

심청이 인당수로 향하는 길에 두려움에 빠져 스스로 자결을 하려 하나 선인들이 지키고 있어 자결도 하지 못하고, 도망가려 해도 이미 너무 먼 길을 떠나왔기에 그 뜻도 이루지 못한다고 했다. 죽음을 코앞에 두고 살고자 하는 욕망이 꿈틀댄 것이다. 심청이 인당수에 빠지지 않으면 계약은 무효가 된다. 아버지는 눈을 뜰 수 없는 것이다. 따라서 심청이 자결하거나 도망하고자 하는 머뭇거림은 심청의 심경에 변화가 생겼음을 선명하게 보여주는 증거가 된다.

뱃머리에 우뚝 서서 물속을 들여다보니 이곳은 사람 많이 죽은 곳이라. 충충한 저 물결이 울렁출렁 뒤누우니 두 눈이 캄캄하고 천지가 빙빙 돌아 정신없이 주저앉아 뱃전을 다시 검쳐 잡고 벌렁벌렁 떠니 그 거동은 사람이 못 보겠더라. 다시 벌떡 일어서서. "허허, 내가 불초로다. 일정지심 부모를 위하면서 두 마음이 웬일이요? 영채 좋은 눈을 감고 치맛자락 무릅쓰고 충충 걸음 급히 걸어 창해에 몸을 뒤여(『효녀실기심청』)

심청이 잠시나마 자신의 삶과 아버지의 개안을 놓고 내적 갈등을 겪은 것을 후회하며 인당수로 몸을 던지는 장면이다. 결국 심청은 인당수에 몸을 던지고 말았지만 지금까지 아버지를 위해서라면 무슨 일이든 다 했던 심청이 자신의 삶에 대한 인식과 후회를 나타낸 대목으로 심청의 심리 변화가 구체적으로 완성된 부분이라 하겠다.

오롯이 아버지만을 향한 삶을 살아온 심청에게 자신의 삶을 돌아보게 한 것은 아버지의 말 한마디였다. 사소한 말 한마디에서 시작된 변화가 아버지를 향한 책임감으로 굳게 무장된 심청의 마음에 작은 균열을 일으켰다. 균열은 심청이 인당수로 향하는 발걸음과 맞물려 조금씩 커지기 시작하고, 인당수로 향하는 배 위에서 비로소 확실히 드러난다. 하지만 이미 지나온 걸음을 되돌릴 수 없었던 심청은 인당수로 떨어지는 순간, 스스로 마음의 균열을 온전히 깨뜨리며 죽음을 맞이한다. 심청이 인당수에 빠지지 않았다면 심청은 아버지와 함께 살아가는 동안 혹여 자신의 마음에 균열이 발생한다 하더라도 그것을 덮으며 살아갔을 것이다. 따라서 죽음은 오히려 심청에게 해방을 의미하는 것이었다. 인당수에 빠져 죽음으로써 비로소 자신의 삶을 뒤덮고 있던 강박적 책임감을 던져버리고 숨어 있던 자기 자신을 마주할 수 있었던 것이다.

●   새로운 삶을 위한 전환점

인당수에 빠지기로 결정하고 남경 장사꾼들과 함께 인당수로 향하는 배에 올라탄 심청은 본격적으로 내적 갈등을 겪기 시작한다. 이러한 내적 갈등은 심청이 자신의 삶을 뒤돌아보게 만드는 계기가 된다. 그리고 인당수에 빠짐과 동시에 심청은 갈등에서 벗어나 해방을 맞이한다.

심청은 인당수에 빠졌다가 사해용왕의 수정궁에서 지내는 동안 아버지의 안부를 묻지 않는다. 아버지의 눈을 뜨게 하기 위해 인당수에 빠졌고, 남아 있는 아버지의 생사조차 불투명한 상황인데도 심청이 아버지의 안부를 신묘한 존재들에게 물어보지 않는 것은 심경에 큰 변화가 찾아온 것으로 해석할 수 있다.

인당수는 심청이 죽었다 살아나는 공간으로, 심청으로 하여금 새로운 삶의 방식을 택하게 하는 곳이다. 맹인 아버지를 봉양해야 한다는 책임감에서 벗어나 자신이 주인공인 삶을 시작하는 전환점인 셈이다. 심청이 인당수에 자신의 전부를 내던졌기 때문에, 역설적이지만, 모든 것을 가질 수 있게 된 것이다. 황후라는, 세상에서 가장 귀한 존재로 거듭나게 된 것이다. 심청의 달라진 삶의 태도는 심청이 황후가 된 이후의 행적을 통해 알아볼 수 있다.

황후가 된 심청은 부귀영화를 누리면서도 잊지 않고 아버지를 생각한다. 이것은 아버지에 대한 걱정과 염려가 지난 심청의 삶에서 대부분을 차지했고, 아무 연고도 없는 곳에 심청 홀로 떨어져 있는 상황과 연관지어 볼 때, 충분히 가질 수 있는 생각이다. 다만 아버지를 모시고 살던 때의 적극성은 찾아보기 어렵다. 아버지에게 보내는 편지를 써서 기러기에게 전해달라고 했다가도 자신이 그냥 간직하고 마는 것이나, 인당수에 빠진 지 삼 년이 지났으나 발 벗고 나서서 아버지를 찾지 않은 점 등이 그러하다. 물론 당시의 시대 상황을 따져볼 때 여자가, 그것도 일국의 황후가 개인의 사사로운 일을 드러내놓고 해결하기란 쉽지 않았을 것이다. 하지만 인당수에 빠지기 전 아버지를 위해 죽음까지 불사했던 것과 비교해볼 때 심청의 행동은 매우 수동적이라 할 법하다.

심청이 아버지를 찾으려고 나라의 모든 맹인을 불러 모아 잔치를 열었을 때도 마찬가지다. 예전의 심청이라면 맹인인 아버지를 불러들이는 대신 자신이 버선발로 아버지가 사시는 도화동에 찾아가 궁으로 모셨을 것이다. 하지만 심청은 그렇게 하지 않았다. 아버지가 자신을 찾아 궁궐로 오게 하였다. 아버지를 위해 자신의 안녕을 돌보지 않던 예전의 심청과는 사뭇 다른 모습이다.

이때 황제는 문무제신을 거느리시고 천하 맹인을 모아 황극전皇極殿에다 잔치를 배설하고 포진鋪陳 장막을 배설하고 육산포림肉山脯林 많은 음식 사방에 낭자하다. 각처에서 온 맹인들 중 먼저 온 자는 위층에 앉히고 나중에 오는 자는 차차 밀려 말석末席에 앉는지라. 여러 잔칫상 올릴 적에 심봉사는 늦게 와서 맨 끝의 자리에 여맹인女盲人과 같이 앉아 잔칫상을 받아 감식甘食하고 있을 때, 맹인인 부친을 보려고 수정주렴水晶珠簾 백옥탑白玉榻에 수심한 채 앉아 잔

치 자리를 내려다보되 부친의 종적이 종시終是 없는지라. 일변 생각하되,

'우리 부녀 이별한 지 지금까지 삼 년이라. 그사이 세상을 이별하여 못 오셨는가?'

여러 날을 두고 수많은 맹인들을 살펴보되 얼굴 모양이 같지 아니하여 찾을 길이 속절없이 되었으니 비회悲懷를 이기지 못하여 옥루玉淚를 흘리는지라. 황제 일변 위로하시며 신하들에게 분부하시되,

"유리국琉璃國 도화동桃花洞에서 사는 심학규沈鶴圭가 이 중에 있는가 호명呼名하라" 하시니(『효녀실기심청』)

심청이 수정궁에서 보낸 시간, 황후가 되어 보낸 삼 년의 시간은 심청을 더 이상 예전의 심청으로 내버려두지 않았다. 심청은 그 시간 동안 아버지의 삶과 자신의 삶에 대해 많은 생각을 했을 것이다. 어린 시절 어미 새를 맹목적으로 쫓아다니는 아기 새처럼, 아버지를 맹목적으로 쫓으며 그를 부양하고 가족을 지키고자 노력하던 심청은 이제 없다. 심청은 인당수에 빠진 그날, 자신이 앞으로 살아갈 삶에 대해 생각하게 된 어른이 된 것이다. 딸이 동냥에 나설 만큼 자라 아버지를 집에 모시겠다고 하자 그대로 눌러앉은 아버지에 대한 원망, 공양미 삼백 석을 마련하려면 딸이 어떤 선택을 해야 하는지 뻔히 알면서도 끝까지 말리지 않은 아버

지, 아무 근심 없이 친구들과 결교하며 지내고 싶었던 바람 등이 심청의 마음을 단단하게 만든 것이다.

하지만 부녀지간은 천륜인지라 아버지를 도저히 놓을 수 없었던 심청의 내적 갈등은 아버지가 자신을 찾아오게 만듦으로써 어느 정도 해소된다. 심청의 아버지가 심청을 만나 눈을 뜨는 것은 심청이 더는 아버지를 봉양하느라 본인의 삶을 희생하지 않아도 된다는 것을, 즉 심청이 아버지에게서 완전히 독립적인 존재가 되었음을 의미한다. 또한 심청의 아버지가 맹인 잔치에 올라오는 길에 만난 여자 맹인의 존재 역시 심청이 온전히 자신의 행복을 추구하는 삶을 살아갈 수 있게 해주는 장치가 된다. 여자 맹인을 만난 덕분에 아버지는 더는 심청의 봉양을 받지 않아도 되고, 바라던 아들도 얻는다. 심 봉사는 심청이 딸이었기에 외손봉사로 제사를 이어 가려 했지만, 아들을 얻은 덕분에 심청은 이제 온전한 출가외인이 된다. 이로써 심청은 육체적으로나 정신적으로나 온전한 독립을 이루게 된다.

●   학습된 효녀에서 독립적 여성으로

국문 고소설 작품은 대개 행복한 결말로 끝난다. 『심청전』 역시 마찬가지다. 황제는 심 봉사를 부원군으로, 여자 맹인을 정숙부인으로 봉한다. 모든 등장인물이 부귀영화를 누리며 오래도록 살

167

다 죽는다. 이와 같은 행복한 결말은 심청이 오랜 시간 겪어온 내적 갈등이 자신이나 아버지에 대한 파괴적 성향으로 흐르지 않고, 두 사람 모두에게 좋은 결과를 낳을 수 있도록 유도한 결말이라고 볼 수 있다.

『심청전』은 고소설 중에서도 주제를 비교적 한정적으로 제시할 수 있는 작품이다. 유교, 도교, 불교 사상과 민간신앙의 요소가 골고루 들어 있는 소설이지만, 일반적으로 유교의 근원 사상인 효를 형상화한 작품, 부모에 대한 지극한 효성을 주제로 삼은 작품으로 널리 알려져 있다. 또한 고전소설의 특징인 평면적 인물의 등장, 행복한 결말, 우연적인 전개가 두루 아우러진 작품으로 국문 고소설의 전형을 보여준다. 하지만 심청이라는 인물을 자세히 들여다보면, 그녀를 간단히 평면적 인물로 평가할 수만은 없다는 사실을 발견하게 된다.

심청의 효심은 어린 시절부터 학습된 효심으로 해석할 수 있다. 심청은 아기 때부터 자신을 먹이려고 동냥젖을 구하러 다닌 아버지에게 갚을 수 없는 빚을 지었다. 또한 심청의 어머니 곽 부인이 죽었을 때 온 마을 사람들이 재물과 힘을 모아 성대하게 장례를 치러주었을 정도로 마을 사람들 사이의 인심도 두텁다. 즉 심청이 성장하는 동안 심청에게 효심을 계속해서 주입한 사람들이 주위에 늘 있었다. 심청의 집안이 대대로 높은 벼슬을 한 것도 심청의 뿌리 깊은 효심에 큰 영향을 미쳤을 것이다. 심청은 유교적 관습을 자연스럽게 내면화할 수밖에 없는 환경 속에서 자라난 것이다.

심청은 자아에 대해 눈을 뜨기까지 오랜 시간을 강박적인 책임감 속에서 살았다. 그리고 그것이 잘못된 것인지도 몰랐다. 맹인 아버지의 삶을 자신이 책임져야 한다는 생각 때문에 개인적 욕망은 철저히 억눌려 있었다. 그런데 삶의 중심인 아버지가 공양미 삼백 석에 자신을 수양딸로 보내는 것을 좋아하는 모습을 보고 심청은 심경에 변화를 일으킨다.

소설 속에서는 이러한 심경 변화가 비록 미미하게 표현되지만, 아버지를 향한 순종과 지고지순함만을 보였던 심청에게는 커다란 변화다. 인당수에 빠져 죽는 것은 자신을 옭매던 삶에서 벗어나 새롭게 태어남을 의미한다. 인당수에 빠지기 전과 빠지고 난 다음의 심청은 완연히 다른 인물이다. 그때부터 심청은 자신을 둘러싼 속박을 벗어던지고 새로운 삶의 방식으로 아버지와의 관계를 다시 시작한다. 효심을 버리지는 않지만 효를 실천하는 방식역시 이전과는 뚜렷하게 달라진다.

이처럼 심청은 그저 효를 위해 자신을 던져버린 인물이 아니다. 자신에게 주어진 기회를 슬기롭게 활용해 자신의 독립적인 삶과 아버지의 행복을 동시에 얻어낸 인물인 것이다.

장화홍련전

누가 계모에게 돌을 던질 수 있는가

동서양을 막론하고 대중은 사회가 분열되고 불안정할 때마다 희생양을 통해 불만과 저항을 드러내곤 한다. 희생양은 대체로 여성이 되었고, 이러한 마녀사냥은 극적이고 교훈적인 효과 덕에 대중의 마음을 쉽게 현혹할 수 있었다. 하지만 권선(勸善)을 목적으로 한 징악(또는 징치) 행위는 근거가 충분하지 않을 경우, 개인을 억울한 희생양으로 만드는 또 다른 악행으로 변질되기 쉽다.

그렇다면 과연 선은 무엇인가? 선악을 판단하는 기준은 무엇인가? 이런 고민을 한 철학자 중 한 사람이 니체다. 니체는 선악의 관념은 각각의 사회집단이 지닌 역사적 조건에 따라 변화한다고 보았다. 원래 야만 상태에 있는 인간은 자기 보존이라는 순수하고도 이기적인 동기에 따라 행동할 수밖에 없다. 하지만 모든 인간이 각자 자기 이익을 위해 타인의 것을 빼앗고자 한다면 모든 인간은 결국 자멸하고 말 것이다. 즉 자연의 법칙을 허용하는 사회에서는 일부 절대 강자를 제외하고는 모두 죽음에 이를 수밖에 없다. 따라서 사회계약에 따라 자신의 사유재산을 보전하기 위해 타인의 것을 힘으로 빼앗는 것은 '해서는 안 되는' 일이 되었다. '해야만 하고 해서는 안 되는 일'이 바로 사회가 규정한 선악의 규범이 된 것이다. 그래서 존 로크 역시 아예 "인간들이 공동체를 구성하고 하나의 정부에 복종할 때 자신들의 사유재산을 보전받을 수 있다"며 제도적 공리公利를 선으로 파악하지 않았던가. 이렇게 본다면 도덕률이란 그 자체로 어떤 고상하고 보편적인 의미나 가치가 있는 거룩한 그 무엇이 아니다. 도덕은, 선악은 곧 사회의 균질화를 지향하면서 타인과 동일하면 '선'이고, 다르면 '악'이라는 논리로 무장된 잠재적 약속에 불과한 것이다. 결국 선악의 개념과 기준은 사회에 따라 달라지고, 역사적으로 재구성될 수 있다.

따라서 선 자체가 형상화되지 않은 상태에서 악으로 규정한 대상에 대립하는 존재라면 무조건 선하다고 여기는 것과 같은 이분법적 논리는 선과 악에 대한 고정관념을 양산하게 된다. 그리고 이러한 고정관념은 악을 징벌하는 행위가 곧 선을 획득하는 방법이라고 착각하게 만들기 쉽다. 이러한 오류는 우리 고소설 작품에서도 쉽게 찾아볼 수 있는데, 특히 권선징악을 주제로 한 조선 후기 국문소설 작품에서 두드러진다.

이 작품들을 가만히 들여다보면 주인공인 선인에게 관심을 기울이기보다는 주인공에게 해를 입힌 악인과 그를 징벌하는 데 관심을 기울이고 있다는 혐의를 지우기 어렵다. 또한 이 과정에서 주인공은 피해자로서 무조건 선으로 인식되는 것이 일반적이다. 상대방의 폭력을 악으로 규정함으로써 자신이 선이라는 정당성을 확보하는 것이다. 과연 그런가? 고소설 작품 중에서도 특히 악의 개념이 고정적이고 강한 유형성을 지닌 계모형 소설을 통해 권선징악을 주제로 한 작품상의 '선'의 모호성을 살펴보자. 『장화홍련전』이 그 좋은 예다. 대중성, 통속성, 상업성이 강한 경성서적조합 간행 구활자본 『장화홍련전』(1915)을 기본 텍스트로 삼아 이야기를 풀어가려 한다.

●   '계모'라는 악인 캐릭터의 탄생

이른바 계모형 소설은 가정소설의 하위 유형으로 흔히 계모 또는 서모庶母가 전처 자식과의 갈등, 즉 가정불화를 일으키는 내용을 소재로 한 작품을 일컫는다. 이런 계모형 소설은 특징적인 부분을 제외하고 몇 가지 기본적인 공통점이 있다. 이들 소설에서 계모는 대체로 흉악하거나 비도덕적인 악인으로 고정화되어 있다.

또한 결말은 계모의 죄가 드러나 징벌을 받거나 계모가 개과천선하여 용서받는 것으로 처리된다. 그리하여 사건은 대부분 사필귀정으로 종결됨으로써 권선징악적 교훈성을 짙게 풍기고 있다.

그런데 이렇듯 계모형 소설이 유형화된 데는 당시의 사회제도와 시대 상황이 영향을 미쳤다. 17세기 중반에 일어난 계모와 전처 자식 사이의 갈등과 17세기부터 고착화된 가부장적 가족제도가 바로 그것이다. 유교적 이념을 기반으로 하는 사림士林이 16세기부터 정치에 등장하였고, 그들은 유교적인 통치 이념을 조선 사회에 적극적으로 적용하고자 하였다. 더욱이 양란으로 인해 사회 변동이 더욱 심화되어 사회체제의 정립을 위한 가부장제가 17세기부터 본격적으로 도입되었다.

더욱이 17세기 들어 독자층의 확대로 말미암아 소설(국문소설을 포함한)이 양적으로 증가하고, 19세기에는 영리를 목적으로 대량 간행이 이루어지면서 소설이 더욱 활발하게 유통되었다. 세책본 소설이 성행한 후에 방각본 소설이 출간되면서 소설의 상품화가 본격화되었으며, 이러한 소설의 상품화는 작품의 개작이나 속편의 출간에도 상당한 영향을 미쳤다. 그리하여 독자 유치 경쟁이 치열해질 수밖에 없었고, 독자의 취향과 관심에 맞춘 내용으로 소설을 쓰지 않으면 안 되었다. 확대된 독자층은 가정 내 처첩 간 갈등이나 시기, 살인, 불륜 같은 사건을 다룬 작품을 선호했다. 계모와 전처 자식 간의 갈등 역시 현실에서 공감할 수 있는 이야기면서 갈등 관계를 그려내기에 용이한 소재였다. 가정 문제라는 보편적 관심사인 데다 소설 소재로서 요건을 잘 갖추고 있어 유형화될 수 있었던 것이다.

잘 알다시피 『장화홍련전』의 주된 갈등은 장화 홍련 자매와 계모 간의 갈등으로, 수직적 대립 구조를 형성하고 있다. 작품에서 전처의 자식들인 장화와 홍련은 태어날 때부터 수려한 용모와 착한 성품을 지닌 선한 존재로 그려지고 있다. 반면 계모는 그 외양 묘사에서부터 흉하고 악하기 그지없는 인물로 형상화되고 있는데, 이는 계모의 흉악함을 더욱 두드러지게 만든다.

이때 좌수 비록 망처亡妻의 유언을 생각하나 후사를 아니 돌아볼 수 없는지라. 이에 두루 혼처를 구하되 원하는 자 없으매 부득이하여 허씨를 취하매 그 용모를 의론할진대 양협은 한 자가 넘고 눈은 퉁방울 같고 코는 질병 같고 입은 메기 아가리요, 머리털은 돼지의 털 같고 키는 작아 난쟁이요 소리는 시랑豺狼의 소리요 허리는 두 아름은 되는데 그중에 곰배팔이며 수종다리에 쌍언청이를 겸하였고 그 주둥이를 썰면 열 사발이나 되고 얽기는 콩멍석 같으니 그 형용을 차마 견디어 보기 어려운 중 그 용심이 더욱 불측하여 남의 못할 노릇을 찾아가며 행하니 집에 두기가 일시 남감이나 그러하나 그것도 계집이라 그 달부터 태기 있어 연하여 세 아들을 낳으매(『장화홍련전』)

그렇지만 계모가 진정 사람을 죽일 생각을 할 정도로 악한 사람이었을까? 그랬다면 왜 그렇게 됐을까? 반면 장화와 홍련은 무엇을 근거로 착한 성품을 지녔다고 하는 걸까?

작품에서 계모의 악행은 구체적으로 형상화하고 있는 데 반해 장화와 홍련의 선행이나 갈등의 근본 원인은 충분히 제시하고 있지 않다. 그런 점에서 이 작품의 주된 갈등 구조를 선악의 대립이라고 보기에는 다소 무리가 있어 보인다. 표면적으로 드러나는 작품의 주제에서 벗어나 당시의 사회상에 빗대어 갈등의 근본 원인을 추정하고『장화홍련전』의 이면을 중심으로 재해석해볼 필요가 여기에 있다.

지금까지 이 작품을 접한 사람들은 작품을 비판적으로 이해하려 하기보다는 장화 홍련 자매가 겪는 고통과 시련에 공감하고 계모의 악행에 분노하는 데 치우쳤다고 해도 과언이 아닐 것이다. 그래서 이 작품을 읽은 많은 이들이 자연스레 '계모=나쁜 새어머니'라는 편견을 갖게 되었으며, 아울러 선과 악에 대한 이분법적 고정관념을 갖게 되었다. 오늘날 재혼 가정이 늘고 있는 상황에서 '새엄마는 악녀'라는 고정된 편견은 교육적으로도, 사회적으로도 결코 바람직하지 않다.『장화홍련전』이 그런 편견을 고착화하는 데 영향을 미쳤다면, 지금부터라도 작품을 올바로 이해해 편견에서 벗어날 필요가 있다. 의식을 바꾸는 힘은 교육에서 나온다.

원래『장화홍련전』은 1656년 평안도 철산 지역에 실존한 전동홀이라는 인물의 실력담과 설화를 바탕으로 한 이야기다. 17세기는 가부장적 가족제도가 본격적으로 시행된 시기로, 양란 이후라서 새로운 사회체계를 시급히 정립할 필요가 있었다. 당시 유학자들은 유교적 가치 체계를 규범으로 내세워 새로운 사회질서를 확립하고 이를 민중에게 파급하기 위해 노력했다. 하지만 이전까지 줄곧 이어온 혼인 및 가족생활의 관습을 쉽게 고치기는 어려웠다. 다시 말해『장화홍련전』에서처럼 아버지와 전처 자식이 함께 사는 가정에 계모가 들어오는 일은 드물었다. 이런 상황에서 계모를 가족으로 인정하고 받아들일 가능성은 높지 않았다. 그런 사회적 분위기 속에서 악녀의 전형으로 '계모'를 설정한다는 것은 쉽게 납득하기 어렵다. 즉 원래 17세기『장화홍련전』에서 그려지고 있는 계모는 우리가 지금 아는 계모와는 많이 다른 모습을 하고 있었던 것이다.

●　　　　계모를 위한 변명

우리는 소설에서 개성 있는 한 인물의 등장이 크고 작은 갈등을 야기하게 마련이라는 사실을 잘 안다. 하지만 이 작품에서는 갈등의 모든 책임을 계모에게 지우고 있다는 점에 주의해야 한다. 계모를 가정불화의 원인으로 지목한 것은 계모에 대한 당대의 부정적인 인식에 기댄 것으로 보이기 때문이다. 계모 입장에서 보자면 낯선 가정의 일원이 되어 이미 굳게 결속된 기존 가족 구성원에게 섞여 들기란 쉽지 않은 일이었을 것이다. 게다가 배 좌수 또한 허씨에게 호의적이기는커녕 이질감과 소외감을 느끼기에 충분한 환경을 제공한 것으로 보인다.

> 좌수는 매번 두 딸과 함께 장 부인을 생각하며 일시라도 그 딸을 보지 못하면 그리워하는 생각이 삼 주나 지난 듯하여 들어오면 먼저 여아의 처소에 가서 얼굴을 어루만지며 눈물을 뿌려 가로되, "너의 형제는 깊은 도장에 들어앉아 어미 그리워하는 일을 생각하면 가장家長이 슬퍼지는 것 같다" 하며 사랑하고 불쌍히 여김을 그치지 아니하더니 허씨 매양 그 일을 보고 시기하는 마음이 생겨 주야로 장화 홍련을 없앨 꾀를 생각하나(『장화홍련전』)

계모는 배 좌수 가문의 대를 이을 아들들을 출산했음에도 그에 합당한 대우를 받지 못한 것으로 보인다. 이와 같은 상황에서 계모가 전처 자식에게 호의적인 태도를 보이기는 여간해서는 힘들 것이다. 아내로서, 어머니로서 인정받지 못하는 분위기에서 계모는 열등감을 느낄 수밖에 없다. 또한 같은 혈육이지만 계모 소생의 삼 형제와 배 좌수의 관계에 관한 서술이 작품 어디에도 없다는 사실은, 배 좌수가 그들에게 깊은 애정을 주지 않고 서로 친밀한 관계가 형성되지 못했음을 짐작케 한다.

삼 형제를 낳았음에도 자신을 처로서, 가족으로서 대해주지 않고 오히려 친모를 그리며 눈물을 흘리는 장화 홍련 자매와 그를 안타깝게 여기는 배 좌수의 모습에 환멸을 느껴 계모 허씨가 '낙태 사건'을 강행하게 된 것이라면, 계모를 바라보는 우리의 시선은 달라질 수밖에 없다. 또한 계모의 장남이 친모인 허씨의 말을 거스를 수 없었을 것이라는 점도 충분히 짐작할 수 있다. 하지만 비록 의붓남매라고는 하나 장화 홍련과 혈육 관계인 그가 단순히 친모의 요구에 따랐을 것이라고 보는 것도 무리가 있다. 만일 평소 그가 이 가정의 가족 구성원으로 인정받고 사랑받아왔다면 제아무리 친모라 할지라도 허씨의 계략에 순순히 동조하여 사람을 해하지는 않았을 것이기 때문이다. 따라서 추정컨대 계모가 이 가정에 들어온 이래로, 배 좌수와 장화 홍련이 계모와 그의 아들들을 아내이자 어머니로서, 자식이자 형제로서 충분히 인정해주지 않았을 것이다. 그렇기에 평소 이들에 대한 반감의 표출로 박대 행위 등을 일삼다가 급기야는 충동을 이기지 못하고 의붓딸들을 죽이는 비윤리적 행위까지 저지르게 된 것이리라. 즉 가정 내에서 느끼는 소외감과 상대적 박탈감이 계모를 극단으로 몰고 간 것이다.

한편 여기서 우리가 좀 더 생각해보아야 할 것이 있다. 장화와 홍련이 정말 착한 심성을 지닌 선한 아이들이었을까 하는 점이다. 악한 계모에 대비되는 장화와 홍련이 선하다는 근거는 작품

초반부에 출생 후부터 생모가 죽기 전까지 효심이 지극했다는 짧막한 서술이 전부다. 원래 '계모'라는 단어는 '이을 계繼, 어미 모母' 자가 결합된 것으로, 어머니의 자격을 이어받은 사람을 뜻한다. 만일 장화와 홍련이 진정 심성이 곱고 효심이 지극했다면 생모뿐만 아니라 계모에게도 딸로서 효와 예를 다했어야 할 것이다. 하지만 장화와 홍련 자매는 계모를 분명히 어머니로 대접하지 않았다. 다음은 장화가 한 말이다.

> 우리 형제 모친도 없이 서로 의지하여 일각도 떠남이 없이 지내더니 천만뜻밖에 일을 당하여 너를 적적한 빈방에 혼자 두고 가는 일을 생각하니 가슴이 터지고 간장이 녹는 심사는 동해를 다하여 먹을 갈아도 다 기록하지 못할 것이다.(『장화홍련전』)

여기서 알 수 있듯이, 장화와 홍련은 새로운 가족 구성원에게 적대감과 이질감을 갖고 있었던 것으로 보인다. 세상천지에 둘 이외에는 혈육이 없는 것처럼 이야기하는 장화의 말에는 애초에 계모를 어머니로서 생각하지 않았다는 의미가 담겨 있기 때문이다. 외삼촌 댁에 가는 것을 마치 사별이라도 하는 것처럼 받아들이며, 홍련을 혼자 남겨두는 것을 남의 손에 남겨두는 것처럼 서러워하는 모습은 두 자매가 평소 서로만을 의지하며 폐쇄적인 성향을 보여왔음을 짐작케 한다.

계모가 장화 홍련 자매를 본격적으로 학대하기 시작하는 것은 자매가 생모를 잃고 삼년상을 지낸 삼 년과 계모가 셋째 아들을 낳기까지 삼 년이 지난 시점으로, 최소 육 년 이상이 지난 시점이다. 즉 계모가 그 가족의 구성원이 된 지 육 년이 지났음에도 장화와 홍련이 매일 밤 생모를 그리워하며 눈물을 흘린다는 것은, 계모를 어머니로 받아들이지 못하고 있다는 의미로 해석해도 무리가 없을 것이다. 게다가 배 좌수에게 계모의 사람됨을 염려하거나 죽은 후 부사 앞에서 '어머니'라 부르지 않는 것 등을 미루어 보건대 그들에게도 계모에 대한 적개심이 있었다고 할 것이다.

● 권선징악 소설의 숨겨진 의도

장화와 홍련이 정말 '선'의 표상으로 여길 만한 인물인가 하는 의구심은 결말에 가서 더욱 강해진다. 결말부에서 장화 홍련 자매는 모든 잘못을 계모에게만 덮어씌운다. 이는 결말부에서 배 좌수를 용서하는 반면, 계모와 계모 소실을 처절하게 응징하는 장면을 통해서도 확인할 수 있다. 용서하려면 둘을 모두 용서하든지, 징벌하려면 둘을 모두 징벌함이 합당하지만, 혈족이라는 이유로 배 좌수를 방면하는 것은 이치에 맞지 않는다. 또한 장화 홍련이 생전에도 계모를 이방인으로 여기고 긍정적으로 보지 않았기에 개인적인 복수심을 드러내고자 계모와 계모 소실을 응징하는 것으로 처리한 것일 수도 있다.

　17세기 장편소설에는 유교적 이념과 가부장제 사회의 현실 구조가 내면화되어 있었다. 그리고 여성의 올바른 행실 규범을 다룬 서적이나 계녀서戒女書●의 내용이 소설에 그대로 수용되었다. 따라서 여성들의 윤리성을 강조하기 위한 희생양이 필요했다. 결국 계모는 비윤리성을 처절하게 징벌당함으로써 체제의 정당성을 확보하는 도구로 사용된 것이다. 다시 말해 악을 극대화함으로써 그 반대급부로 선을 강조하고자 한 것이다. 하지만 악을 징벌하는 심판자로서 당위성을 확보하기엔 소설 속 선의 존재가 설득력이 많이 부족하다. 따라서『장화홍련전』이 권선징악을 주제로 한 교훈적 작품으로서 선을 권하기에는 그 형상성이 많이 부족하다 하겠다.

　선을 표방하는 것은 인류의 보편적인 이념이자 행동 양식이다. 하지만 선과 악은 둘 다 형체가 없는 관념일 뿐이다. 문학은 이 보이지 않는 관념을 형상화하여 인간이 내면화할 수 있도록 만들어주는 주요한 장치 중 하나다. 하지만 이것이 잘못 고정되면 인간은 그것을 마치 정해진 공식으로 착각하기 쉽다. 예컨대 '선은 예쁘고, 악은 추하다'거나, 혹은 앞서 말했듯이, '계모는 나쁜 새어머니'라는 고정관념이 그것이다. 전통이라는 미명하에 작품

●　부녀자가 지켜야 할 예의와 덕목을 다룬 책이다.

을 다양하게 해석할 수 있는 가능성을 배제하고 일관된 해석을 강요한 것이 그러한 고정관념이 굳어지게 한 한 가지 요인이라고 하겠다. 인간의 본성이라든지 사회제도를 여러 방면에서 해석할 수 있는 가능성을 한정된 주제 의식으로 계속해서 가로막는다면 작품을 올바로 해석하기 힘들어진다는 사실을 기억해야 할 것이다.

그렇다면 다수의 고전소설 작품에서 보여주는 '권선징악'이란 주제의 실체는 무엇인가? 그것은 그 작품이 지닌 고유한 주제라기보다는 남성 중심적 사고가 팽배한 사회가 만들어낸 이데올로기에 불과하다. 선과 악을 규정하는 주체도 지배층 남성이었고, 선을 권면하고 악을 징치하는 명분도, 기준도 모두 남성 중심적 시각에서 마련되었다. 많은 고소설 작품에 그런 논리가 내재해 있다.

앞서 언급한 대로, 국문본보다 앞서 나온 『장화홍련전』 한문본에서는 계모가 악녀로 변해갈 수밖에 없는 이유를 어느 정도나마 드러내고 있었다. 장화 홍련 자매만을 위하고 사랑하던 배 좌수가 급기야 두 딸의 혼수품을 위해 살림 밑천까지 다 내놓으라 하고, 자신이 낳은 아들들에게는 아무런 관심도 기울이지 않는다. 두 딸은 자신을 어머니로 인정하지 않으려 한다. 그러니 장화 홍련이 미울 수밖에 없다. 적어도 그런 이유라도 존재했다.

하지만 우리가 전래동화로 접한 『장화홍련전』은 20세기 초에 등장한 구활자본 소설(일명 딱지본 소설) 『장화홍련전』의 영향을 받아 개작된 것이다. 이 작품에서는 계모가 태생적으로 악녀에다 추녀로 설정되어 있고, 선인과 악인의 구분이 분명하다. 배 좌수가 가정 파탄의 원인 제공자임에도, 계모와 그녀의 아들은 능지처참을 당하거나 중벌을 받는 것과 달리, 배 좌수는 정작 근신하는 선에서 끝나거나 별다른 징벌 없이 용서를 받고 만다. 상업적 목적에서 흥미 위주로 개작해 유통시킨 통속소설이기에 선악의 대립을 더욱 강조한 것이다. 대중의 흥미를 끌려면 선악의 대립이 선명해야 하고, 악녀는 철저히, 그리고 일방적이고, 이유 없이 악해야 한다. 그럼 왜 하필 악부惡夫가 아닌 악부惡婦인가? 고소설 속에 은밀히 내장된 남성 중심의 이데올로기가 견고히 작동하고 있었기 때문이다.

태어날 때부터 악한 여자가 어디 있는가? 만약 그렇다면 그녀는 괴물일 뿐이다. 하지만 당대뿐 아니라 현대까지『장화홍련전』을 읽은 이들은 계모가 악녀라는 사실을 의심하지 않았다. 그것이 선이 승리해야 하는 최소한의 명분이자, 일반 독자들이 가졌던 면죄부 의식, 곧 나는 계모가 아니어서 다행이라는 자기 합리화를 정당화했기 때문이다. 하지만 이런 의식 자체가 시대적 편견이자 아집이요 자기최면에 불과하다. 누가 이런 결론을 인정할 것인가?

그럼에도 기득권을 쥔 남성뿐 아니라 희생양이라 할 여성 및 일반 독자들도 무비판적으로 이를 당연한 것인 양 받아들이고 계모에게 돌팔매질을 가하는 데 동조한 것은 아이러니가 아닐 수 없다. 계모의 악행에 공감을 표하던 다수가 실은 시대의 희생양이었음에도 말이다. 그리하여 피해자가 또 다른 가해자가 되어 그렇게 견고한 통념으로 우리의 머릿속에 각인되어왔다. 이런 점에서 오늘날 우리는 당대 남성 중심 사회가 만들어낸 일그러진 거울에서 진실한 계모의 모습을 찾아내야 하는 과제를 떠안고 있는 것인지도 모른다. 오늘날 나는 과연 계모를 어떻게 바라보고 있는가?

춘향전

팜므파탈에서 열녀로 둔갑한 여인

춘향은 우리에게 열녀로 익숙하다. 본디 열녀란 절개가 굳은 여자를 말한다. 또한 절개란 신념, 신의 따위를 굽히지 않고 굳게 지키는 꿋꿋한 태도를 말한다. 대부분 사람들이 알고 있는 『열녀춘향수절가』(완판 84장본)의 춘향은 열녀의 모습을 하고 있다. 하지만 『춘향전』은 판소리계 소설로, 전해져 내려오는 동안 수많은 형태로 재탄생되었다. 그리고 그만큼 많은 '춘향'을 만들어냈다. 그중에는 우리가 잘 아는 심지 곧은 '열녀 춘향'도 있지만, 자신을 떠나간 몽룡과 자신에게 정성을 쏟는 변학도 사이에서 갈등을 겪는 '소녀 춘향'도 있고, 몽룡과 변학도를 신분 상승의 기회로 이용하는 '기회주의자 춘향'도 있다.

'소녀 춘향'을 그려낸 작품으로는 김연수의 소설 「남원고사에 관한 세 개의 이야기와 한 개의 주석」(2003)이 있다. 이 작품은 『춘향전』의 이본 중 하나인 『남원고사』를 비틀어 고전을 현대적 시각으로 재해석해냈다. 여기에는 지고지순한 춘향 대신 자신의 사랑을 의심하고 변학도에게 흔들리는 춘향이 나온다. 자신을 떠난 몽룡을 한없이 기다리다가 지친 춘향은 자신에게 잘해주는 변학도와 이몽룡 사이에서 갈등하다 결국 자살을 선택한다. 이는 춘향이라고 하면 정절 또는 열녀의 이미지만을 떠올리는 경직되고 박제화하기 쉬운 사고의 틀을 여지없이 부수고자 한 것이다.

한편 임철우의 「옥중가」는 '기회주의자 춘향'을 그려냈다. 이 작품에서는 춘향을 기생 천출 태생에 대한 불만으로 이몽룡을 통해 양반 댁 정실 자리를 노리는 영악한 인물로 그리고 있다. 이 작품에서 춘향은 이몽룡과 이별 후 열녀라는 소문을 내서 술장사로 돈벌이를 하는가 하면 이몽룡의 과거 합격 소식을 듣고 거짓 옥살이를 하기도 한다. 또한 이몽룡의 어사 행차가 없음을 알게 된 후에는 변학도의 수청을 수락할 것을 계획한다.

이처럼 『춘향전』이 전해져 오는 동안 다양한 '춘향'을 만들어 낸 것은 같은 작품을 보는 다양한 시각 때문일 것이다. 당신은 춘향을 어떻게 생각하는가?

춘향, 그 아름다운 이름이여

'춘향春香'이란 이름은 참으로 아름답다. 만개한 봄꽃의 수줍은 꽃잎이 간지러운 바람에 찬찬히 내리는 듯 봄 냄새가 난다. 기생의 딸이지만 기생은 아닌, 하지만 어느 기생보다 싱그러운 생김새를 가졌을 법한 이름이다.(『춘향전』은 크게 춘향을 기생으로 설정한 이본과 양민의 딸로 설정한 이본으로 나눠볼 수 있다. 가장 널리 알려진『열녀춘향수절가』는 춘향을 기생이 아닌 여자로 소개하고 있어, 여기서도 기생이 아닌 것으로 본다.) 이러하니 '춘향'은 이름에서부터 논란의 소지를 제공하고 있다 할 것이다.

그렇다면 춘향은 왜 하필 '퇴기退妓의 딸'로 설정되었을까? 굳이 퇴기의 딸이 아니더라도 신분 사회인 조선에서 천한 신분은 얼마든지 있는데 말이다. 그 이유는 몽룡과 춘향이 처음으로 만나는 장면에서 발견할 수 있다.

5월 단오, 온통 푸른 빛깔로 눈이 부신 봄날이다. 새봄에 돋아난 버들잎이 싱그럽게 춤을 추는 그 계절에 몽룡은 그네를 뛰는 아름다운 춘향을 보게 된다. 데리고 다니던 심부름꾼 '방자'에게 물으니 그 아름다운 여인은 어느 기생의 딸이라 한다. 몽룡은 얼씨구나 가서 불러오라 이른다. 그렇다. 바로 이것이다. 춘향이 양반집 규수였다면 몽룡이 한낱 심부름꾼을 시켜 오라 가라 할 수 있었을까? 춘향이 기생의 딸이 아니었다면 그리 무례하게 굴지는 못했을 것이다. 사내에게 기생이란 오라면 오고 가라면 가는 그런 '쉬운 대상'일 뿐, 예의를 지켜야 하는 대상이 아니었다. 물론 당시 모든 남성이 기생을 그저 쉬운 대상으로 취급했다고 말하기는 조심스럽다. 하지만 적어도『춘향전』의 몽룡은 그리 생각했던 것 같다. 기생의 딸이라는 말에 잔말 말고 어서 불러오라는 몽룡의 태도에서 아직 어려 철이 없어서든, 양반집 자제의 호기였든지 간에 기생을 동등한 인간으로 존중하는 모습은 보이지 않는다.

양반집 남성이 공개적으로 여성을 만날 수 있는 필요조건이 바로 '기생'이라는 신분이었기에 춘향을 기생의 딸로 설정한 것이다. 춘향이 기생의 딸이 아니었다면 애초 몽룡과 이러쿵저러쿵 엮기조차 힘들었을 것이다. 그러니 기생의 딸이라는 설정은 지은이가 이야기를 자연스럽게 전개하는 데 여러모로 도움을 주는 유용한 서사 전략이다. 물론 춘향은 '기생의 딸'이지 기생은 아니다. 하지만 신분사회에서 비록 현재 기생은 아니라 할지라도 뿌리는 없앨 수 없는 법. 기생의 딸이라는 사회적 지위는 그녀를 기생으로 몰아갈 수 있는 명분과 전략을 제공하기에 유용하다. 하지만 기생이 아닌 기생의 딸이라는 설정은 후에 정절을 지키고자 하는 춘향의 태도에 명분을 실어주는 탁월한 서사 전략인 것 또한 간과해서는 안 될 것이다.

춘향, 그 이름에서는 봄 향기가 난다. 여인의 이름이되 결코 평범한 아낙의 이름은 아니라는 느낌을 준다. 학습의 효과인지 실제로 그런 것인지 확신할 수 없지만 분명한 것은 그녀의 이름 석 자에도 많은 장치가 숨어 있다는 것이다. 기생의 딸이되 기생은 아닌, 부르는 이에 따라서 한없이 업신여길 수 있지만 때에 따라선 꼭 그럴 수도 없는 신분적인 위치를 나타내는 그런 장치를 말이다.

● 위기인가, 기회인가

급제하여 데리러 오겠다는 약속만 남기고 떠난 몽룡을 기다리던 춘향에게 위기가 찾아온다. 위기, 그렇다. 사랑하는 임을 기다리는 여인에게 다른 남성의 호감은 위기가 될 수 있다. 게다가 신분 사회에서 천한 신분의 춘향이 한 고을의 수령인 변학도에게 호감을 산 것이니 춘향은 위기에 빠진 것이 분명하다. 시대 상황을 고려한다면 춘향은 변학도의 호감을 거절할 '힘'이 없다. 아니, 호감이라 표현하는 것은 적절하지 않다. 사실 변학도가 처음 춘향을 찾은 것은 춘향이라는 여인에 대한 순수한 감정 때문이라기보다는 빼어난 미모로 소문난 기생에 대한 호기심과 탐욕 때문으로 보이기 때문이다. 사실 춘향은 변학도가 오라면 오고 수청을 들라면 들었어야 하는 것이다. 변학도의 부름에 불응한 것만으로도 춘향은 목숨을 잃을 수도 있었다.

생각하기에 따라서 춘향에 대한 변학도의 관심은 춘향에게

절호의 기회이기도 했다. 작품의 설정대로라면 춘향은 빼어난 미모에 기품이 있고 글과 그림에도 재주가 있는, 충분히 매력적인 여인이었기 때문이다. 새로 부임한 수령이 호기심으로 춘향을 불러들였을 때 춘향이 머리를 굴려 그 호기심을 이용할 수도 있었다는 것이다. 자신의 여러 가지 재주로 변학도의 눈을 흐리고 마음을 홀려 긴 기다림을 끝내고 호의호식할 수도 있었을 테니 말이다. 하지만 춘향은 정절을 택했다. 물론 그것은 여인의 절개를 세우고 남자에게 의리를 지키기 위해서였다.

하지만 과연 그것 때문이었을까? 춘향은 영특한 여인이다. 춘향이 몽룡과 연을 맺은 것은 남원 사람들이 모두 알고 있었다. 사랑하는 임을 기약 없이 기다리는 춘향을 알게 모르게 안타까워하는 사람들도 있었을 것이다. 때문에 춘향은 일종의 동정표를 받고 있었을 것이다.

만약 춘향이 변학도의 수청을 들고 그의 첩실이 되었다면 그녀는 신분 상승까지는 아니더라도 많은 남성들에게 더 이상 기생에 준하는 대우를 받지 않아도 됐을 것이다. 물론 퇴기로 양반의 첩실이 된 어머니를 두었으니 양반의 첩실이 되는 것이 춘향에게는 신분 상승이라 말할 수 없는 일인지도 모른다. 다만 본인이 기생이 아님에도 기생 취급을 당하는 꼴은 면할 수 있지 않았을까 싶다. 하지만 잘 따져보면 이 선택은 얻는 것보다 잃는 것이 많다. 춘향이 변학도의 여인이 됨으로써 얻을 수 있는 것은 여러 남성의 위협으로부터 안전을 보장받는 것뿐이기 때문이다. 원래 재물이 궁한 것도 아니었으니 재물을 얻는 것 역시 이득이라 할 수 없다.

하지만 잃는 것은 많다. 가장 크게는 사랑을 잃을 것이고, 다음으로는 여인으로서 절개를 잃을 것이며, 몽룡을 기다리며 수절하는 춘향을 동정하고 내심 대단히 여기는 많은 사람들의 인심을 잃을 것이며, 그리고 행여 몽룡이 급제라도 한다면 양반의 정실로 신분이 수직 상승할 기회까지 모두 잃게 되는 것이다. 그러니 조금만 생각이 깊고 소신 있는 여인이라면 변학도의 꼬임에 냉큼 응하는 것보다, 조금은 위험하지만, 모험을 선택하는 편이 더 이득이라는 판단을 내릴 것이다.

춘향의 결정이 순수한 사랑에서 비롯된 것이었는지 좀 더 나은 기회를 엿본 기회주의적인 선택이었는지는 두고 볼 일이다. 변학도의 등장과 그의 욕심이 춘향에게 위기였을지 기회였는지도 함께 생각해보자.

● 　　　그들은 정말 사랑했을까

우리는 언제였는지 기억나지도 않는 아주 어릴 때부터 '춘향'이라는 이름을 자연스럽게 접했다. 어린이용에서 청소년용에 이르기까지 각종 『춘향전』 속 춘향은 이몽룡과 신분의 벽을 뛰어넘는 운명적인 사랑을 하고, 변학도라는 악의 세력으로부터 그 사랑을 지키기 위해 목숨이 위협받는 상황에서도 절개를 굽히지 않는 열녀다. 다수의 독자는 이것을 사실로 받아들이고, 춘향이 열녀라는 사실에 의문을 품지 않는다.

하지만 춘향의 순수함에 당신은 정녕 의문을 풀어본 적이 없는가? 물론 그녀가 몽룡을 사랑하지 않았다고 단정 지을 순 없다. 하지만 춘향의 수절이 온전히 남녀 간의 사랑 때문만은 아닐 수도 있다고 생각한들 틀렸다고 말할 근거 역시 없다.

의문은 춘향과 몽룡이 아주 짧은 시간에 사랑에 빠졌다는 것에서부터 시작된다. 물론 사랑한 시간과 사랑의 깊이가 항상 비례하는 것은 아니다. 남녀 사이에서 긴 탐색의 시간이 꼭 사랑을 더 깊게 해주는 것은 아니기 때문이다. 어쩌면 사랑에 빠지는 것은 찰나의 순간일지도 모른다. 그래서 그 짧은 순간에 상대가 내가 꿈꾸던 사람인지, 내가 바라는 조건을 갖추고 있는지를 고민하는 것은 불가능한 일이다.

하지만 작품 속 춘향과 몽룡의 만남을 보면 의문이 생기는 것이 당연하다. 몽룡은 그네를 뛰는 춘향을 보고 한눈에 '반한' 것이 아니다. 그저 그네를 뛰는 어여쁜 여인을 발견했고, 마침 그 여인이 기생의 딸이라 하니 만만하게 여기고 방자를 시켜 불러들이려 한 것이다. 이런 몽룡의 모습이 변학도와 무엇이 다른가? 몽룡은 춘향의 미모에 반했고 그 아름다움을 사내로서 탐하고자 했다. 그뿐만 아니라 양반이라는 신분을 교묘하게 이용해 춘향의 모친을 자기편으로 만들었다. 평생 동안 남성들에게 노리개 취급당하는 기생으로 살다가 첩실로 살고 있는 춘향의 어미에게 딸이 양반의 정실부인으로 살 수 있다는 기대를 심어준 것이 춘향과 몽룡이 연을 맺는 데 영향을 미치지 않았다고 말할 순 없을 것이다.

당시 시대 분위기를 보건대, 여인의 미모에 반한 양반집 도령이 그 여인과 진정으로 연을 맺고자 한다면 먼저 부모님께 청을 넣어 정식으로 여인의 집으로 혼담을 넣는 것이 순서일 것이다. 물론 심히 차이가 나는 신분으로 인해 쉽게 입이 떨어지지 않았을 것이라는 것 또한 가히 짐작하고도 남음이 있다. 하지만 몽룡이 춘향을 한 인간으로 존중하고 아끼는 마음이 있었다면, 자신의 부모님을 먼저 설득해 절차를 밟아 춘향과 가약을 맺었어야 한다. 양반가 자제가 기생의 딸과 혼인하겠다고 나섰을 때의 혼란이 두려워 담을 넘어 춘향의 집에 들어오고, 늦은 밤에 여인의 어미에게 혼례를 치르겠다고 요구하는 몽룡의 처신은 분명 오만하고 방자했다.

의뭉스럽기는 춘향 역시 마찬가지다. 춘향은 이러한 몽룡의 태도를 불쾌하게 여겼어야 한다. 물론 처음 몽룡이 방자를 시켜 말을 전했을 때는 쌀쌀맞게 대응하며 제법 소신을 세우는 듯했으나, 몽룡이 깊은 밤에 담을 넘어 자신을 취하러 왔을 때는 그를 받아들인다. 이런 춘향의 태도는 앞뒤가 맞지 않는다. 어쩌면 그녀의 어머니와 마찬가지로 신분 상승에 대한 기대를 춘향 역시 품고 있었던 건 아닌지 모르겠다.

『춘향전』은 이본이 많다. 그중 이른바 '이고본李古本『춘향전』'에서는 배를 잡게 만드는 구수하고 걸쭉한 육담과 욕설이 정신없이 튀어나온다.('이고본'이란 이명선李明善 소장 고사본古寫本의 약칭으로, 아쉽게도 원본은 전하지 않는다) 탈규범적이고 골계적인 인간 내음이 물씬 풍겨난다. 여기서 춘향이 몽룡이 보낸 방자와 나누는 대화를 들어보면 춘향을 순수한 여자로만 보기는 힘들 것이다.

방자 놈이 춘향이를 부르러 건너간다. 진허리 참나무 뚝 꺾어 거꾸로 잡고, 숲 사이로 바람을 쫓는 호랑이처럼 바삐 뛰며 건너가서 눈 위에다 손을 얹고 벽력같이 소리를 질러,

"이애 춘향아! 말 들어라. 야단났다, 야단났어."

춘향이가 깜짝 놀라 그넷줄에서 뛰어내려와 눈 흘기며 욕을 하되,

"에고, 망측해라. 제미× 개×으로 열두 다섯 번 나온 녀석, 눈깔은 얼음에 자빠져 지랄 떠는 소눈깔같이 최생원의 호패 구멍같이 똑 뚫어진 녀석이, 대가리는 어리동산에 무른 다래 따 먹던 덩덕새 대가리 같은 녀석이, 소리는 생고자 새끼같이 몹시 질러 하마터면 애 떨어질 뻔하였지."

방자 놈 한참 듣다가 어이없어,

"이애, 이 지집아년아. 입살이 부드러워 욕은 잘한다마는 내 말을 들어보아라. 무악관 처녀가 도야지 타고 활 쏘는 것도 보고, 소가 발톱에 봉선화 들이고 장에 온 것도 보고, 고양이가 분 발라 연지

찍고 시집가는 것도 보고, 쥐구멍에 홍살문 세우고 가마가 들락날락하는 것도 보고, 암캐 월경하여 서답 찬 것도 보았으되, 어린 아이년이 애 있단 말은 너한테 첨 듣겠다."

"애고, 저 녀석 말 고치는 것 보게. 사람 죽겠네. 애가 있다더냐?"

"그럼 무엇이랬노?"

"낙태할 뻔했댔지."

"더군다나 열 달이 찼느냐?"

"내 언제 낙태라더냐, 낙상이랬지."

"어린년이 피아말(다 자란 암말) 궁둥이 둘러대듯 잘 둘러댄다마는 내 말을 들어보아라. 여염집 처자라 하는 것이 바느질을 배우거나 길쌈에 힘쓰거나 둘 중에 하나를 할 것이지, 다 큰 계집아이가 의복단장 치레하고 봄빛 찬란한 그늘에서 그네를 높이 매고 들락날락 별짓거리를 다 해대니, 사또 자제 도련님이 광한루에 피서 오셨다가 하얀 속바지 가랑이가 희뜩 펄펄 날리는 양에 정신이 혼미하여 눈은 흐리멍덩해지고, 온몸의 힘줄은 용대기(큰 깃발) 버팀줄같이 뻣뻣해지고, 두 눈에 눈동자가 춤을 추며, 손은 벌벌 새끼 낳은 암캐 떨 듯 떨어대며 불러오라 재촉하니 어서 가자, 바삐 가자. 생사람 죽이겠다. 장가도 안 간 아이놈이 네 거동 보았다면 안 미칠 놈 누가 있겠느냐!"

(중략)

춘향이 하는 말이,

"네 말은 좋다마는 남녀가 유별한데 남의 집 규중처자를 부르기도 실례요, 남녀칠세부동석이라고 옛말에 일렀으니 처자의 행실로는 건너가기 어림없다."

방자 놈 대답하되,

"한 번 사양은 예의라지만, 내 말을 들어보아라. 사람이 나도 산세를 좇아 나느니라. 경상도는 산이 험준하여 사람이 나도 우악하고, 전라도는 산이 촉하기로 사람이 나면 재주 있고, 충청도는 산세가 유순하여 사람이 나면 유순하고, 경기도 삼각산은 범이 걸터앉고 용이 웅크린 산세라 사람이 나면 유순하고도 강직하니, 알자 하면 아주 알고 모르자면 정 주던 것 상관없이 칼로 베고 소금을 뿌리느니라. 이번 일이 틀어지면 너의 모친 잡아다가 죽을 만치 곤장 쳐서 목에 칼을 씌워 가둘 터인즉 오려면 오고 말려면 마라."

떨치고 돌아서며,

"나는 간다."

을러대니, 춘향이 약한 마음에,

"방자야, 내 말 조금 듣고 가거라. 귀중하신 도련님이 부르신 일 감격하나 여자 염치에 못 가겠다. 두어 자 적어주마. 갖다가 드려다오."

"무슨 글이니? 적어다오."

홍공단 두리주머니 끈 끌러 열고서 붓과 먹을 꺼내 손에 들고 갈

잎 뜯어 단숨에 적어주니(이고본 『춘향전』)

　　춘향이 몽룡을 만나 사랑한 나이는 열여섯 살. 물론 춘향이 살던 시대의 열여섯 살 처자는 오늘날 열여섯 살 소녀와는 사뭇 달랐다. 그렇지만 하룻밤의 인연으로 목숨을 내놓고 정절을 지키겠다고 나서는 모습은 어쩌면 순수한 사랑이 몽룡에 대한 마음의 전부가 아닐 수도 있다는 생각을 하게 만든다.

　　춘향에게 몽룡과 변학도는 위기이자 기회였다. 사실 따지고 보면 춘향을 취하는 태도만 놓고 보면 몽룡과 변학도는 모두 오만한 양반 그 자체였다. 적어도 그 시작만큼은 몽룡과 변학도가 춘향을 대하는 태도에 차이가 없었다. 둘 다 춘향을 기생의 딸, 따라서 기생은 아니되 언젠가는 기생 취급을 할 수 있는 처지로 보고 쉽게 생각하고 접근한 것이 사실이다. 그런데도 춘향이 몽룡에게는 몸과 마음을 허락하고 이후 변학도가 수청 압력을 가할 때는 정절을 지키려 한 것은 변학도와 몽룡 중 몽룡을 지키는 것이 자신에게 유리하다는 판단이 섰기 때문이리라. 몽룡이 과거에 급제하여 돌아온다면 양반집 정실부인이 될 수 있다는 계산을 한 결과일 것이다. 그리고 설령 변학도의 횡포에 굴하지 않다가 행여 목숨을 잃더라도 정절을 지킨 여인으로 그 이름이 두고두고 회자될 것이므로, 자존감 강한 춘향에게는 이 역시 손해 보는 일은 아니었을 것이다.

이렇게 보면 춘향은 영특한 기회주의자로 결론이 난다. 하지만 기회주의자라고 비난하기보다 준비된 신데렐라였다고 보는 편이 사실에 더 부합할 것이다. 기회도 준비된 사람에게나 찾아오는 법이다. 또한 기회가 주어진다고 해서 모두가 그 기회를 유용하게 이용할 수 있는 것도 아니다. 춘향의 수절이 온전히 순수한 사랑을 지키기 위한 행동이 아닐 수도 있다는 것은 마음 아픈 일이다. 하지만 춘향은 철저하게 자신을 위한 최선의 선택을 했고, 그 선택을 지키기 위해 할 수 있는 모든 것을 해냈다. 그러니 춘향은 그에 대한 보상을 받을 만한 자격이 충분한 '준비된 신데렐라'라 말할 수 있지 않겠는가?

진화심리학의 관점으로 보는 고소설

소설이 시대와 세태를 반영한 허구의 산물이면서 인간의 본성을 충실히 반영한 서사물이라면 여기서 말하는 '인간의 본성', 또는 '본능'의 의미는 단일할 수 없다. 윤리적·철학적 측면에서 인간의 '본성'을 운운할 수도 있고, 동물적 본능을 가리키는 의미로도 사용 가능하다. 여기서는 인간의 본성을 특별히 식욕과 성욕 등 인간의 생물적 본능과 관련한 의미로 한정지어 사용하고자 한다.

왜 하필 인간의 생물학적 본성, 곧 선천적으로 지니고 있는 동물적 본능이란 측면에 기초해 고소설 작품 속에 나타난 등장인물들의 욕망 문제를 다루려는 것인가? 인간의 본성 또는 본능이 가장 원초적이면서 근원적인 성격을 지니고 있음에도 불구하고, 여지껏 고소설에 나타난 인간의 본성은 제도화되고 이념화된 주체의 욕망과 인간의 자연스런 욕망의 양상에 국한시켜 다뤄왔기 때문이다. 그렇기에 기존과 다른 시각에서 고소설 속 남녀 관계와 인간의 본성에 대해 삐딱하게 생각해 보자는 것이다.

기존에는 욕망, 즉 시기, 질투, 살인 등에 관해 주로 사회적·윤리적·제도적 측면에서 행위의 결과에 주목하고자 했다면, 여기서는 인간의 행동이 인간의 생존과 번식이라는 본능 추구의 결과로 볼 수 있다는 입장에 서 있다. 이는 작품 해석의 방법론적 가능성을 보이고자 하는 것으로, 일차적으로는 고소설에서 진화심리학적 연구 성과를 확인하려는 것이지 진화심리학적 관점에서 고소설을 새롭게 해명하거나 고소설에 관한 새로운 논의를 펼치려는 것은 아니다. 남녀 간, 부모와 자식 간 관계에서 갈등을 유발하는 이유는 유교나 윤리, 제도 등의 외적 요소 외에도 내면 심리 기층에 자리 잡고 있는 본능이 있을 수 있다는 가능성이 적잖이 작동하고 있기 때문이다.

고소설 작품에서 인간의 본성이 발현되는 양상은 흔히 '남녀 간의 사랑' 또는 다양한 '인간 감정과 갈등의 표출'이라 할 것이다. 그런데 이렇듯 사랑·질투·욕망·윤리·종교 등을 번식과 생존이라는 두 가지 조건과의 연관 속에서 고찰해 가려는 것이 바로 진화심리학의 기본적 태도다. 그래서 진화심리학자들은 현재 존재하는 인간의 심리 구조도 번식과 생존에 유리한 방향으로 발전해 온 것으로 본다.

　그런데 고소설 작품을 진화심리학적 관점에서 보고자 할 때, 기본적으로 고려해야 할 것이 있다. 그 첫 번째는 인간의 본성이란 원래 지난날 조상들이 경험한 것들이 축적된 산물이며, 그것이 오늘날 우리가 생각하고 느끼고 행동하는 방식에 영향을 끼치고 있다는 점이다. 그리고 둘째는, 인간 본성이란 보편적이기 때문에 인간의 생각, 기분, 행동은 넓게는 이 세상의 모든 사람들(모든 남자나 여자)에게 공통적으로 적용 가능하다는 점이다. 다시 말해, 인간의 마음은 몇 가지 특정한 적응 문제들, 곧 남녀의 짝 고르기, 동맹 만들기, 성적 질투, 부모-자식 관계 등을 해결하기 위해 자연선택에 의해 설계되었다고 보는 것이다. 따라서 동서고금을 막론해 사회마다 각각 커다란 문화적 차이가 있는 것 같지만, 실제 우리들의 일상생활은 크게 다르지 않다는 점을 인정하는 선에서 출발 가능하다. 진화심리학 측면에서 바라본 인간의 본성은 어느 특정 지역이나 사회, 시대에 국한시켜 설명하고 말 것이 아니라는 것이다.

　결국 지금 우리가 행하는 행동이란 타고난 인간 본성과 각자 겪는 독특한 경험과 환경에 적응해 만들어낸 결과물이라 할 수 있다. 이때 생물적 본성에 주목하려는 것은 생물학적 요인이 환경(문화적 요인)보다 더 중요해서가 아니라 그 두 가지야말로 인간을 헤아리는 가장 근원적인 요소라고 보기 때문이다. 유전자가 인간의 어떤 행동을 백 퍼센트 결정짓지 못하듯이, 환경 역시 인간의 어떤 행동을 백 퍼센트 결정하지 못한다는 점을 상기할 필요가 있다.

● 남녀 주인공은 어떤 이성을 선호하는가

고소설 작품에서 흔히 나타나는 남녀 주인공의 결연과 혼인은, 달리 말하면, 성^性과 배우자 선택과 관련된다. 즉, 생존과 번식을 위한 일련의 활동인 것이다. 소설 작품에서 이성에 대한 호감을 묘사하거나 서술하는 부분이 비중 있게 그려지는데, 이는 비록 시대와 장소가 다를지라도 인간이라면 누구나 욕망하는 본능을 표현한 것이라고 보는 것이다.

고소설에서 남녀 주인공의 아름다움과 출중한 외모를 묘사하고 있는 것이 그 한 사례이다. 이때 아름다움의 기준으로 제시되고 있는 것이 바로 이성에 대한 잠재된 선호도의 표출로 볼 수 있다. 이는 이성 선택 전략에서 중요하게 고려되는 사항이다.

- 정생원의 집에서 공부할 때면 그림처럼 어여쁜 눈에 칠흑처럼 검은 머리카락을 가진 열일곱 여덟 살쯤 된 소녀가 늘 창가에 몸을 숨긴 채 최척의 말소리를 가만히 엿들었다.(『최척전』)
- 부인의 곁에는 열네댓 살쯤 된 소녀가 앉아 있었다. 구름처럼 풍

성한 검은 머리에 두 뺨은 취한 듯 연분홍색을 띠고 있었다. 반짝이는 눈을 옆으로 돌릴 때면 흐르는 물결에 비친 가을 달 같고, 어여쁘게 웃음 지을 때마다 생기는 보조개는 봄꽃이 새벽이슬을 머금은 모습 같았다.(『주생전』)

고소설에서 아름다운 여인의 기준으로 묘사되고 있는 공통된 특징이 무엇인지 잘 보여준다. 이 여인들의 공통점이란 대개 머리카락은 검고 윤이 나고 길며, 뺨과 입술은 붉은 빛을 띠고 있으며, 얼굴은 희고 고우며, 가는 허리를 가지고 있다는 데 있다. 이는 곧 예쁘고 건강한 미인을 의미한다. 문제는 이것들이 단순히 관습적 서사, 또는 관용적 서술의 결과로 치부해 버릴 수 없다는 것이다. 왜냐하면 이런 유사한 표현에서 공통적으로 가지고 있는 여성의 아름다움은 남성이 욕망하는 이상적 이미지와 연관되기 때문이다. 비록 작가나 독자가 의식하진 않았다 할지라도 번식과 생존을 위해 발달된, 선호하는 성적 본능을 제시해 놓은 것이라는 시각에서 볼 수 있다는 것이다.

남성은 나이 든 여성보다 젊은 여성을 좋아한다. 작품에서 남녀 주인공의 사랑에 문제가 생기는 시기가 15세~18세라는 사실도 이와 무관하지 않다. 왜 남성이나 여성은 나이 든 여성이나 남성보다 젊은 여성이나 남성을 좋아하는 것일까? 진화심리학에서는 그것이 젊은 남녀일수록 임신과 출산 능력이 높기 때문이라고 본다. 즉, 일반적으로 남자가 젊은 여성을 좋아하는 속성은 이념과 종교로, 윤리에 앞서 누구나 갖고 있는 본능에 해당한다. 그리하여 문명사회에서는 대부분 승낙연령age of consent, 곧 결혼이나 성관계를 허용하는 여자의 나이에 관련된 법률을 제정해 놓곤 한다. 하지만 특정 제도나 문화와 상관없이 젊은 남녀는 10대의 상대에게 매료될 수밖에 없다. 고소설에서 미인들이 낭군을 만나 사랑에 빠지는 연령대를 15~18세로 설정하고 있는 것은 당연한 결과다. 특별히 남자는 자기 아이의 어머니로 건강한 여성을 선택하는 데 관심을 갖는다. 남자가 젊은 여성을 선호하는 것은 출산능력이 높은 것도 있겠지만, 그 외에 젊은 여성이 나이 든 여성에 비해 평균적으로 더 건강한 것과도 무관하지 않다.

또한 고소설 작품에서는 여자 주인공의 아름다움을 검고 긴 머리카락으로 그려내곤 한다. 그런데 그 검고 긴 머리카락이야말로 건강미를 보여주는 한 가지 훌륭한 척도가 된다. 건강한 사람들은 머리카락에 윤기가 흐르고 빛나는 반면, 병약한 사람들은 머리카락에서 윤기가 사라진다. 머리카락은 생존에 필수적인 것이 아니기 때문에 신체가 꼭 필요한 영양소를 끌어 모을 때 처음으로 의지하기 시작하는 신체 부위다. 그러므로 사람의 건강상태는 머리카락 상태에서 가장 먼저 나타난다.

그런가 하면 아름다운 여인을 나타내고자 할 때 빠지지 않는 것 중에 뺨과 입술이 있다. 남성들이 붉은 빛을 띤 여성의 뺨과 입술을 선호하는 것 역시 바로 젊은 여인의 건강을 보여주기 때문이다. 거기에다 흰 얼굴은 붉은 빛을 한층 돋보이게 해 주기 때문에 더욱 선호하게 된다. 그러므로 녹빈홍안綠鬢紅顔이야말로 건강한 미인을 이르는 가장 탁월한 사자성어라 할 것이다.

그렇다면, 반대로 여성이 선호하는 남성상은 어떠한가? 그것은 경제적 여유를 가진 남성이다. 진화심리학적 측면에서 보면 경제적 여유를 가진 남성이야말로 임신, 수유, 양육 기간 동안에 안정적으로 지원을 해줄 수 있기 때문이다. 동일한 이유에서 여성들은 사회적 지위, 야망, 성실함 등의 조건을 갖춘 남성을 선호한다. 거기에 더해 튼튼하고 용맹한 남성이라면 금상첨화다. 고소설 속 남성 영웅 주인공들이 바로 이런 조건을 두루 갖추고 있다. 튼튼하고 용맹한 남성일수록 건강한 자손을 낳을 수 있을 뿐 아니라 자원을 구해 오는 데도, 가족을 지키는 데도 유리하다. 그런데 이런 욕구가 고소설 작품에 직접적으로 표출되어 있는 것은 아니다. 영웅적 남성의 면모를 관습적으로 그려내는 이면에는 이러한 생물적 본능이 작동하여 간접적으로 표출되고 있기 때문이다. 여성은 자신을 사랑하며 정서적으로 안정되어 있는 남성을 원한다. 이런 면을 고려할 때 남성에게는 입신양명이 여성과 연을 맺거나 생존 적응을 위한 중요 자원이 된다. 입신양명은 유교적 이념과 출세욕 때문이기도 하지만, 생물적 측면도 완전 배제할 순 없기 때문이다. 그러한 잠재된 내면 욕구와 생물적 본능을 작품 속에서 읽어내는 것은 인간에 대한 또 다른 이해 방식이라 할 것이다.

●   일부다처제와 진화심리학

한편, 조선 사회는 일부다처제가 용인되던 사회였다. 놀라운 사실은 지난 천여 년 동안 동서양의 역사에서 보면, 인간은 주로 일부일처주의가 아니라 일부다처주의 하에서 태어났다는 점이다. 전 세계의 전통적인 사회를 포괄적으로 조사한 결과, 83.39%에 해당하는 사회에서 일부다처제를, 16.14%에 해당하는 사회에서 일부일처제를, 그리고 0.47%에 해당하는 사회에서 일처다부제를 실시해 왔다고 한다. 그런데 더 놀라운 것은 우리가 생각하는 것과는 정반대로 대다수 여자는 일부다처제를 통해 이득을 보는 반면, 대다수 남자는 반대로 일부일처제에서 이득을 본다는 데 있다.

결혼 제도를 결정짓는 한 가지 중요한 요인은 남자 간의 자산 불평등이 심한 정도(가장 부유한 남자와 가장 가난한 남자 간의 차이)다. 자산 불평등의 정도가 심한 사회, 그러니까 부유한 남자가 가난한 남자에 비해 아주 많이 부유한 사회에서 여자(와 그 자식들)는 소수의 부유한 남자를 공유하는 편이 형편이 낫다. 이와는 정반대로 자산 불평등의 정도가 미약한 사회, 즉 부유한 남자가 가난한 남자에 비해 그렇게까지 부유한 것은 아닌 사회에서 여자(와 그 자식들)는 부유한 남자 하나를 여럿이 공유하는 것보다 가난한 남자 하나를 독점하는 편이 유복하게 지낼 수 있다.

왜냐하면 그런 사회에서는 부유한 남자가 지닌 자산의 절반이 가난한 남자의 전 재산만 못할 것이기 때문이다. 이와 관련된 욕망의 예를『사씨남정기』에서 찾아볼 수 있다.

매파가 말하기를, "그 여자의 성은 교씨喬氏요, 이름은 채란彩鸞이라 하며 하간부河間府에서 자란 사람입니다. 본래 벼슬하는 집의 딸로 일찍 부모를 여의고 그 형의 집에 의탁하고 있는데 지금 나이는 십 육세입니다. 제 스스로 말하기를 가난한 선비의 아내가 되느니보다 벼슬하는 부잣집의 첩이 되는 것이 좋다 하며, 그 얼굴은 그 고을에서 가장 아름답고 바느질과 길쌈도 잘 한다 하니 상공을 위해 첩을 구하시려면 이보다 나은 사람이 없을 줄 압니다."(『사씨남정기』)

교씨가 가난한 선비의 아내가 되기보다 돈 많고 화려한 집안의 첩으로라도 들어가겠다는 욕망을 드러내는 것은 지극히 생물적 본성에 충실한 발언에 해당한다. '가난한 선비의 아내가 되느니 차라리 재상의 첩이 되겠다'고 결심한 교씨는 탐욕에 가득 찬 악한 본성을 지닌 인물을 의미하는 것이 아니라, 생존을 위해 누구나 바라는 기본적 본능에 충실하려 했던 여성임을 잘 보여주는 것이 된다.

동서고금에 걸쳐 부와 권력을 손에 쥔 남자는 일부일처제 아래서 이미 결혼한 몸이라 해도 늘 애인이나 첩을 두거나 그 밖에 혼외정사 등을 벌임으로써 일부다처제 방식으로 결연을 맺어 올 수 있었다. 『창선감의록』에서 화진이 두 명의 여인을 아내로 삼을 수 있었던 근간도 화진의 집안과 남자 주인공이 지닌 비범한 능력 때문이었다.

윤 시랑이 말했다. "지난 번 남자평南子平이 악주岳州로 유배 갈 때 배 위에서 도적떼를 만나 온 가족이 화를 입고 그 딸만 겨우 살아남았습니다. 제가 양녀로 삼아 지금 산동山東에 데리고 있는데, 나이는 제 딸아이와 같고 그 자태와 덕성이 옛 숙녀라도 미치지 못할 만큼 뛰어나지요. (중략) 딸아이가 그 아이의 품성을 좋아하는 데다 또 사정을 딱하게 여겨 잠시도 떨어지지 않으며 같이 살고 같이 죽자고 하니 가련한 일이지요. (중략) 아드님처럼 훌륭한 사위를 얻으면 아마도 자평의 혼을 위로할 수 있을 터이지만, 세상에 아드님 같은 사람을 어떻게 또 얻겠습니까? 제가 보니 아드님은 포부가 크고 뛰어나서 머지않아 틀림없이 아주 귀한 사람이 되겠습니다. 부인을 서넛 둔다 해도 분에 넘치지 않을 것입니다."
(『창선감의록』)

준수한 외모에 포부가 크고 뛰어나 후대에 출세할 거라는 믿음이 남녀 간 결연을 가능케 하는 최상의 전략이다. 열두 살의 젊은 나이에 대현군자다운 화진의 비범함이야말로 남성이 가질 수 있는 자산으로 충분하다고 판단했기 때문이다. 두 여인(두 소저) 또한 한 명의 남성을 남편으로 맞이하는 것을 너무나 좋아한다. 물론 작품에서는 윤 시랑이 두 딸을 한 남자(화진)에게 시집보낼 수 있는 이유로 '자매간의 우애', 즉 서로 시기하고 다투지 않을뿐더러 오히려 떨어지지 않으려 하는 심성을 언급하고 있지만, 그 기저에는 그런 윤리적 덕목을 내세워 실천에 옮겼을 때, 획득 가능한 자산과 생존 가능성에 대한 욕망이 적잖이 작동했기 때문이라 할 것이다. 『구운몽』에서 양소유가 여덟 명의 여인과 함께 지낼 수 있었던 이유도 양소유의 입신양명과 재자가인으로서의 요인을 무시할 수 없다. 비록 이런 요인이 절대적인 것은 아니었다 할지라도 여성들이 양소유를 선택할 수 있었던 한 이유가 됨은 자명하다. 이 역시 그 기저에는 생존 또는 번식의 본능이 작동한 것이라 할 것이다.

하지만 여자들에게 일부다처제가 모두 유리한 쪽으로만 해석되는 것은 아니다.

심씨는 남편이 정부인의 자식만 사랑하고 자신이 낳은 아이는 사랑하지 않는 것을 크게 시샘했다. 하지만 화공과 성부인이 두려워서 감히 내색하지는 못했다. (중략) 심씨는 이 말을 듣자(=춘의 말을 듣자, 인용자 주) 버럭 분통을 터뜨렸다. "상공께서 원래 용망스런 정씨 년과 간사스런 아들 진이에게 미혹된 나머지 오래전부터 춘추시대 진헌공晉獻公과 원소袁紹가 그랬던 것처럼 맏아들의 자리를 빼앗으려 했지. 그렇지만 여태껏 빌미를 마련하지 못했던 것이야. 이제 이미 서리가 내렸으니 얼음이 얼 날도 멀지 않았다. 내가 차라리 머리를 부딪쳐 죽고 말지. 네가 곽황후郭皇后의 아들 동해왕東海王처럼 어머니가 쫓겨난 뒤 뜻을 잃고 머리를 숙이는 꼴을 어찌 보겠느냐?(『창선감의록』)

결혼한 남자가 새 아내를 들일 때, 이미 결혼한 손위 아내는 괴로움을 겪는다. 왜냐하면 아내가 하나 늘어날 때마다 남편의 자산이 그만큼 줄어들기 때문이다. 그 여자가 아니라면 자신과 자기 아이에게 돌아왔을 자산과 각양의 특권, 그리고 안정적 지위 말이다. 그러므로 일처다부제 가정에서 여러 아내들 사이에서 벌어지는 갈등은 매우 흔한 일이다. 위 인용문(『창선감의록』)에서처럼 시기와 질투는 기본이고, 죽어버리고 싶다고 할 정도로 분기憤氣를 발하기도 한다. 그런 행동과 심리의 바탕에는 장자의 자리를 빼앗기고, 쫓겨날 수도 있다는 불안감이 크게 작용하기 때문이다.

●   자식에 대한 편애와 형제간의 다툼

한편, 부모라면 자신이 낳은 자식을 모두 똑같이 사랑해야 할 것

같으나, 실제로는 그렇지 못한 경우를 주위에서 목도하게 된다. 소설 작품에서도 특정 자식에 대한 편애가 노골적으로 드러나 있는 경우가 적지 않다. 그런데 그런 편애는 결과적으로 형제 간 갈등을 증폭시키고 집안의 분란을 초래하는 원인이 된다. 그런 점이 잘 드러나 있는 작품이 바로 『창선감의록』이다.

화공의 서울집은 북경의 만세교 남쪽에 있었다. 집안에는 부인이 셋이었는데, 첫째 부인 심씨는 공부시랑 심확沈確의 딸이었고, 둘째 부인 요씨는 태자소부 요관姚瓘의 손녀였으며, 셋째 부인 정씨는 이부상서 정옹鄭雍의 딸이었다. 심씨는 말을 잘하고 제법 인물이 있었지만 시기심이 강했다. 아들 춘瑃이 있었는데, 사람됨이 보잘것없어 화공이 그리 사랑하지 않았다. (중략) 정부인의 아들이 자라 서너 살이 되자, 채 자라지 않은 짧은 머리는 양쪽으로 다팔거리고 이마는 앞으로 불쑥 튀어나왔다. 똘똘한 말을 하여 사람들을 놀라게 하는가 하면 눈에서는 반짝반짝 총기가 흘렀다. 정부인이 『효경』을 읽을 때면 아이는 책상 옆에 앉아 가만히 듣고 있다가 부인이 읊조리는 구절을 외우곤 했는데, 제법 그 뜻도 이해하고 있었다. 그러니 화공은 늘 "이 아이가 내게는 연성벽連城璧이라 하며, 이름을 보배 '진珍'으로 짓고 자字를 '형옥荊玉'이라 하면서 더욱 사랑했다. (중략) "이 아이는 요람을 갓 면했을 무렵부터 식견이 남달랐다. 이제 시 짓는 재주마저 뛰어나니 타고난 능력이 참으로 놀랍다. 또 두 편의 시를 보니 모두 왕공王公으로 부귀를 누릴 상이구나. 우리 집안을 망칠 아이는 춘이고, 집안을 일으킬 아이는 진이야." 그리고 다시 정색을 하고 춘을 나무랐다. "(중략) 너는 지금 아버지와 형제 앞에서조차 이처럼 어지럽고 방탕하니 참으로 경악할 일이다. 이후로는 마음을 고쳐먹고 행실을 닦으며 일거수일투족 모두 네 아우를 본받아 화씨 집안이 네 손에서 엎어지지 않도록 해라."(『창선감의록』)

화욱이 화춘과 화진을 달리 대하게 된 이유가 잘 나타나 있다. 그 이류란 것이 화춘은 '보잘 것 없는' 천성을 갖고 타고난 반면, 화진은 '똘똘한 말을 하고 총기가 흐를' 만큼 뛰어난 능력을 갖고 태어났기 때문이라는 것이다. 후천적 노력보다 천성적 자질 자체로 이미 선과 악, 긍정과 부정이 결정된 것임을 알 수 있다.

그런데 이것을 진화심리학 관점에서 본다면, 화진과 같은 주인공은 잘 나고 능력 있는 아이로 태어났기 때문에 부모가 생존과 양육을 위해 투자할 만하다고 인정한 결과, 우수 인자를 가진 자녀를 편애하게 될 수밖에 없다는 것이다. 진화심리학에서는 그 이유를 어느 부모나 자식을 부양할 자산이 한정되어 있다는 데서 찾는다. 이는 데일리와 윌슨이 '차별적 양육 성향discriminative parental solicitude'이라는 주장에서 확인할 수 있다. 즉, 부모의 임무는 번식 성공도를 최대화하는 것인데, 그러려면 자식의 수를 극대화하는 것이 아니라 손자의 수를 극대화해야 한다. 그렇기 때문에 성적으로 성숙하거나 짝을 찾아서 번식을 할 때까지 살아남을 것 같지 않은 자식에게 투자하는 자원은 전적으로 낭비라는 것이다. 그래서 부모는 장애가 있거나 아프다거나 타고난 능력이 떨어진다거나 외모가 매력적이지 않은 친자식을 돌보지 않고 학대하고, 심지어는 살해하여 그들의 한정된 자산을 번식 측면에서 더 전도유망한 자식의 양육에 투자하는 쪽으로 돌릴 가능성이 훨씬 더 높다는 것이다.

　물론 이런 결론을 받아들이기 어렵다. 그것이 인간과 동물이 다른 점이다. 하지만 우리의 내면 한 구석에는 이런 심리가 내재되어 있음을 부인하기 어려울 듯하다. 우리의 마음은 불편하기 짝이 없지만, 부모가 특정한 자식을 다른 자식에 비해 선호하는 일은 충분히 있을 수 있는 일이다. 부모는 본인과 핏줄이 다른 의붓자식은 말할 것도 없고 심지어 친자식을 놓고도 이런 현상을 보일 수 있다.

　다수의 고소설 작품에서는 이런 자식에 대한 편애의 근거 또는 이유를 분명히 밝혀 놓고 있지 않다. 애초부터 못나고 악한 인자를 갖고 태어난 것처럼 결정짓고 서술하는 경우가 일반적이다. 하지만『창선감의록』에서는 그 이유를 나름대로 제시해 놓고 있다. 그것은 사랑을 받는 자식, 곧 화진은 능력이 뛰어나고 성격이 호탕하며 외모가 준수하다는 식의 나름의 논리를 제시하고 있는 것이다. 외모와 성격이 경쟁력이 있다는 생각은 생존과 번식과 관련한 무의식적 작동이라 할 것이다.

형제 사이에 나타나는 기질적 차이와 다툼의 문제 역시 이와 유사한 이유에서 벌이진다. 부모의 자산을 놓고 경쟁할 형제가 하나도 없는 환경에서 태어난 맏이는 자라면서 으레 부모, 더 나아가 그 밖에 다른 권위자와 자신을 동일시한다. 이와 대조적으로 동생은 가족 내에서 이미 맏이가 부모와 동일시하는 지위를 점유해버린 뒤에 태어난다. 그래서 그들은 부모와 거리를 두고 형제간에 다른 길을 추구함으로써 자신만의 지위를 개척해나가야 한다.

『창선감의록』에서 화춘은 부모와 동일시되어야 할 자신의 지위를 아버지가 무너뜨림으로써 그것을 되찾기 위해 용렬한 방법으로 화진을 괴롭힌다. 하지만 화진은 당시의 지배 이념 하에서는 복수 또는 반항이 자신에게 유리할 것이 없다고 판단했기 때문에 끝까지 변치 않는 효와 우애의 실천으로 자신의 지위를 지키려 한다. 결국 작가가 장자인 화춘이 비록 능력이 부족하고 용렬하지만 후에 개과천선해 장자의 구실을 하는 것으로 처리하고, 대신 가문의 후사를 이을 자격이 없는 화진을 가문을 번영케 하는 아들로 설정한 이유는 적자생존의 원칙을 무시하고 오히려 유교적 질서, 곧 종법제도의 준수라는 대의명분을 살리고자 한 데 있음을 확인할 수 있다.

인간은 본성에 따라 판단하고 행동하려는 기질이 있다. 그런데 조선 후기에는 이념 중심적이며 남성 중심적인 가부장제 사회로 더욱 공고화되면서 문화적 제어가 사회 전반에 걸쳐 강하게 작동되었다. 그 결과 인간의 본성에 충실한 인간형 대신 유교적 이념에 충실한 인간형이 이상적 인물로 인정받게 되었다. 고소설에서도 표면적으로는 이념적 인물을 최고로 가치 있는 것으로 그려내게 되었고, 남녀 간 결연과 질투, 갈등 역시 그러한 의미맥락에서 그려내는 문화를 만들어냈다. 하지만 소설의 본질은 지배 이념 사회가 담아내지 못하는 세상과 그 욕망을 나타내는 데 있다. 즉, 현실세계에서 결핍된 욕망을 채우고자 하는, 반이념적·반중세적 이탈 내지 탈주에 있다 하겠다. 이러한 소설을 매개로 작가는 인간의 본성에 충실한 서사를 담고자 했다. 그 결과가 지금 고소설 곳곳에서 발견되는 본능 추구의 한 양상이다. 이는 시대마다 인간의 본성 표출의 욕구와 이를 문화적 이념으로 제어하려 한 의지 사이에 벌어진 갈등 국면을 기묘하게 서술해 낸 소설이 보여줄 수 있는 중요한 특질 중 하나다.

결국 고소설에 구현된 남녀 간 결연 전략과 이성에 대한 선호도, 그리고 생존 본능의 서술이란 이념성에서 탈피해 인간의 본성을 충실히 보여주고자 한 흔적이다. 이념 지향적 소설이라 할 수 있는『창선감의록』,『사씨남정기』등의 작품에서조차 작가와 독자 모두가 욕망하는 인간의 생물적 본성이 자리 잡고 있음을 간접적으로 보여주고 있는 것이다. 남성이 선호하는 여성상이 있고 여성이 선호하는 남성상이 있는데, 작가는 독자의 본성을 들춰냄으로써 독자들로부터 대리만족 내지 공감을 얻어내려는 노력을 경주한다.

하지만 인간의 경우, 문화적 진화가 유기적[有機的] 진화를 압도해 버렸고, 인간이 여타 동물과 구분되는 차별적 요소가 있음을 부인하기 어렵다. 동물적 인간 이전에 사회적, 문화적 인간으로서 인간이 지닌 본성의 측면까지 고려해 동물적 본성과의 차이까지 충분히 고려해 마땅하다. 인간의 본성에 속하는 번식과 생존이라는 문제의식도 중요하지만, 끊임없이 노력하고 추구할 만한 가치가 있는 것 중에 윤리와 문화도 생존 전략의 일환으로서 소중하다는 점을 간과해서는 안 될 것이다.

무엇보다 진화심리학은 인간의 본능을 진화된 심리 기제의 집합체 또는 총합의 개념으로 설명하는 데 주목함으로써 개인의 유전형질과 개성을 고려하지 않고 있다. 하지만 정작 고소설 작품 문면에서 독자가 만나는 등장인물은 개인으로 다가온다는 점을 기억해야 할 것이다. 더욱이 서양의 유전결정론이나 환경결정론에 입각해 인간의 서사를 자연과학적 틀로 지나치게 도식화하거나 적용함으로써 오는 폐단 역시 경계할 필요가 있다. 인간은 유전에 의한 진화뿐 아니라 문화와 윤리, 교화를 통해 그 기질 역시 진화해 온 부분도 있기 때문이다.

『구운몽』의 경우만 해도 그러하다. 『구운몽』에서 양소유는 8명의 여성과 결연을 맺는데, 제1부인으로 정경패를, 제2부인으로 이소화(난양공주)를, 제3첩으로 진채봉을, 제4첩으로 가춘운을, 제5첩으로 계섬월, 제6첩으로 적경홍, 제7첩으로 심요연을, 그리고 마지막 제8첩으로 백능파를 맞이한다. 그런데 번식과 생존을 염두에 두었다면 정경패보다 나이 어린 가춘운이나 첫사랑인 진채봉을, 또는 중국에서 3대 명기名妓라 하는 계섬월이나 적경홍을 먼저 맞이하거나 더 선호했어야 할 것이다. 또한 생존과 출세를 염두에 두었다면 정경패보다는 권력이 더 많았던 이소화를 더 먼저 맞이했어야 할 것이다. 하지만 작품에서 그렇게 그려내지 않고 있는 이유는 분명 진화심리학에서 말하는 동물적 본성보다 더 근원적으로 중요하게 여기는, 인간만의 고유한 가치체계가 작동하고 있기 때문이다. 작품에서 실제로 여성들이 양소유를 공유할 수 있었던 의식 속에는 생존과 번식의 논리도 있지만, 여성들끼리의 지기知己의식이나 동성애적 요소 등도 문면에서 분명 읽히고 있음을 간과해서는 안 될 것이다.

거창하고 새로운 해명을 시도하고자 한 것이 아니다. 다만 진화심리학의 시각을 빌어 고소설 작품에 나타난 인물의 외양묘사, 인물의 성격과 행동, 사건 전개의 근본적 추동력이 인간의 본능에 기초한 측면이 적지 않음을 강조함으로써, 간과하기 쉬운 또 다른 측면을 고려해 새로운 독법을 보여주고자 한 것일 따름이다. 누워 있는 사유를 일으켜 세우는 자극제 차원에서 말이다.

4

영웅은 어떻게 만들어지는가

강로전 · 김영철전

사라진 기억을 재구성하는 것은 누구인가

고소설 가운데 전쟁(전란)을 소재로 한 작품이 적지 않다. 전쟁 서사가 주된 사건이 되는 역사 군담소설 내지 창작 군담소설뿐 아니라, 가정소설, 애정전기소설, 몽유록계 소설 등에서도 전쟁 관련 서사가 삽입되는 일이 종종 있다. 이처럼 전쟁을 주요 소재로 삼은 작품은 16세기 말~17세기 초에 임란과 병란, 요동 정벌 등 역사적 전란을 경험한 이후부터 본격적으로 등장한다. 체험담 또는 간접적 청취담을 토대로 한 실기實記문학이 다수 등장했는데, 이때 이른바 '전쟁 소재 역사소설'이라 할 만한 작품들이 나타난 것이다. 이러한 소설이 등장한 데는 역사적 경험뿐 아니라 이러한 작품을 향유할 만한 새로운 독자층이 형성된 것도 큰 영향을 미쳤다. 역사 또는 창작 군담소설은 여성 독자 외에 남성 독자들을 소설 독자층으로 끌어들였고, 후대에 여성영웅소설 또는 여장군계 소설처럼 남성보다 우위에 있거나 동등한 여성이 주인공으로 등장하는 작품군을 산출하는 기폭제가 되었다.

무엇보다 이 '전쟁 소재 역사소설'에는 전에 없던 고통과 슬픔을 전 국민이 직간접적으로 체험한 후 갖게 된 '불쾌'한 감정과 심리가 다양한 형태로 대거 투영되었다. 말하자면 '불쾌로부터의 심리적 도주'라고나 할까? 그러한 감정과 정서를 내포한 서사를 작품에다 담아냄으로써 이전 또는 동시대 소설 작품과 다른 지향 의식을 갖게 된 것이다. 세계를 관념적이고 비현실적으로 그려내던 기존의 관점과 달리, 현실적 세계를 사실적이고 구체적으로 표현해내려는 의식이 작품 속에 대거 투영되기 시작했다.

특별히 17세기에 나타난 전쟁 소재 역사소설은 역사의식과 역사적 진실을 서술하는 부분에서 동시대의 여느 소설과 두드러진 차이를 보인다. 이는 역사적 사실에 대한 '기억'과 '망각'의 문제와 관련이 깊다. 이는 개인 또는 사회 구성원들이 전란에 대해 그려내고 싶어한 의식적 지향과 형상화 수위, 그리고 서사 전략과 관련이 깊다. 다른 소설들과 달리, 전란의 고통을 다루고 그것을 치유하는 한 방편으로서 찾아낸 의식의 공고화와 삭제라는 양날의 칼을 전쟁 소재 역사소설에서 본격적으로 생산해내게 된 것이다.『김영철전』,『강로전』등에서 그러한 면모를 확인할 수 있다.

그런데 문제는 이러한 17세기 전쟁 소재 역사소설이 작가의 직접적 체험의 소산이 아니라는 점이다. 설령 작가가 전란을 직간접적으로 체험했다고 하더라도, 작품 속에 등장하는 구체적 사건과 체험담은 자신의 이야기가 아니다. 자전적 소설이 아닌, 자신의 간접적 판단과 타인의 기록물이나 관련 정보를 습득해 '재구성'해낸 서사물이다. 다시 말해, 타자가 경험한 '사건'에 대한 기억을 재구성하고 나누어 가진 결과인 것이다. 그렇다면 타자가 경험한 '사건'에 대한 기억을 서사를 통해 나눠 갖는다는 것은 무슨 의미인가? 그것을 어떻게 소설 속에서 구현할 수 있는가?

자신이 직접 경험한 사건이 아닌 이상, 과거의 사건을 누군가가 완벽하게 재현·표상하는 것은 애당초 불가능하다. 그런데도 인간은 서사에 대한 욕망이 강렬하다. 사건을 외부에서 바라보는 시점에서 과거의 폭력적인 사건을 되도록 완벽하게 재현·표상하려는 리얼리즘적 욕망이 작동해 수많은 서사문학을 생산해내려 하기 때문이다. 전쟁 소재 역사소설인『강로전』,『김영철전』등도 바로 이러한 서사 욕망에 기초해 나타난 전후戰後 작품들이다.

『강로전』은 권칙(權侙, 1599~1667)이 1630년에, 그리고『김영철전』은 홍세태(洪世泰, 1653~1725)가 17세기 말 또는 18세기 초에 창작한 것으로 알려져 있다. 이 중『김영철전』은 홍세태의 문집인『유하집柳下集』수록본으로 기존의 어떤 선행 이본을 대폭 축약한 것이다. 최근에『김영철전』원작 계열의 필사본이 발견되었다.『김영철전』은 정확한 창작 시기는 알 수 없지만, 홍세태가 1725년에 죽었고 작품에서 김영철이 1683년에 죽은 것으로 되어 있으므로 실화를 토대로 한 것이라면 그 사이 시기에 쓰였을 것이다.

　이 두 작품은 전쟁을 주된 서사 축으로 삼되, 실제 일어난 역사적 사건 또는 실존 인물을 매개로 창작한 것이다. 무엇보다도 만주를 배경으로 조선군의 심하沈河 전투와 이와 관련된 인물을 공통적으로 다루고 있어 함께 다룰 만하다. 두 작품 공히 '전계傳係 소설'로서 장르적 성격까지 유사한 것이 흥미롭다.

　『강로전』과『김영철전』외에, 조위한(趙緯韓, 1567~1649)이 지은『최척전』(1621)도 역사소설의 모습을 지니고 있다. 작품 후반부에서 명과 후금의 전쟁에 주인공 최척이 참전하고, 조선군이 심하 원정에 참여했다가 최척과 그의 큰아들 몽석이 서로 포로가 되어 극적으로 만나게 된다는 내용을 그리고 있기 때문이다. 하지만『최척전』은 비록『강로전』및『김영철전』과 오버랩 되는 부분이 일부 보이지만, 기본적으로 애정전기傳奇 전통이 강한 작품이라 전傳 계열의 작품과 차이가 있다. 다시 말해,『최척전』이 역사와 사건을 사실적으로 묘사하기보다 낭만적으로, 또는 문학적으로 바라보려는 성향이 강한 애정전기소설에 해당한다면,『강로전』과『김영철전』은 사서史書의 전 형식에 따라 특정 인물을 입전시킨, 이른바 '전계 소설'에 해당한다.

이해를 돕기 위해 먼저 내용 소개부터 하기로 하자.『강로전』은 1618년에 누르하치가 일어나 명나라를 치자 명나라의 요청에 응해 조선군의 도원수로 출정한 강홍립을 주인공으로 한 작품이다. 강홍립은 되도록 시간을 끌며 요동의 상황을 살펴 행동하라는 광해군의 밀지를 받고 명나라와 후금의 싸움을 관망하다가 결국 후금에 투항한다. 그리고 8년간 후금의 포로로 지내다가 정묘호란 때 후금의 선봉장이 되어 조선을 쳐들어온다. 따라서 조선에서는 그를 매국노라고 비난하고, 조선에서 숨죽이며 지내다가 병사하고 만다.

이는 역사적 인물인 강홍립을 부정적으로 그린 것으로, 역사에서 평가하는 것과 작품 속 강홍립의 모습이 크게 다르지 않다. 무엇보다『강로전』은 조선군의 중국 심하 원정과 8년간의 포로 활동, 그리고 1627년에 후금이 조선을 침략한 정묘호란을 매우 사실적으로 그려내고 있어 사료적 가치마저 지닌 작품이라 할 수 있다. 더욱이 오랑캐에게 항복하고 목숨까지 구걸한 부정적 인물을 주인공으로 내세운 최초의 작품이라는 점에서도 의미가 있다. 도원수가 당시 정세를 교묘히 이용하다가 후금에 투항해 어떻게 목숨을 보전하려 했는지, 또한 오랑캐의 장수가 되어 어떻게 고국을 배신하고 침략을 주도했는지를 비판적 시각으로 자세히 서술해 놓았다.

『강로전』의 작가는 서얼 출신의 권칙權侙이다. 작품 말미에서 작가는 "비천한 사람은 오히려 주인을 배반하지 않는데 역적은 도리어 의관세족衣冠世族에서 나온다"며 문벌세족을 노골적으로 비판하고 있는데, 작가의 신분을 감안하면 그러한 문제의식이 어디에서 비롯된 것인지 짐작할 수 있다. 더욱이 권칙은 강홍립 휘하에 있다가 그가 후금에 투항하자 몰래 도망쳐 살아온 인물이다. 따라서 전란의 역사적 진실을 그 누구보다 잘 알았을 것이며, 그런 점을 감안한다면 작품 내용을 신뢰할 만하다 하겠다. 하지만 정말 그러할까?『강로전』에서는 요동 정벌이 실패한 책임을 강홍립 개인에게만 지우고 있다. 과연 그러한 평가가 객관적인 평가라고 할 수 있을지는 별도로 따져보아야 할 문제다.

그렇다면『김영철전』은 어떠한가?『김영철전』은 명과 후금 사이의 전쟁을 배경으로, 전쟁과 아무런 이해관계도 없는 민초 김영철이 19세에 종군하여 늙어서도 군역을 지며 힘겹게 살다 죽어간 파란만장한 삶을 사실적으로 그린 작품이다. 영철이 만주로 출정할 때 조부는 집안의 대를 이어야 하니 반드시 살아 돌아오라고 말한다. 영철은 후금의 장수 아라나阿羅那의 은혜를 입어 목숨을 건졌음에도 조부와 한 약속을 지키기 위해 그를 배반하고 건주建州에서 도망쳐 등주登州에 가 가정을 꾸리고 살다가 결국 조선에 돌아온다. 하지만 그 뒤로도 세 차례나 더 종군하고, 그때마다 후금의 장수 아라나와 이리저리 얽혀 후금으로 다시 끌려간다. 조선의 상관이 몸값을 대신 지불하여 간신히 풀려날 수 있었으나 몸값으로 지불한 속량채贖良債를 갚느라 마지막에는 가산마저 다 날리고, 급기야 늙어서까지 군역을 벗지 못해 네 아들과 함께 산성을 지키다가 일생을 마치고 만다.

이처럼 『김영철전』에서는 김영철이 겪은 포로 생활과 가족과 헤어지는 고통이 주된 서사 축을 이루고 있다. 중인인 작가 홍세태는 김영철의 파란만장한 삶에 관심을 기울이고 안타깝게 죽어간 영철을 위로하고, 당대 사회를 비판하려는 의식을 작품 속에 담아냈다. 그 과정에서 『강로전』이 구현하고 있는 서사와 겹치거나 유사한 장면이 여럿 보인다.

밀접한 관련이 있는 두 작품을 비교하는 것은 대단히 흥미로운 일이다. 예를 들어, 조선군으로 종군하던 왜인 삼백 명을 강홍립이 누르하치에게 바치자 왜인들이 누르하치에게 검술을 선보인다는 명분을 내세워 그를 암살할 계획을 세우는데, 이 계획이 누설되는 바람에 왜인 전원이 사살되고 만 사건을 『김영철전』과 『강로전』에서 자세히 다루고 있다. 그 사건 후에 조선의 양반 출신 장교들이 반역할 여지가 있다 하여 손이 곱고 용모와 복장이 준수한 자 사백여 명을 따로 뽑아내 참수한 사실도 『김영철전』과 『강로전』에서 공통적으로 다루고 있다. 다만 『김영철전』에서는 이 사건으로 영철의 종조부인 김영화가 죽임을 당하지만, 아라나 장수가 자신의 동생과 얼굴이 닮았다는 이유로 영철을 죽이지 않고 자기 집으로 데리고 가 살게 된다고 처리하고 있다. 반면에 『강로전』에서는 강홍립의 심복인 이민환·박난영·이일원 등 십여 명만 목숨을 건지는 것으로 서술하고 있다. 이처럼 동일한 사건도 두 작품에서 서로 다른 관점으로 서술하고 있는 점에 유의할 필요가 있다.

●   역사와 허구의 거리

두 작품이 오늘날 우리에게 흥미롭게 다가오는 이유 중 하나는 작품 속 내용에서 역사와 허구를 분간하기 어렵다는 점 때문일 것이다. 즉 어디까지가 사실이고 어디부터가 허구인지 가리기 어려울 뿐 아니라, '과연 역사라는 것이 사실의 기록이라 말할 수 있는가?'라는 질문을 던지게 만들기 때문이다.

　두 작품은 전쟁의 참상을 통해 인간을 사물화하는 폭력의 문제를 보여주려 하기보다 현실적 인간을 재현하는 데 초점을 맞춘다. 다시 말해, 고통과 동정을 넘어선 이념적 존재를 탄생시키려는 성향이 강하다는 점에 주목할 필요가 있다. 예를 들어, 두 작품은 전쟁이라는 폭력적 상황에서 자신의 의지와는 상관없이 내던져져 이유 없이 무의미하게 죽어가거나 고통당한 자들의 이야기를 하면서도 '그들은 대의를 위해 죽었다'는 식의 거짓된 의미를 뒤집어씌우는 기만적 서사를 보여준다. 그리하여 사건을 경험한 '타자'의 목소리를 억압하고 왜곡하며 봉쇄하는 이데올로기적 효과를 드러낸다. 아니 한 걸음 더 나아가 그 서사의 내용이 사건의 본질이고 진실인 것처럼 인식하게 만듦으로써 사건의 진실에 다 가가는 길을 아예 차단시켜 버리고 만다.

두 작품에는 동일한 사건이나 비슷한 역사적 체험을 서로 다 른 관점과 내용으로 서술해놓은 곳이 여러 군데 있다. 이를 통해 전란을 기억해내고 재구성해내는 메커니즘이 어떻게 작동하고 있 는지 확인할 수 있다.

만력 무오년(1618)에 건주의 오랑캐가 명나라와 원수가 되더니 군 대를 일으켜 명나라를 침공하여 요양 지역의 몇 개의 진을 연거푸 함락시켰다. 명나라 황제가 진노하여 천하의 군사를 움직여 토 벌하게 했다. (중략) 정예 병사 2만 명을 선발하여 요양으로 출정 시키면서 원수의 막중한 임무를 맡길 사람을 조정 신하들 중에서 천거하게 하니, 문무의 명망 있는 자들이 모두 강홍립을 추천했 다. 이에 강홍립을 원수로 임명하고, 평안병사 김경서를 부원수 로 삼았다.(『강로전』)

무오년(1618) 명나라에서 대군을 일으켜 건주의 오랑캐를 도벌하 러 나서며 우리나라에 병력 지원을 요구하자, 우리 측에서는 강홍 립을 도원수로, 김경서를 부원수로 삼아 2만 군사를 이끌고 가게 하였다. 영철은 종조부 김영화金永和와 함께 좌영장 김응하의 예하 부대원이 되어 선봉에 섰다. 이때 영철의 나이 열아홉 살로, 아직 혼인하지 않은 처지였다. (중략) 출발하기에 이르러 조부 김영가가 눈물을 흘리며 말했다. "네가 돌아오지 못하면 우리 집안은 대가 끊긴다." 영철이 말했다. "꼭 돌아올 겁니다."『김영철전』

이들은 두 작품에서 명나라와 후금 사이에 전쟁이 일어나자 주인공들이 참전하게 되는 과정을 그려놓은 대목에 해당한다. 두 작품 공히 역사적 사건을 배경으로 이야기를 펼쳐나가고 있다. 그런데『강로전』에서는 주인공을 긍정적으로 평가하고 있는 것과 달리,『김영철전』에서는 전쟁에 나갈 수밖에 없는 불가항력적인 측면을 강조하고 있다. 이러한 차이는 작가의 신분적 차이에서 비롯된 것이기도 하지만, 서술자가 주인공을 바라보는 기본 관점의 차이에서 비롯된 것이기도 하다. 그나마 주인공들이 전쟁에 나갈 수 있었던 명분을 합리화하는 방향에서 역사 속 인물로 구체화하고 있는 것 정도가 공통적이라 하겠다. 그렇지만 이는 서술자가 임의로 재구성한 것이지 실존 인물인 당사자들의 논리와 명분은 아니다. 실제로 주인공들이 출정하는 이유가 본문에 밝혀놓은 것 그대로일 수도 있다. 하지만 그것은 인간으로서 전쟁에 참여할 때 느끼는 두려움, 공포, 가족과의 이별 등 여러 개인적 사정과 환경을 전혀 고려하지 않은 것이라 일방적이고 맹목적이라 할 것이다.

기일이 되어 좌영의 군사들이 먼저 영마전景馬田에 도착했다. 명나라 군대는 이미 집결해 있었다. 김응하가 명나라 도독 유정을 찾아갔다. (중략) 이튿날 행군을 시작하매 두 나라의 병사들이 긴 대오를 이루었다. 사흘을 행군하여 우모령에 이르렀다. (중략) 20리를 가서 부차성에 이르렀다. (중략) 명나라 군대가 함성을 지르며 달려 들어가 저마다 흩어져 마을을 초토화시켰는데, 그 과정에서 군대의 대오가 무너져 버렸다. 이때 귀영가의 3만 철기병이 갑자기 산골짜기 사이에서 튀어나와 공격하니 명나라 군대는 일시에 궤멸되고 말았다. (중략) 홍립은 즉시 중영中營과 우영右營에 명령을 내려, 병사들을 모두 산꼭대기로 올려 보내 진을 치고 승부를 관망하게 했다.(『강로전』)

기미년(1619) 봄 2월, 강홍립이 군대를 이끌고 강을 건너 영마전에서 명나라 군대와 합류했고, 함께 우모령을 넘어 10여 개의 보루를 격파하고 승세를 타 전진하였다. 명나라 군대가 맨 앞에 서고 우리 군대의 좌영左營이 그다음, 중영이 또 그다음에 섰으며, 우영이 맨 뒤의 후군이 되었다. 누르하치는 정예병 수만 명을 아들 귀영가에게 주어 명나라 군대를 격파하게 하였다. 마침내 오랑캐가 우리 좌영을 치고 들어와 전투가 시작되었다. (중략) 강홍립이 주머니에서 밀지를 꺼내 보여주자, 김경서는 기운이 꺾여 감히 다시 말을 하지 못했다. 결국 김응하는 전사하고, 강홍립과 김경서는 오랑캐에게 투항했다.(『김영철전』)

명나라군과 조선군 연합군이 후금과 전투를 치르다가 패하는 과정을 그린 대목이다. 전투와 관련한 사건을 전개하는 과정과 개요를 제시하는 부분은 두 작품 모두 유사하다.『김영철전』과『강로전』에서는 강홍립이 왕의 밀지를 받고 일부러 투항하거나 전투에 소극적이었던 덕분에 섬멸당하지 않은 것으로 그리고 있다. 그런데 이것을『최척전』에서는 사뭇 다르게 서술하고 있다.

> 요양에 도착하여 수백 리 오랑캐 땅을 지나, 조선의 군대와 나란히 우모채에 진을 쳤다. 하지만 명나라 장수가 후금의 군대를 얕본 탓에 대패하고 말았다. 누르하치는 명나라 군사들을 남김없이 죽인 반면, 조선 군사들은 한편으로 위협하고 한편으로 어르면서 단 한 사람도 살상하지 않았다.(『최척전』)

위 두 작품과 달리,『최척전』에서는 누르하치가 조선 군사를 위협하고 한편으로 어르면서 아무도 죽이지 않았다고 했다. 이 사건의 진상은 역사적으로 중요한 문제임에도 서술자가 선택적으로 (혹은 잘못된 사실을 사실로 인식하고) 그리고 있는 것이다. 만약 두 작품이 사실에 입각해 비교적 충실히 서사로 재구성해냈다면, 두 작품에서 공통적으로 다루는 사건이 꽤나 많은 만큼 주인공인 김영철과 강홍립, 그리고 주변 인물인 이민환 등은 같은 장소에서 같은 경험을 한 동시적 인물이라 할 것이다. 그리고 이들 작품은 각기 다른 관점에서 전란과 이산의 현실을 그려나가다가 유사한 자료를 참고했거나 비슷한 내용을 직접 듣고 적었기 때문에 교집합 관계를 보이는 내용들이 중첩적으로 나타나고 있다고 할 것이다.

작품에서 재구성해내는 기억의 상이성은 역사적 사건의 한복판에 위치한 개인을 평가, 묘사하는 부분에서도 동일하게 나타난다. 『최척전』에 서술된 내용부터 보자.

교유격은 패잔병 10여 명을 이끌고 조선 군영에 들어가 조선 병사의 옷을 달라고 애걸했다. 조선의 원수元帥 강홍립은 옷을 주어 죽음을 면하게 하려 했으나, 종사관 이민환은 누르하치의 뜻을 거슬렀다가 훗날 문제가 될 것이 두려워 그 옷을 빼앗고 명나라 병사들을 붙잡아 적진으로 보냈다. 최척은 본래 조선 사람이므로 혼란한 틈을 타 조선 군대 속에 숨어 들어가 홀로 죽음을 면할 수 있었다. 하지만 강홍립이 후금에 항복하면서 최척 역시 조선 병사들과 함께 후금 군대에 사로잡히는 신세가 되고 말았다.(『최척전』)

여기서 주목해야 할 것은 실존 인물인 강홍립(姜弘立, 1560~1627)과 이민환(李民寏, 1573~1649)에 대한 평가다. 이민환은 평안도 관찰사로 있던 1618년에 강홍립의 막하로 출전했다가 후금의 포로가 되어 17개월 동안 갇혀 있었지만, 1620년에 석방되어 돌아온 인물이다. 현재 이민환이 포로 생활 동안 보고 들은 것을 기록한 『건주견문록建州見聞錄』이 남아 있다. 그런데 『최척전』에서는 명나라 장수 교유격이 전투에서 패한 후 잔병 10여 명을 이끌고 조선 군영에 와 옷을 달라고 했을 때, 강홍립은 옷을 주어 생명을 구하려 한 반면, 이민환은 누르하치의 후환이 두려운 나머지 준 옷을 빼앗고 오히려 그들을 적진에 보냈다고 했다. 그리고 이때 명나라 군사 신분으로 있던 최척이 그 사실을 미리 알아차리고는 조선 군대로 몰래 숨어들어 화를 면할 수 있었다고 했다. 이렇게 『최척전』에서는 강홍립을 긍정적 인물로, 이민환을 부정적 인물로 서술하고 있지만, 『강로전』에서는 다른 평가를 내리고 있다.

홍립은 즉시 중영과 우영에 명령을 내려, 병사들을 모두 산꼭대기로 올려 보내 진을 치고 승부를 관망하게 했다. 이윽고 교유격이 패잔병 10여 명과 함께 중영(강홍립, 김경서가 이끌던 진영 – 인용자)에 이르러 명나라 군대가 전멸했다고 했다. (중략) 홍립이 떠나며 말했다. "교유격 등 십수 명이 우리 진중에 있는데, 오랑캐가 이를 알면 필시 강화하는 일이 틀어지게 될 것이다." 마침내 이들을 결박하여 오랑캐 진영으로 보내게 했다. 교유격이 하늘을 우러러 장탄식하며 말했다. "조선과 같은 예의의 나라에서 오랑캐에게 항복하는 치욕을 달게 받아들이고, 심지어 황제가 보낸 장수를 묶어 오랑캐에게 바치기까지 할 줄이야 어찌 상상이나 했겠는가! 너무도 심하구나!" 그러고는 비단을 찢어 집에 보내는 편지를 적어 허리띠에 묶은 뒤 칼 위에 엎어져 스스로 목숨을 끊었다.(『강로전』)

『강로전』에서는 이민환이 이 대목에서 어떤 행동을 보였는지 서술해놓은 부분이 없다. 『강로전』에서는 이후에 누르하치를 해하려던 왜인 삼백 명을 처벌한 후 누르하치가 반란의 위험을 느낀 나머지 '양반 장교'를 참수할 때, 강홍립의 심복인 십여 명만 목숨을 건졌다고 했다. 이때 살아남은 이들 중에 이민환이 언급되고 있는바, 『강로전』에서는 이민환을 강홍립과 한통속으로 묘사하고 있는 것이다. 하지만 적어도 후금에 패한 명나라 장수 교유격과 십수 명의 군인들을 후금에게 갖다 바치는 일을 주도한 인물이 강홍립이었음은 분명한 사실인 것처럼 그려내고 있다. 이는 앞의 『최척전』에서 강홍립을 긍정적으로 서술한 부분과 정면으로 배치된다. 두 작품에서 동일한 사건을 상이하게 평가하고 있다는 점에서, 역사란 허구와 상통하며 기억하고 싶은 내용대로 서사화할 수 있음을 여실히 보여준다. 따라서 한 사건을 사실적으로 그려낸 서사문학에서 비록 소설이 갖는 허구적 속성을 십분 인정한다 할지라도, 그 어떤 작품이 진짜 역사적 사실에 부합하는 것인지보다도 서사가 충분히 임의로 조작 가능하며, 그로 인해 등장인물에 대한 선입견과 부정적 이미지를 형성할 수 있다는 점을 고려해야 할 것이다.

전쟁 소재 역사소설에서는 전란의 기억을 더욱 그럴듯하게 조작해내고, 고통과 동정의 미학을 기묘하게 얽어내는 서사 장치를 더욱 강력하게 동원한다. 그것은 전쟁(전란)으로 인한 이해관계, 갈등 국면이 일상생활에서 맞닥뜨리는 그것과 비교할 수 없을 만큼 첨예한 문제로 확대, 적용될 개연성이 있기 때문이다. 그리고 이런 속성이야말로 17세기 전쟁 소재 한문 역사소설이 보여주는 장르적 특성이라 보아도 될 것이다. 세 작품은 공히 작품 말미에 제3자에게 들은 이야기를 서술자가 옮겨 적기만 한다는 식으로 밝혀놓음으로써 독자들에게 사실로 받아들일 것을 요구하고 있다. 하지만 작가는 이런 설정을 통해 설령 독자들이 사실로 여기지 않고 허구로 인식한다 할지라도 자신의 책임이 아니라는 식의 태도를 취함으로써 그 자체로 독자들에게 허구적 진실의 문제를 생각하게 만들기 때문에 소설적 요소를 갖추고 있다고 할 것이다. 마치 서술자와 독자 사이에 보이지 않는 진실게임을 하는 것처럼 말이다.

나는 일찍이 강홍립이 선왕의 구신舊臣이면서도 그 은의를 돌아보지 않은 점을 애통히 여겼다. (중략) 하지만 나는 그의 행적을 대략 들었을 뿐 자세히 알지는 못했다. 내가 서쪽으로 묘향산에 갔다가 노승老僧 한 사람을 만났는데, (중략) 계속 물었더니 노승은 이렇게 말했다. "제가 어렸을 때 산과 물을 좋아하여 진기한 풍경을 두루 찾아다니던 중에 금강산의 한 절에서 강홍립을 만났습니다,

처음 보자마자 서로 친해져서 강홍립의 서기書記 일을 맡아 잠시도 그 곁을 떠난 적이 없었지요. 무오년(1618) 이후 저는 후금을 치러 가는 군대에 끼어 온갖 고생과 위험을 두루 맛보았습니다. 강홍립이 죽자 저는 머리를 깎고 중이 되어 지금에 이른 것입니다." (중략) 이윽고 노승은 무오년(1618)부터 정묘년(1627)까지 일어났던 일의 전말을 하나하나 자세히 이야기해주었으니, 내가 지금까지 강홍립에 관해 기록한 내용이 바로 그것이다. 노승은 또 이렇게 말했다. "(중략) 이제 캐물으시기에 저도 모르게 실토하여 이 일이 제 입에서 나와 그대의 귀로 들어가고 말았군요. 부디 가벼이 퍼뜨리지 말아주십시오." (『강로전』)

외사씨는 말한다. "영철은 오랑캐를 정벌하러 갔다가 오랑캐 땅에 억류되었고 달아나 중국에 가서 살았다. 두 곳에서 모두 처자식을 두고 살았지만 모든 것을 버리고 마침내 고국으로 돌아왔으니, 그 의지가 어찌 그리 매서운지! 그가 겪은 일 또한 기이하다고 할 만하다. (중략) 늙어서도 성 지키는 일을 하다가 끝내 가난 속에서 울적한 마음을 품은 채 죽고 말았으니, 이 어찌 천하의 충성스런 선비를 격려하는 방법이란 말인가? 나는 영철의 일이 잊혀 세상에 드러나지 않음을 슬퍼하여 이 전傳을 지어 후인에게 보임으로써 우리나라에 김영철이란 사람이 있었음을 알리고자 한다. (『김영철전』)

두 작품의 작가는 모두 남에게 듣거나 기이한 사정을 알게 되어 '전달자' 노릇을 하고자 썼다고 했다. 이렇듯 작품 말미에 전달자 노릇을 하며 서술자(작가)의 평결이나 논찬을 끼워 넣는 것은 '전傳'의 일반적 형식을 차용한 것이지만, 이것을 허구적 성격을 강화시키는 서사 장치로 적극 활용하기도 한다. 하지만 서술자의 전달 태도는 사뭇 다르다. 서술자는 소설 내용의 진위 여부는 순전히 최초의 증언자(발화자)에 달려 있지, 전달자일 뿐인 서술자와는 무관하다는 식으로 능청을 떨고 있다. 그것이 설령 진실로 들은 것을 옮겨 적은 것일지라도, 또는 들은 내용이 진짜 전부 사실일지라도, 글로써 재화再話되는 시점에서부터 역사적 사실은 더 이상 실제이자 진실이 아닌, 기억의 서사로 변질되고 만다. 이때 김영철, 강홍립의 인생 이야기가 참으로 기이하고 믿기 어려운데도 과장과 허구의 소산으로 치부해버리지 못하는 근본 이유는 전란이라는 집단적 체험과 기억이 동일한 의미로 재구성되기 때문이다. 즉 한 나라(민족)의 위기가 사실이자 현실임을 기억하고 싶은 욕망이, 또 다른 한편으로는 그것을 망각하고 싶은 욕망이 곧 소설을 매개로 객관화하고 있기 때문이다. 여기서 소설의 대사회학적 생동성을 엿볼 수 있고, 소설이라는 서사가 지닌 본질적 존립 기반을 이해할 수 있다.

이는 전란이 소설을 남기는 원리와도 관계가 깊다. 즉 과거의 체험을 '회상적으로 이야기'하는 증인의 이야기 자체는 과거에 일어난 사건 그 자체가 아니라 사건에 의미를 부여하는 '사후적인' 사건과 관련이 깊기 때문이다. 그것은 서술자에게 심각한 의미가 없던 과거의 어떤 경험(타자의 특수한 체험)이 그것을 기억하게 하는 훗날의 어떤 사건에 의해 또 다른 트라우마trauma의 특질을 얻게 되는 것과 마찬가지다. 그러므로 서술자가 기억하는 행위 자체는 과거의 사건에 트라우마의 특질을 부여하는 사후적인 사건과 같다. 그래서 과거 사건에 대한 기억과 인상은 과거의 기억과 인상 그대로 남아 있지 않고, 일종의 변형과 변화 과정을 거치게 된다. 기억은 과거의 단순한 축적이 아니라 기억하려는 사람의 고유한 '의도'일 뿐이며, 현재 상태에서 '떠올라' 과거에 경험한 일로 여겨질 뿐이다. 이런 측면에서 독자가 지면을 통해 만나게 되는 사건과 사실은 바로 서술자에 의한 사후적 사건이자 사실인 것이나 다름없다.

독자는 사실 전란이 옳고 타당한 사건이었는지를 알고 싶어 하지 않는다. 동아시아에서 벌어진, 아니 만주 지역에서 벌어진 새판 짜기의 역사를 평가하고 싶어하지도 않는다. 그것은 역사가의 소관일 뿐, 소설의 독자나 작가는 '그 사건을, 삶 자체를 어떻게 기억하고 싶은가?'라는 욕망에 충실할 뿐이다. 따라서 '과거에 그랬다'라는 사실 판단보다도 가치 판단과 입장 표명에 관심이 많다. 전쟁 소재 역사소설은 그러한 작가와 독자의 욕망을 충족해주는 마력을 지니고 있다. 현실이 고통스럽다는 사실 판단보다도 그 고통을 동정하거나 환상과 상상을 결부시켜 현실(사실)과 다른 제3자의 입장을 취하려 한다. 그것이 17세기 전쟁 소재 소설이 창작되고, 기억되고, 읽힌 하나의 원리였다.

● 동전의 양면과 같은 기억과 망각

현실에서 체험은 망각되거나 부정확하게 기억되기 쉽다. 따라서 망각은 기억과 상반된 현상이 아니라 기억의 다른 형태라고도 말할 수 있다. 기억되지 않는 부분은 사라진 것이 아니라 인간 정신 속에서 어떤 다른 형태로 잔존하기 때문이다. 게다가 '망각'은 한편으로 기억해내고 싶지 않은, '기억에 대한 심리적 거부'의 성향을 띠기도 한다. 따라서 기억뿐 아니라 망각도 실은 목적적으로 재구성되기 쉬우며, 이런 속성이 서사에서도 의도적으로 재현되는 경우가 적지 않다.

『강로전』과『김영철전』은 의도적으로 기억해낸 역사가 담긴 서사라고 할 수 있다. 이산보다는 극적 만남을, 이색적인 체험담보다는 고향으로의 회귀(또는 효의 실천, 가족애, 고국 문제 등)를, 개인적 감정 표출보다는 국가적 이념에 대한 순응(나라에 대한 충성을 요하는 군역, 배반 문제 등)을 애써 끄집어내려는 시선이 감지된다.

사실 17세기 전쟁 소재 역사소설을 좀 더 깊이 있게 들여다볼 수 있는 코드는 바로 고통과 동정(또는 분노)이다. 전란을 소재로 하면서 주인공들의 파란만장한 삶을 사실적으로 그려내고 있는 탓에 주인공들의 삶을 따라가며 읽다 보면, 그가 비록 부정적으로 그려지고 있다 할지라도, '삶이 어찌 그다지 고단할 수 있을까'라는 안타까운 마음이 들고 주인공의 처지와 태도에 한편으로 분개하기도 하고 한탄하기도 한다. 이런 반응의 기저엔 주인공에 대한 동정 내지 분노가 자리 잡고 있다.

이로 볼 때 작가가 말하고(기억하고) 싶었던 것은 고통 그 자체보다는 '고통의 서사'이며, 독자들이 어떤 시선을 갖도록 할 것인지에 더 관심이 많았다고 할 것이다. 이때 독자들의 시선이란 다름아닌 '동정 내지 분노'다. 고통은 기본적으로 상처 입거나 당하는 수동적 성격이 강한 만큼 비판·증오·애정보다 동정의 시선으로 일정한 거리를 두고 바라보려는 성향이 강하다. 하지만 동정(同情, sympathy)은 일상적으로 연민(憐憫, pity) 또는 공감(共感, empathy)과 자주 혼용되는 데다 분야에 따라, 개인에 따라 호환되는 경우도 달라, 이들을 쉽게 구별해 설명하기란 쉬운 일은 아니다.

역사소설에서 동정 내지 분노의 시선은 서술자의 태도에서도 감지된다. 예컨대 앞서 언급한 대로, 충성스런 선비를 격려하는 방법이라 여겨 영철의 일을 전으로 짓는다거나(『김영철전』) 강홍립이 선왕의 은의를 돌아보지 않는 점을 애통히 여겨 글을 짓는다(『강로전』)고 한 것에서 잘 나타나 있다. 이러한 서술자의 시선을 통해 소설이 기억하고 싶어하고, 망각하고 싶어하는 욕망의 내용과 실체가 의도적일 수 있음을 간파할 수 있다.

따라서 이는 이른바 '망각의 폭력'이라 부를 만하다. 이 망각의 폭력은 과거 사건에 대한 기억의 흔적을 지우는 데 적잖은 역할을 수행함으로써 타자가 경험한 폭력적·문제적 사건을 공유하는 것을 가로막는 장애물로 작용하기 쉽다. 그리하여 민족 내지 집단의 욕망이 개인인 타자를 침묵하게 만들고 그들이 경험한 사건을 자의적으로 재현·표상하게 만든다.

결국 동정 내지 분노의 감정은 결국 전란과 고통에 대한 의도된 기억과 망각에서 기인한 것이라 할 수 있다. 즉 임란과 심하 원정, 그리고 병란 등을 체험한 조선 사회에서는 이런 전쟁의 참상을 전쟁 소재 역사소설을 매개로 고발하고는 있지만 인간을 사물화하는 폭력의 문제를 다루기보다 오히려 현실적 인간을 재현하려고 하되, 고통과 동정 내지 분노를 넘어선 이념적 존재를 탄생시키려는 성향이 강했다고 할 것이다.

우리가 알고 있는 역사는 역사에 대한 기억이자 역사를 재구성한 결과로, 실제 사실과 다를 수 있다. 중요한 건 역사를 인식, 기억하는 내용이 실제 역사와 맞닿는 부분이 있느냐 하는 것과 어떻게 만나고 있느냐 하는 데 있다. 우리 모두의 기억은 파편화된 역사에 불과하다. 근대사에서 '만주' 하면 '독립운동 무대'라는 '사건' 자체를 떠올리는 것처럼 서사상의 공간과 지명은 '사건'의 메타포가 되기 쉽다.

독자 입장에서는 임란과 심하 원정, 병란 이후 조선은 물론 중국과 일본, 그리고 요동 지역이라는 공간을 전란과 이산, 그리고 고통으로 점철된 상상의 지리이자 '그들의' 공간으로 인식하기 쉽다. 그리고 그 공간은 전란과 헤어짐 또는 폭력의 기억이 깃든 공간으로 오랫동안 자리 잡기 쉽다.

두 작품에서 보여주는 서사 공간이란 지명만 언급될 뿐, 실제 그 장소에 대한 구체적 부연 설명이나 공간 묘사는 없다. 적어도 장소(공간)에 대한 관심이나 애정을 표명하거나 구체적 묘사 또는 설명을 가한 부분은 찾을 수 없다. 언급된 장소가 서사를 활성화하고 분위기를 고양하지 못하고, 다만 사건 전개에 개연성을 부여하는 단순 소재로 활용되고 있는 것이다. 이는 사건이 벌어지는 공간보다 사건 자체에 대한 관심이 더 컸기 때문으로 보인다.

기실 소설은 스토리(시간적 구성)와 플롯(인과적 구성)을 절묘하게 배합한 서사라 할 수 있다. 그렇다면 전쟁 소재 역사소설은 공간의 이동(변화)을 통해 사건의 전개와 시간적 흐름을 보여주려는 경향이 강한, 스토리 중심의 서사라 할 것이다. 이로 볼 때, 작가의 공간관은 여전히 막연하고 관념적이어서 주인공이 지나가거나 머물렀던 장소에 어떤 특별한 의미를 부여하기 어렵다. 외형적 체험 공간은 동아시아 전체로 확대되었지만, 그 공간에 대한 특별하고도 세세한 기억은 배제되어 있기 때문이다.

사정이 이렇다 보니 이 세 작품 속에서는 친숙한 '자기들의'

공간(조선)과 그 공간 건너편에 있는 '그들의' 공간(중국, 일본, 만주 등)을 자의적으로 이름 붙여 구별 짓는 '상상의 공간'이 잘 포착되지 않는다. 수평적으로 지리적 관념이 확대되는 국면은 감지되지만, 조선과 중국, 일본과 베트남, 만주족이 발흥한 건주 지역 등을 제도적·정신적 경계에 따라 구획하려는 우열의 층위는 보이지 않는다. 그렇다고 해서 작품 속 공간 묘사나 이해가 실제 장소에 대한 정확한 재현으로 나타나는 것도 아니다. 여전히 서술자는 실제 장소 그 자체보다 머릿속에 남아 있는 관념적 장소를 기억해내고, 이를 재구성하려는 성향이 강하기 때문이다. 이것이 서사 공간에 대한 '망각된 기억', 즉 '비의도적 망각'의 한 단면이라 할 수 있다.

● 시대에 따라 얼굴을 바꾸는 진실

서사 속 고통과 동정의 시선에는 의도성이 강하다. 하지만 장소(공간)나 제도 자체에 대한 기억과 망각은 의도적이지 않은 모습으로, 새로운 의미와 가치를 부여하는 기제로 우리에게 다가오기 쉽다. 의도된 기억과 망각의 주체는 개인적이기도 하고 집단적일 수 있지만, 비의도적 요소는 작가의 영역을 벗어난 것으로 주체의 성격이나 문학 텍스트의 갈래와 관련해 이해할 수 있다. 이는 분명 역사가가 역사적 사건을 바라보고 재구성하는 시각과는 다른 접근 방식이다.

두 작품의 공통점 중 하나는 고통을 당하는 주체(주인공)의 의식은 감지되지만, 고통을 주는 자(대상)는 분명히 제시되어 있지 않다는 점이다. 아니 고통의 원인을 제공하는 자가 있다 하더라도 심각하지 않고 구체적이지 않아 그 존재감이 와 닿지 않는다. 즉 고통당하는 이는 많지만, 정작 고통의 원인을 제공하는 이에 대한 처벌이나 대상자를 증오, 저주하는 감정은 선명히 드러나 있지 않다. 하지만 그러한 감정이 아예 드러나 있지 않은 것은 아니다. 다만 그것이 구체적 인간에 대한 것이 아닌 운명 또는 역사적 사건(전란, 전쟁)이라는 두루뭉술한 대상에 대한 것이다. 이처럼 이 세 작품에서는 고통을 준 주체에 대한 자각이 여전히 어렴풋한 상태에 머물러 있다.

기본적으로 두 작품에서는 명군에 대한 호의를 드러내고 있지만, 그렇다고 후금에 대한 적대감을 노골적으로 서술하고 있는 것도 아니다. 즉 '누가 우리의 적인가?'라는 의식이 분명하지 않고, 누가 증오하거나 미워할 대상이라는 시선이나 암시조차 찾아보기 어렵다. 이는 갈등 대상을 선명히 부각해 서술하지 않았기 때문이기도 하지만, 『최척전』과 『김영철전』은 서술자가 인물 간 갈등 국면을 부각하고 그 의미를 찾아내려 하기보다 극적 체험담과 기이한 이산과 재회를 구성하는 데 초점을 맞추고 있기 때문이기도 하다. 그나마 『강로전』에서는 『최척전』과 달리 강홍립을 매국노로 몰며 그를 동정하는 시선이 강하게 감지되고, 『김영철전』에서는 여러 차례 죽을 고비를 넘긴 김영철의 파란만장한 삶을 동정적으로 서술할 뿐 아니라 김영철에 대한 사회와 국가의 처신과 대우에 불만을 토로하기도 한다. 이후 소설에서는 비록 정도의 차이는 있지만 이 타자 의식이 구체적 자각하에 표출되어 나타난다.

누구나 타자를 통해서만 진정한 자아를 발견할 수 있다는 자각, 이런 의식이 정립되어야 억압받는 자뿐 아니라 억압하는 자의 문제까지 심오하게 생각할 수 있다. 그래야 억압하는 자(타자)를 비판할지, 동정할지, 아니면 용서할지도 깨달을 수 있다. 그래야 상황에 맞는 옷을 입을 줄 알게 된다. 후대에 전쟁을 기억해내거나 망각하고자 할 때 그 속엔 작가가 혹은 독자가 어떤 사람이 되고 싶은지, 그 사회가 어떤 모습이었으면 좋겠는지 그 이미지가 자리 잡고 있다. 그것에 따라 서사라는 겉모습이 만들어지고, 그것이 결국 하나의 실체로 인정받게 된다.

그런데 17세기에는 '타자'와 '차이'라는 개념이 아직 오늘날처럼 뚜렷하지 않았다. 20세기 들어서야 자신의 욕망 또는 자신의 고유한 내면을 긍정하고 이를 표현하게 되면서 타자와의 차이를 경험하게 되었다. 다만 이런 타자 의식의 단초를 17세기 전쟁 소재 역사소설에서 여실히 찾을 수 있다. 바로 17세기부터 이러한 사고(의식)의 균열이 이전과 현저하게 다른 양상으로 전개되기 시작했고, 특히 명·청 교체기에 만주를 중심으로 한 전투와 관련한 사건

을 다룬 전쟁 소재 역사소설에서 두드러지게 나타났음을 기억할
필요가 있다. '타자'란 '상대화한 주체'임을 기억할 필요가 있다.

홍길동전 · 춘향전

때로는 아름다운 착각도 필요하다

『홍길동전』은 온 국민이 다 아는 고소설이다. 성인 독자들이 고소설을 찾아 읽지 않는 요즘에도 『홍길동전』을 누구나 다 아는 이유는 교과서에 수록된 까닭에 학교교육에서 필히 마주할 수밖에 없기 때문이다. 그 밖의 이유를 들라면 문학사적으로 '최초의 한글소설'이라는 매력 요소가 있고, 한 시대를 휘저은 문제 작가인 허균의 작품이라는 유명세도 있고, 작품의 주제와 문제의식이 현재에도 유의미하다는 점을 들 수 있을 것이다. 그래서 오늘날에도 충분히 매력적이다.

그런데 이러한 『홍길동전』의 주인공이 실존 인물이라는 사실을 모르는 사람들이 많다. 『홍길동전』이 소설 작품이고 소설은 허구라는 일종의 선입견 때문에 대다수 독자가 주인공 홍길동이 실존 인물이었을 것이라는 생각조차 하지 못한다. 하지만 홍길동은 엄연히 실존했던 인물이다. 더욱이 실록에도 기록될 만큼 항간에 큰 이목을 끌었던 인물이다.

●   강도 홍길동

실존 인물 홍길동에 대한 정보는 『조선왕조실록』에서 찾을 수 있다. 『연산군일기』를 살펴보면, 연산군 6년(1500)부터 중종 26년(1513)까지 32년 동안 '홍길동'이란 이름이 열 차례 등장한다.

> 강도 홍길동을 잡았으니 나머지 무리도 소탕하게 하다.
> 영의정 한치형韓致亨 · 좌의정 성준成俊 · 우의정 이극균李克均이 아뢰기를,
> "듣건대, 강도 홍길동洪吉同을 잡았다 하니 기쁨을 견딜 수 없습니다. 백성을 위하여 해독을 제거하는 일이 이보다 큰 것이 없으니, 청컨대 이 시기에 그 무리들을 다 잡도록 하소서" 하니, 그대로 좇았다.(『연산군일기』 6년(1500) 10월 22일조)

홍길동의 죄를 알고도 고발하지 않은 권농勸農 이정里正들을 변방

에 보내기로 하다.

의금부의 위관委官 한치형이 아뢰기를, "강도 홍길동이 옥정자玉頂子와 홍대紅帶 차림으로 첨지僉知라 자칭하며 대낮에 떼를 지어 무기를 가지고 관부官府에 드나들면서 기탄없는 행동을 자행하였는데, 그 권농이나 이정들과 유향소留鄕所의 품관品官들이 어찌 이를 몰랐겠습니까. 그런데 체포하여 고발하지 아니하였으니 징계하지 않을 수 없습니다. 이들을 모두 변방으로 옮기는 것이 어떠하리까?" 하니, 전교하기를 "알았다" 하였다.『연산군일기』 6년(1500) 12월 29일조〕

이처럼 실록에 거명된 홍길동에게는 '강도'라는 수식어가 따라 붙었다. '강도 홍길동'으로 불린 인물이 실존한 사실을 확인할 수 있다. 그런데 문헌에 기록된 실존 인물 홍길동의 생애를 보면, 명문가의 자제로 태어났으나 첩의 자식이라는 이유로 관리 등용에 제한을 받아 출셋길이 막혀버렸다. 그러자 좌절과 울분에 빠진 홍길동은 양반에게 차별받던 민중을 규합하여 활빈당을 결성한 후, 사회정의를 구현하는 실천적 삶을 살아간다. 실존 인물 홍길동의 삶이 소설 『홍길동전』의 주인공의 행적과 별반 차이가 없는 것이다.

한편, 홍길동의 생애와 율도국의 존재 여부를 오랫동안 연구해온 설성경 교수는 오키나와에서 활동한 의적 홍가와라洪家王를 한반도에서 넘어간 홍길동으로 본다. 홍길동은 조선왕조의 핍박을 받던 중 관군에 체포되었으나 무리를 이끌고 탈출했으며, 그 후 일본 오키나와에 진출하여 민중의 소리를 대변하는 민권운동의 선구자가 되었다는 것이다. 조선에서 뱃길로 삼천 리나 떨어진 일본 최남단 섬 오키나와에는 민권운동의 선구자 '오야케 아카하치 홍가와라'를 추모하는 기념비가 세워져 있다. 정말 홍가와라가 홍길동인지는 알 수 없지만, 가능성은 열어두는 것이 좋을 듯하다.

소설 속에 묘사된 홍길동의 '의적'다운 면모를 감상해보도록 하자.

그 후 길동은 스스로 호를 활빈당이라고 하면서 조선 팔도로 다니며 각 읍 수령이 불의로 모은 재물이 있으면 탈취하고, 혹시 가난하고 의지할 데 없는 사람이 있으면 구제하되, 백성은 침범하지 않고 나라의 재산에는 추호도 손을 대지 않았다. 그래서 부하들은 그 뜻에 감복하였다.

"이제 함경 감사가 탐관오리로 백성을 착취해 견딜 수 없게 되었는지라, 우리가 그대로 둘 수 없으니, 그대들은 나의 지휘대로 하라."

하고는, 아무 날 밤으로 약속을 하고, 하나씩 흘러 들어가 남문 밖에 불을 질렀다. 감사가 크게 놀라 불을 끄라 하니, 관리며 백성들이 한꺼번에 달려 나와 불을 끄는데, 길동의 부대 수백 명이 함께 성중에 달려들어 창고를 열고 곡식과 무기를 찾아내어 북문으로 달아나니, 성중이 물 끓듯이 요란해졌다. 감사가 뜻밖의 변을 당하여 어쩔 줄을 모르다가 날이 밝은 후 살펴보고서야 창고의 무기와 곡식이 없어졌음을 알고 크게 놀라 도적 잡기에 전력을 기울였다. 그런데 홀연 북문에 방이 붙기를 '아무 날 돈과 곡식을 도적한 자는 활빈당 당수 홍길동이라' 하였기에, 감사가 군사를 징발하여 도적을 잡으려 하였다.

(중략)

그날이 다가와 부하 수십 명을 데리고 해인사에 이르렀더니, 중들이 맞이해 들어갔다. 길동이 노승을 불러,

"내가 보낸 쌀로 음식이 부족하지 않던가?"

하니 노승이,

"어찌 부족하겠습니까. 너무 황감하였습니다."

고 하였다. 길동이 맨 윗자리에 앉아, 모든 중을 일제히 청해 각기 상을 받게 하고는, 먼저 술을 마시며 차례로 권하니, 모든 중이 황감해 하였다. 길동이 상을 받고 먹다가 모래를 슬그머니 입에 넣고 깨무니, 소리가 크게 났다. 중들이 듣고 놀라 사과를 했지만, 길동은 일부러 화를 내어 꾸짖었다.

"너희들이 음식을 어찌 이다지 깨끗하지 않게 했느냐? 이는 반드시 나를 깔보고 업신여기는 짓이다."

하고, 부하들을 시켜 모든 중을 한 줄에 결박하여 앉으니, 모두가 겁이 나서 어쩔 줄을 몰랐다. 이윽고 수백 명이 일시에 달려들어

모든 재물을 제 것 가져가듯 하니, 중들이 보고 다만 입으로 소리만 지를 따름이었다.(『홍길동전』)

앞 대목에서는 홍길동이 탐관오리의 재물을 훔쳐 어려운 백성들에게 나눠 주는 의적의 면모를 보여준다. 그런가 하면 뒷부분은 홍길동이 재물을 탐하고 술을 마시는 부패한 절의 재물을 훔쳐 중들을 혼내주는 모습을 그리고 있다. 이로 본다면 고증을 통한 실존 인물 홍길동의 생애와 소설 속 홍길동의 생애는 상당히 유사하다고 하겠다. 다만 고증 속 홍길동은 『조선왕조실록』에서 '강도'라고 표현한 것과는 달리 '의인'의 면모를 보이는 의적으로 묘사되고 있다는 점이 다르다.

허균의 생몰 연대는 1569년~1618년이고, 『조선왕조실록』에 기록된 홍길동의 활동 시기는 1500년~1531년경이다. 홍길동 사후에 활동한 허균의 생몰 연대를 보더라도 허균이 역사서에 기록된 인물을 바탕으로 『홍길동전』을 창작했을 가능성은 열려 있다. 또한 두 사람의 행적이 유사한 것으로 비춰 볼 때, 허균의 『홍길동전』 속 홍길동이 실존 인물을 바탕으로 한 인물일 가능성은 충분하다.

비록 『조선왕조실록』에는 홍길동이 '강도 홍길동'으로 기록되어 있지만, 『홍길동전』의 작가는 강도 홍길동을 '의적' 홍길동으로 재해석하고 있다. 설령 그것이 허균이 쓴 것이 아니라고 할지라도 강도를 의적으로 바꿔놓고자 한 작가의 창작 의식 내지 문제의식

만큼은 시대를 초월해 가치가 있다 할 것이다.

● 이몽룡은 실존 인물인가?

『춘향전』의 남주인공인 이몽룡도 실존 인물을 모델로 한 것이라는 주장이 있다. 이 역시 설성경 교수의 주장인데, 이몽룡의 모델이라 할 '성이성(成以性, 1595~1664)'이라는 실존 인물이 겪은 일을 바탕으로 『춘향전』을 창작했다는 것이다. 봉화군 몰야면 가평리에 성이성의 생가인 계서당溪西堂이 있다. 설성경 교수는 이몽룡의 모델이 된 인물이 성이성이라는 근거를 성이성 본인의 일기 등을 후손이 편집해 만든 『계서선생일고溪西先生逸稿』나 성이성의 4대손인 성섭(成涉, 1718~1788)이 지은 『필원산어筆苑散語』, 그리고 실록에 등장하는 암행어사 성이성의 모습에서 찾을 수 있다고 했다. 더욱이 성이성의 스승인 조경남(趙慶男, 1570~1641)과의 관계를 고려할 때, 성이성이 이몽룡일 가능성이 높다고 했다.

조경남은 1570년 남원군 주천면 내송리에서 출생했으며, 줄곧 남원에서 살다가 임진왜란 당시에는 남원의 의병장으로 활약했다. 『난중잡록』과 『속잡록』은 1582년~1610년에 걸쳐 쓴 일기 형식의 글로서 임진왜란과 정유재란에 관한 기록이 많은 부분을 차지하고 있다. 1618년에 다시 서문을 써서 구분을 짓고 병자호란 때까지 수난을 당한 기록을 덧붙였는데, 이 책들은 임진왜란

사 연구에 도움이 되고 조선 중기 사회상을 살필 수 있는 귀중한 자료로 평가된다.

그런데 1639년에 성이성이 암행어사가 되어 남원을 내방하게 된다. 이때 조경남이 광한루에서 성이성을 처음 만나게 된다. 그 후 성이성과 그의 집안 내력을 토대로 조경남이 『춘향전』을 창작한 것이 아닌가 추정을 하는 것이다. 조경남은 1641년에 72세를 일기로 세상을 떠났다. 성이성의 스승인 조경남이 『춘향전』의 원작가였다는 조경남 작가설의 근거를 보자.

첫째, 조경남은 『춘향전』의 배경이 되는 남원에서 칠십 평생을 생활했다.

둘째, 조경남은 『춘향전』 근원 설화의 주인공으로 지목되는 암행어사 성이성의 스승이다. 성이성이 암행어사가 된 후 그를 광한루에서 만나기도 했다.

셋째, 조경남은 57년간 전란 중심의 일기인 『난중잡록』과 『속잡록』, 그리고 200년의 역사를 요약한 『역대요람』을 편찬했다. 이와 같은 사실은 조경남이 상당한 문장력을 지녔음을 시사한다.

넷째, 조경남은 『춘향전』에 등장하는 「금준미주시金樽美酒詩」를 자신의 일기인 『속잡록』에서 이미 언급한 바 있다.

다섯째, 「금준미주시」는 전승을 거치면서도 변하지 않는 『춘향전』의 대표적인 구절이다. 이와 같은 사실은 「금준미주시」가 소설에서 원작가의 창의력과 강한 비판 의식이 반영된 부분임을 방증한다.

이 중 넷째와 다섯째 근거로 언급한「금준미주시」는 조경남이 1622년 2월 3일자 일기 『속잡록』에서, 명나라 장수 조도사가 조선에 와서 정치가 어지러운 것을 보고 읊었던 시라며 인용해놓은 시다. 그런데 그 시는 원래 중국에서 전해오던 시로, 조도사가 이전에 『오륜전비』에서 읽어 알고 있었던 것이다.

> 금준미주金樽美酒는 천인혈千人血이요
>
> 옥반가효玉盤佳肴는 만성고萬姓膏라.
>
> 촉루락시燭淚落時 민루락民淚落이요
>
> 가성고처歌聲高處 원성고怨聲高라.
>
> 금동이의 아름다운 술은 일만 백성의 피요,
>
> 옥소반의 아름다운 안주는 일만 백성의 기름이라.
>
> 촛농 떨어질 때 백성 눈물 떨어지고,
>
> 노랫소리 높은 곳에 원망 소리 높아라.

그리고 이 한시는 『춘향전』의 암행어사 출도 대목에서 이 어사가 변 사또를 향해 풍자하는 시로 활용되었다. 내용이 과격한 만큼 성이성이 어사 활동을 할 때 직접 읊조린 한시라 보기는 어렵다. 다만 작가 조경남이 성이성 어사의 행적과 조도사의「금준미주시」를 함께 인지하고 있었기에 이들의 연계를 통한 허구화가 가능했던 것으로 보인다.

성이성과 이몽룡

조경남 작가설을 배경으로 이몽룡의 모델로 지목된 성이성은 조선조 광해군·인조 때 실존한 인물이다. 그는 성안의(成安義, 1561~1629) 부사의 아들로 부친이 남원 부사로 재임한 1607년부터 1611년까지 4년간 남원에서 소년 시절을 보냈다. 이때 조경남에게 글을 배워 사제 관계를 맺게 되었다. 그러다가 성이성의 부친이 광주 목사로 이직하여 남원을 떠날 때 성이성도 같이 떠났는데, 그때 그의 나이가 16세였다. 그 후 성이성은 1639년과 1647년에 암행어사가 되어 두 차례 남원에 내려왔다. 성이성이 암행어사로 두 번째 남원에 내려왔을 때의 상황은 「호남암행록」에 자세히 기록되어 있다. 그리고 후에 성이성은 1664년 70세의 나이로 세상을 떠났다.

성이성을 이몽룡의 모델로 지목하는 근거는 다음과 같다.

첫째,『조선왕조실록』에 등장하는 암행어사 성이성에 대한 자료다.

정치화·이시매李時楳·유영柳穎·성이성·이시해李時楷·남노성南老星·임전林田·박수문·홍무적 등을 암행어사暗行御史로 명하여 행장을 꾸리게 하고, 이틀 지나서 팔도에 나누어 파견하였다. 살펴보건대, 음관陰官이 암행어사에 선발된 것은 국조國朝 이래로 드물었다. 진실로 적임자라면 문관과 음관을 어찌 구분하겠는가마는 무적은 적임자가 아니었으므로 당시에 음관 어사라는 비난이 있었다.(『인조실록』 17년(1639) 7월 11일조)

　　『조선왕조실록』에 기록된 암행어사 성이성의 기록을 통해서 성이성이 실존 인물이고, 실제로 암행어사로 활동했음을 알 수 있다.
　　둘째, 성이성 후손이 편집해 간행한『계서선생일고』의 내용이다.

십이월 초하루 아침 어스름 길에 길을 나서서 십 리가 채 안 되어 남원 땅이었다. 성현에서 유숙하고 눈을 부릅뜨고 원천부 내로 들어갔다. 오후에는 눈바람이 크게 일어 지척이 분간되지 않았지만 마침내 광한루에 가까스로 도착했다. 늙은 기생인 여진女眞과 기생을 모두 물리치고 소동과 서리들과 더불어 광한루에 나와 앉았다. 흰 눈이 온 들을 덮으니 대숲이 온통 희도다. 거푸 소년 시절 일을 회상하고는 밤이 깊도록 능히 잠을 이루지 못했다.(『계서선생일고』)

　　이 구절은 이 도령의 실제 인물로 추정되는 성이성 본인이 기록한 「호남암행록」(『계서선생일고』 수록)에 나오는 한 대목이다. '늙은 기생을 만나 이야기를 나눈 뒤 밤잠을 설쳐가며 소년 시절을 회상했다'는 성이성의 진술로 미루어 보건대, 비록 성이성이 직접 옛 연인(또는 춘향)을 말하지는 않았으나, 앞뒤 정황으로 보아 틀림없이 옛 연인을 그리워한 대목이라고 판단된다. 따라서 성이성이 어릴 적 남원에서 생활할 때 연정을 품은 여인이 있었고, 그녀를 못내 그리워하는 성이성의 마음을 조경남이 춘향전의 모티프로 삼았다고 할 것이다.

셋째, 성이성의 후손 성섭이 지은 『필원산어』의 내용이다.

우리 고조가 암행어사로 호남에 갔을 때 암행하여 한곳에 이르니 호남 열두 읍의 수령들이 크게 잔치를 베풀고 있었다. (중략) 한낮에 암행어사가 걸인 모양으로 음식을 청하니 (중략) 관리들이 말하기를 "객이 능히 시를 지을 줄 안다면 이 자리에 종일 있으면서 술과 음식을 마음껏 먹어도 좋겠지만 그렇지 못하면 속히 돌아감만 못하리라." (중략) 곧 한 장의 종이를 청하여 시를 써주었다. "독에 아름다운 술은 천 사람의 피요, 소반 위의 기름진 안주는 만백성의 기름이라, 촛불 눈물 떨어질 때 백성의 눈물 떨어진다." 쓰기를 마치고 내놓으니, 여러 관리들이 돌려가며 보고는 의아해할 즈음 서리들이 암행어사를 외치며 달려 들어갔다. 여러 관리들은 일시에 모두 흩어졌다. 당일에 파출시킨 자가 여섯이나 되었다.(『필원산어』)

『필원산어』에 나오는 이 대목은『춘향전』의 암행어사 출두 장면과 같다. 판소리 계열의『춘향가』든 소설 계열의『춘향전』이든 암행어사 출두 장면은 예외 없이 실려 있다. 그런데『필원산어』에도「금준미주시」의 내용이 담겨 있다. 그리고 성이성의 후손들은 이와 같은 내용이 자신의 선조 성이성과 직접 관계가 있다고 기록하고 있다. 하지만 앞서 밝힌 것과 같이 과격한 내용의 한시를 성이성이 직접 읊지는 않았을 것이다. 다만 어사 출도 당시 실화와 관련이 없는「금준미주시」를 후손들이 자신의 선조 성이성이 어사 출도 때 읊었다고『필원산어』에 적어놓은 이유는 아마도 성이성이 이몽룡의 실제 모델이라고 믿고 기록해놓은 것이 아닌가 싶다.

　『조선왕조실록』과 그 밖의 역사적 기록을 보더라도, 이몽룡이 실존 인물이었을 가능성은 농후하다. 그렇지만 작가 미상인『춘향전』에 등장하는 이몽룡의 실제 모델이 성이성이라고 단정 짓기에는 여전히 부족한 구석이 있다. 다만 이몽룡이라는 인물을 창작하는 데 성이성이 한 모티프가 되었을 가능성은 열어두어도 좋을 것이다.

● 　　　　　　아름다운 착각

『홍길동전』의 주인공인 홍길동은 역사적 자료와『조선왕조실록』의 기록, 그리고 설성경 교수의 주장 등을 근거로 할 때, 실존 인물이었던 '강도 홍길동'을 '의적 홍길동'으로 변형시켜 창조해낸 인물이라 하겠다. 하지만 작가와 창작 시기가 미상인 『춘향전』의 이몽룡의 실제 모델이 성이성이라는 설은 가능성만 있을 뿐, 이몽룡이 실존 인물이었다고 말하기엔 여전히 확신이 서지 않는다.

그렇다면 당대 작가들이 실존 인물을 소설의 주인공으로 그려냄으로써 얻을 수 있었던 효과는 무엇이었을까? 아마도 실존 인물을 주인공으로 내세움으로써 어려운 현실을 살아가는 민중들에게 신빙성 있는 희망을 주고자 한 것이 아니었을까? 실존했던 인물의 일대기에 허구를 가미함으로써 당시 민중들로 하여금 혼란한 사회지만 언젠가는 홍길동 같은 의적이나 이몽룡과 춘향의 사랑처럼 아름다운 사랑을, 변 사또를 혼내주는 정의로운 이몽룡을 기대해도 좋다는 희망과 믿음을 주기 위한 장치가 아니었을까? 꿈보다 해몽이라고 해도 좋을 법하고 '아름다운 착각'이라고 해도 좋다. 그렇지만 우리는 한편으로 그런 아름다운 착각에 힘을 얻어 과거에도 그랬듯이 현재를 살고 있다. 비록 실존 인물의 일대기를 다루면서 겉으로는 전기적인 내용을 전하는 것처럼 보이지만, 한편으로는 그 시대의 문제점과 비판 의식을 담아 그 이야기를 향유하던 이들에게 일종의 꿈과 통쾌함을 선사한 것이 아닐까?

영웅소설과 판타지소설

〈천하 무림인武林人에 고함〉

금번 서장西藏 천룡사天龍寺와의 결전에 즈음하여 다음 달 보름에 숭산崇山의 오유봉五乳峯에서 중원 무림인들의 뜻과 힘을 뭉치기로 하였으니 많은 강호동도江湖同道들의 참여를 바랍니다.

소림사少林寺 삼십육 대 방장方丈 대방大方

무당파武當派 삼십이 대 장교掌敎 현령玄靈 (『군림천하』)

고소설이 우리 문학사에서 본격적으로 나타나기 시작한 것은 17세기 이후의 일이다. 하지만 소설은 상층 문학 내지 주류 문학의 일원으로 자리 잡기 어려웠다. 소설 내용이 불온하고 음란하며 백성들의 마음을 미혹케 할 만하다는 부정적 인식이 상류층 사이에 널리 퍼져 있었기 때문이다. 그리하여 20세기 초까지만 해도 소설, 특히 국문소설은 여성 또는 하층 독자들의 독서물이라는 인식이 강했으며, 소설 독서를 천시하는 경향이 강했다.

세상이 바뀌어 근대 이후로는 소설이 문학의 지배적 위치를 차지했음에도 소설에 대한 차별이 여전히 남아 있다. 그것은 소설 대 비소설 관점에서의 차별이 아니라, 소설 내부적 차별, 곧 순수소설 대 대중소설 관점에서의 차별이다. 대중소설이 순수소설에 비해 천박하고 통속적이며 다분히 자극적이라는 논리를 내세워 소설 내에서도 서자 취급을 하고 있는 것이다. 그리하여 오늘날에도 대중소설을 부정적으로 인식하는 경향이 다분하다.

적절한 용어는 아니지만, 많은 사람들이 '장르소설'이라 지칭하는 무협소설, 판타지소설, 인터넷 소설, 야설 등의 작품군이 바로 대중소설의 일부다. 여기서는 특히 판타지소설에 관해 이야기하고자 한다. 판타지소설은 근대 이전에 성행한 국문 영웅소설과 여러 면에서 닮았기 때문이다.

'판타지소설fantasy novel'은 아직 학계에서 본격적으로 다뤄지지 않는, 변방 아니 이단적 성격의 하급 소설로 인식되곤 한다. 그렇기에 아직 국어사전이나 백과사전에 정식 단어로 등재되지 못하고 있는 실정이다. 그나마 위키 백과사전에서는 '판타지를 장르로 하는, 혹은 시공간적 배경이 비현실적인 상상의 세계인 소설'이라 정의하고 있다. 이때 말하는 '상상의 세계'는 자연과학이나 기술이 부재한 상태에서도 존재 가능하다는 점에서 공상과학 소설에서 배경으로 설정하고 있는 '상상의 세계'와는 사뭇 다르다.

그런데 막상 판타지소설이라고 부르는 작품들을 읽어보면 옛날의 국문 영웅소설과 서사 구조가 매우 유사하다는 사실을 발견하게 된다. 특히 판타지소설 중에서도 이른바 '양산형 판타지소설'이라 불리는 작품들에서 그런 요소가 두드러진다. 물론 국문 영웅소설과 유사한 서사 구조가 '양산형 판타지소설'만이 가진 주요 특징은 아니다. 그것은 우리나라 판타지소설 전반에 걸쳐 나타나는 특징이기도 하다. 다만 그러한 특징을 '양산형 판타지소설'에서 더 쉽게 찾아볼 수 있다. 양자 간의 유사성은 뒤에서 다시 언급하기로 하고, 여기서는 먼저 '양산형 판타지소설'이 무엇인지부터 짚고 넘어가도록 하자.

네이버 국어사전에서는 '양산형 판타지소설'의 준말인 '양판소'를 다음과 같이 설명하고 있다.

양판소는 최근 발행되는 환상 문학계의 작품에서 대부분을 차지하는 판에 박은 설정을 가진 소설을 칭한다. 대부분의 경우 서클

마법과 소드마스터라는 클래스가 등장하며, 주인공은 매우 강한 힘을 지녔다는 것이 특징이다. 많은 양판소는 아마추어 작가의 글로, 낮은 완성도와 작품성을 보인다. 그러한 이유로 인해 지탄을 받는 일이 잦다.(네이버 국어사전)

위 설명대로라면 양산형 판타지소설은 판에 박힌 설정을 한, 즉 사건 전개나 인물의 행위가 유형화되어 있는 작품이다. 이는 일정한 패턴(영웅의 일생 서사 구조)에 따라 서사가 전개되는 국문 영웅소설과 별반 다르지 않다. 더욱이 '양판소'는 비록 인기는 있지만 완성도와 작품성이 낮은 판타지소설을 일컫는다. 즉 재미 위주의 통속소설의 성격이 강하다. 이런 점에서 일정한 패턴의 서사 구조와 영웅군담을 기본 스토리로 삼아 흥미 위주의 통속성을 추구하는 한편, 싸구려 종이를 사용해 저가로 책을 만들어 하층 독자를 위해 대량 생산해 보급하던 방각본 국문 영웅소설과 상통한다고 할 것이다.

그렇다면 이러한 양산형 판타지소설은 어떻게 등장하게 되었을까? 한국 판타지소설의 전개는 1990년대 후반 PC통신상에서 연재되던 통신 문학과 밀접한 관련이 있다. 초기 통신 문학은 대부분 환상 문학과 매우 유사한 양태를 띠었는데, 이것이 책으로 출간되면서 특별히 '판타지소설'이라는 이름을 갖게 되었다. 그리고 2000년대 들어서도 꾸준히 판타지소설이 양적으로 늘어나면서 자연스레 대중소설의 일원으로 자리 잡게 된 것이다. 2014년 현재까지도 인터넷의 여러 사이트에서 자유로이 연재되고 있으며, 그중 인기 있는 작품은 책으로 출판되어 그 생명력을 유지해오고 있다. 따라서 현재 인기를 누리며 출판되고 있는 판타지소설의 선두 주자가 바로 양산형 판타지소설이다. 판타지소설은 대중의 인기와 밀접한 연관이 있다. 따라서 판타지소설과 국문 영웅소설이, 비록 시대는 다르지만 부정적 평가와 홀대를 받으면서도 인기를 누린 것은, 양쪽의 공통점이 당대 독자들에게 특별한 매력이 있음을 의미한다고 할 것이다.

고소설 중 국문 영웅소설은 흔히 『홍길동전』에서 시작된 것으로 본다. 그리고 국문 영웅소설은 흔히 두 계열로 나누는데, 『임진록』, 『임경업전』, 『박씨전』 등처럼 역사적 사건이나 인물을 배경으로 한 역사영웅소설과 『조웅전』, 『유충렬전』, 『소대성전』 등 허구적 영웅과 사건을 창작해 만들어낸 창작영웅소설이 바로 그것이다. 양쪽 다 예사 사람은 따를 수 없는 능력을 지닌 영웅이 탁월한 능력을 십분 발휘해 고난을 극복하고 적대자(간신 등)를 물리치는 서사 구조로 되어 있다. 또한 전자는 국내의 역사적인 사건과 연결되어 있는 데 반해, 후자는 중국을 무대로 한 허구적 창작의 성격이 강하다.

그런데 흔히 창작 영웅소설이라 불리는 작품들은 대개 귀족적 영웅소설이라 할 수 있다. 주인공으로 설정된 영웅이 대개 고

귀한 혈통을 지닌 채 명문 집안에서 태어나 자라는 것으로 설정되어 있기 때문이다. 이 중『유충렬전』은 특히 '영웅의 일생 구조'를 가장 잘 갖춘 작품으로 평가받는다. ① 덕성이 뛰어나고 부귀를 누리는 현직 고관의 외아들인 주인공이 ② 늦도록 자식이 없어 근심한 부모가 산천에 기도를 한 덕분에 태어났고, ③ 하강한 천상인이기에 비범한 기상을 지녔고, ④ 간신의 박해 때문에 죽을 고비에 이르렀다가, ⑤ 전직 고관이 구출, 양육자로 나서서 그 사람의 사위가 되고, 도승을 만나 술법을 배우는 행운도 얻은 다음, ⑥ 간신이 외적과 합세해 난을 일으켜 나라가 위기에 이르렀을 때, ⑦ 전란을 평정하고 고귀한 지위에 올라 다시 아내와 함께 부귀를 누린다는 서사 구조로 되어 있다.

그런데 이러한 창작 영웅소설의 서사 구조는 초창기 무협과 정통 무협 혹은 판타지소설이라고 불린 작품들에서도 쉽게 찾아볼 수 있다. 영웅의 일생 구조(①~⑦) 중 한두 가지 요소가 빠질 수는 있지만, 무협 1세대 소설, 그리고 최근의 양산형 판타지소설에서 그런 특징을 쉽게 확인할 수 있다.

물론 국문 영웅소설의 주인공은 남자만이 아니다. 영웅의 일생을 후대까지 이어온 서사무가「바리공주」의 주인공도 여자고,『금방울전』,『숙향전』,『홍계월전』등 많은 고소설 작품에서 여성 영웅의 면모를 찾아볼 수 있다. 여성 판타지소설도 바로 그 연장선상에 있다. 이 소설들은 고귀한 출생의 여주인공이 적대적 인물들로 말미암아 천대받고 위기에 처하지만, 능력을 발휘하고 결국 멋진 남자와 결연하여 행복하게 산다는 내용이 주를 이룬다.

그런가 하면 영웅소설의 두 계열 중 하나인 역사영웅소설은 오늘날의 '역사대체소설'과 닮았다. 역사대체소설은 어느 한 시점의 주인공이 과거로 넘어가서 역사를 바꾼다는 내용으로, 역사군담소설과 마찬가지로 실제 역사를 바꾸는 내용이 주가 된다. 역사군담소설인 『박씨전』과 역사대체소설에 해당하는 이우혁의 『왜란종결자』를 비교해보면, 두 작품의 유사성을 쉽게 찾아볼 수 있다.

두 작품은 실제 역사적 사건 또는 인물의 행적을 다루고 있으나, 역사적 사실과 달리 패배를 승리로 바꿔놓는다든지 독자들의 요구에 부응키 위해 일종의 변형을 시도한다는 공통점이 있다. 예컨대, 만주족이 청나라를 세우고 조선을 쳐들어와 삼전도에서 인조 임금이 굴욕적인 항복을 했던 병자호란을 『박씨전』에서는 박씨 부인이 지략과 능력을 발휘해 만주족을 물리친 전란으로 바꿔놓는다. 그런가 하면 『퇴마록』의 저자로 더 유명한 이우혁의 『왜란 종결자』는 임진왜란을 기본 배경으로 삼아 역사적 고증을 거쳐 만든 작품인데, 이 역시 임진왜란을 역사적 사실과는 다른 시각으로 펼쳐내 독자의 흥미를 불러일으켰다. 즉 역사를 가정하여 사실과는 다른 결론을 소망하는 이들의 바람을 역사적 사실에 기초해 펼쳐 보이고 있는 것이다. 따라서 비록 창작 시대는 다르지만, 창작 심리 면이나 독자의 욕구를 대리 충족시켜 준다는 면에서 양자는 아주 흡사하다.

그런데 대체역사소설은 어떤 세계관을 바탕으로 하느냐에 따라 다시 세분된다. 중세의 세계관을 바탕으로 한 작품은 서양형과 동양형으로 나눌 수 있다. 서양형은 전형적인 서구 중세 세계관을 바탕으로 한 판타지를 의미한다. 기사와 영주, 왕이 등장하고, 환상적인 요소로서 마법과 여러 종족들이 등장하는 세계라고 할 수 있다. 반면 동양형 판타지소설은 무협소설이 대표적이다. 무협소설은 주로 남송 시절이나 명나라 초기를 배경으로 하고 있다. 특히 명나라 초기를 배경으로 하는 작품이 대부분으로, 홍무제부터 건문제, 그리고 영락제에 이르는 중세 세계관을 배경으로 하고 있다.

사실 우리나라 무협소설의 역사를 보면, 1960~1980년대 초까지는 중국 번역물을 번안한 것이 대부분이었다. 이를 일반적으로 '정통무협'이라고 부른다. 그리고 일본에서 창작한 사무라이 소설『미야모토 무사시』같은 무협소설이 국내에 들어오면서 마니아 독자를 확보하게 된다. 하지만 일본 무협소설은 그 강렬함과 잔인함이 여타 소설과 비교할 수 없을 정도다. 이처럼 우리나라 무협소설의 역사는 외국 무협소설을 번역하면서 시작된 것이다.

1980~1990년대는 '기정무협'의 시대라 일컬어진다. 기정무협은 두 가지인데, '기정奇正무협'이 있고 '기정奇情무협'이 있다. 전자는 정통무협과 유사한 것으로 정통무협을 '역사적 사실을 토대

로 쓴 소설' 정도로 설명할 수 있다면, 기정奇正무협은 '역사적으로 있을 법하거나 구전되어 널리 알려진 이야기'를 바탕으로 쓴 무협소설을 말한다. 후자의 기정奇情무협은 남녀 간의 애정을 주제로 쓴 무협을 말하는 것으로, 흔히 기정무협이라 하면 '남녀상열지사'에 중점을 둔 무협소설을 가리킨다. 우리가 흔히 말하는 정통무협이 무협의 범주 안에서 통용되는 말이라면, 문학이란 범주에서 무협소설은 '기정奇正소설'의 범주에 들어간다고 할 것이다.

1990년대는 '신무협' 시대라 할 수 있다. '신무협'이란 용대운의 『태극문』(1994), 좌백의 『대도오』(1995)로 시작된 무협소설의 새로운 형태를 의미한다. 이 시기를 흔히 '무협소설의 2세대'라 부르기도 하는데, 과도한 과장으로 포장된 전 세대 무협소설의 기틀을 반성하고, 이를 타파하고자 지나친 과장보다 현실에 집중하고, 특정 소재나 개인적인 문제를 중심으로 다루려는 경향이 강하다. 이 이후로는 기정무협 시대까지 탈피하지 못했던 의고적인 문체와 작가의 소설 개입 등이 사라졌다.

2000년대 이후로는 판타지소설이 대거 등장해 '3세대 무협소설'의 시대를 이루었다. 무협과 판타지를 별개 갈래로 보는 견해가 있지만, 무협을 판타지소설의 하위 갈래로 둘 수 있다. 그것은 무협소설에서 나타나는 환상성이 결국은 판타지소설의 정의에서 말하는 것의 연장선상에 있기 때문이다. 판타지소설을 환상적인 요소가 등장하는 모든 소설로 범주화할 수 있다면, 무협 역시 이에 포함된다.

　한편 서양형과 동양형 판타지소설이 공존하면서 둘을 한 가지로 합치고자 하는 시도도 나타났다. 그것을 이른바 '퓨전형 판타지소설'이라고 부르는데, 소설 속 주인공이 특정한 계기로 시공을 뛰어넘는 모습을 발견할 수 있기 때문이다. 즉 퓨전형 판타지소설이 등장한 배경에는 '판타지소설의 주인공이 반드시 중세의 서양인이나 중국인이어야만 하는가?'라는 고민이 자리 잡고 있다. 이견이 있기는 하지만, 대체로 전동조의 『묵향』을 퓨전 판타지소설의 시초로 본다. 이후 퓨전형 판타지는 현대를 사는 주인공이 특별한 계기나 인연으로 다른 세계로 넘어가는 모습으로 나타나게 된다. 그리고 그 후로는 현대적 세계관을 바탕으로 한 판타지소설이 등장하게 된다.

　현대적 세계관을 그려낸 작품들은 게임형과 SF형으로 나눌 수 있다. 『구운몽』을 시초로 한 몽자류 소설은 환몽幻夢 구조라는 독특한 구조로 되어 있는데, 판타지소설 중에서도 '게임 소설'이 그와 비슷한 모습을 지니고 있다. 게임 소설은 주인공이 미래의 가상현실을 바탕으로 한 게임을 하는 것을 소설의 주된 서사로 삼고 있다. 게임 중독자 학생을 주인공으로 한 『팔란티어』를 필두로 이러한 성격의 소설 작품들에서는 현대와 가상현실이라는 일종의 꿈을 넘나들면서 사건이 전개된다. 이해를 돕기 위해 『팔란티어』 '프롤로그' 편과 제1권 제1장 '그림자 동굴' 편의 일부를 들어본다.

5월 19일 월요일, 팔란티어, 카자드 어느 곳

"가일! 윌!"

고함 소리는 사방을 둘러싼 어둠을 향해 수백 수천의 메아리로 번지며 사라져갔다. 보로미어는 대답을 기다리며 귀를 기울였으나, 한 걸음 물러섰던 정적은 조금의 흔들림도 없이 다시 그의 주위로 조여들어왔다.

'빌어먹을 두칸 녀석!'

보로미어는 속으로 안내를 맡았던 레인저Ranger를 저주했다. 간단한 퀘스트Quest라는 녀석의 말만 믿고 카자드 쿰을 떠나온 게 겨우 오늘 아침의 일이었다. 길눈도 밝고 경험도 꽤나 있어 보여 마음을 놓고 있었는데 웬걸, 그림자의 동굴에 들어서자마자 길을 잃고 헤매기 시작하더니 결국은 절대로 발을 들여놓아선 안 된다는 〈그림자의 방〉으로 캐러밴Caravan을 안내한 것이다. 각자의 그림자에게 공격당해 혼비백산한 대원들이 횃불을 꺼뜨리고 어둠 속으로 뿔뿔이 흩어진 것은 벌써 한 시간 전의 일이다.

동굴 안에 있다던 보물은 관두고라도, 일단 살아나가려면 캐러밴을 다시 모으는 일이 제일 급했다. 혼자서는 이 동굴 안에서 단 두 시간도 채 버티지 못할 것이 분명했다. 보로미어는 등 뒤의 벽을 더듬으며 북쪽이라고 생각되는 방향으로 천천히 움직이기 시작했다.

15분 정도 나아가자 앞쪽에서 어른거리는 불빛이 보였다. 보로미어가 방패를 끌어 올리고는 조심스럽게 불빛을 향해 다가가자 날카로운 목소리가 날아왔다.

"거기 누구냐?"

보로미어는 안도의 한숨을 내쉬었다.

"보로미어."

그의 대답에 불빛이 급히 흔들리면서 다가왔다.

"씨이, 어디 있었어?"

청백색 구체를 올려놓은 손바닥에 이어 파랗게 질린 윌의 앳된 얼굴이 어둠 속에서 떠올랐다. 대부분의 위저드Wizard들이 그렇듯 가벼운 가죽 갑피 위에 두터운 감색 두건 망토만 걸친 차림이었다. 보로미어는 칼을 칼집에 꽂으면서 물었다.

"너 다친 곳은 없어? 다른 사람들은?"

"모, 모르겠어. 다, 다친 곳은 없는데, 카일이나 라, 라비안, 두칸 모두 어, 어디 있는지 모르겠어."

"진정해, 이 멍청한 위저드야. 왜 이렇게 떨고 난리야? 퀘스트 한 번도 안 해본 사람처럼……."

(중략)

삐익!

익숙한 동기화 해제음이 귓가에 울려 퍼졌다.

5월 20일 00:50

접속을 해제하시겠습니까?

물론이었다.

오늘의 내용을 갈무리하시겠습니까?

역시 물론이었다.

안녕히 가십시오.

접속이 끊어지자, 원철은 머리에서 멀티 세트를 벗으며 자리에서 일어났다. 시계를 보니 밤 열두 시 52분, 자기엔 아직 이른 시간이 었다. 그는 시스템을 끄고 문을 연 다음 베란다로 나갔다. 담배에 불을 붙이며 크게 기지개를 켜자, 등에서 우두둑 소리가 나며 뿌 듯한 만족감이 뒷골로 뻗쳐올라 왔다.
아슬아슬은 했지만 화끈한 하루였다._(『팔란티어』)

『팔란티어』는 게임 판타지라는 장르를 개척한 소설로 평가받 는 만큼, 게임 소설의 성격과 특성을 확인할 수 있는 대표적 작품 이다. 후반부에서 인터넷 게임 접속을 끝내고 현실로 돌아온 원철의 이야기를 통해 알 수 있듯이, 그 앞부분까지는 인터넷 게임 세계를 무대로 게임에 등장하는 인물들과 사건들 속으로 들어가 마치 독자가 직접 체험하는 것처럼 서술자가 이야기를 펼쳐내고 있다. 여기서 위에서 보이는 '위저드', '레인저'와 같은 어휘들은 모두 '팔란티어Palantir'라는 인터넷 게임 안에서 나눠진 네 가지 계급을 가리킨다.

이처럼 이 소설은 가상현실과 현실을 교차로 진행하면서 자기도 모르게 또 다른 인격이 형성되고 이로 인해 발생하는 사건들을 흥미 위주로 속도감 있게 서술해나가고 있다. 소설은 송 의원이라는 정치가가 백주 대낮에 교회 앞에서 경호원들을 뚫고 달려온 한 대학생에게 검으로 살해되는 장면으로 시작된다. 그리고 장욱 형사는 이 대학생과 게임 '팔란티어'의 관계를 깨닫고, 심리학자 헬레나 김과 함께 이 게임을 조사하기 시작한다. 일종의 액자식 구성으로 된 작품인데, 서사 구조뿐 아니라 사건 위주의 스토리에다 쉽게 읽을 수 있는 말하기 기법, 곧 구어적 표현을 적극 활용해 단숨에 한 권을 읽을 수 있도록 만드는 마력 내지 흡인력이 있다.

게다가 이 작품을 쓴 작가의 이력도 만만치 않다. 작가 김민영은 서울대 의대를 나온 의사다. 의사로서 관심 영역과 연결 지어 가상현실에 대한 인간 정신의 부적응 문제를 이런 방식으로 펼쳐 보인 것이다. 지식인 작가가 인터넷 게임 세계라는 시의성 있는 소재를 통해 통속성과 상업성을 고려한 흥미 본위의 소설을 창출해낸 것이다. 일반화하긴 어렵지만, 이런 작가의 이력을 볼 때, 통속성이 강한 국문 영웅소설을 지은 원작자 역시 당대 꽤나 배운 지식인이었을 가능성을 배제할 수 없다.

앞서 언급한 퓨전소설 중에도 현대에 살고 있는 주인공이 무협과 판타지 세상으로 넘어가는 설정을 한 작품이 있다. 이러한 작품 역시 주인공이 다른 세상으로 넘어간다는 점에서 몽자류 소설과 서사 전개의 원리가 상통한다고 할 것이다.

'SF형'은 별 볼 일 없는 능력을 가진 주인공이 특정한 계기로 과거로 돌아가 자신의 과거를 바꾸는 내용의 소설을 일컫는다. SF형이라는 명칭을 사용했지만, 이 판타지 유형은 과학적이기보다는 마법과 같은 환상적인 요소를 주로 다룬다는 점에서 공상과학소설과는 다르다. SF형 소설의 주인공은 대다수가 고등학생 또는 청년이다. 그것은 이 소설의 주요 독자가 그 또래이기 때문이다. 주로 무능력한 주인공이 어느 날 어떤 사건을 겪고 과거로 돌아가 평소 자신을 괴롭히던 친구들에게 복수하거나 사회적으로 성공을 거둔다는 내용을 담고 있다.

이는 영화 〈포비든 킹덤Forbidden Kingdom〉의 내용과도 흡사하다. 이 영화에서는 쿵푸를 좋아하지만 유약했던 미국의 한 소년이 우연한 계기로 중국 무술계로 공간 이동해 두 스승에게 무술을 익히고 다시 현대로 돌아와 자신을 괴롭히던 친구들을 당당히 물리치고 불의에 저항하는 용기를 지닌 소년으로 거듭난다. 이처럼 SF형 소설은 현재의 사회를 바꾸고자 하는 욕망의 발현으로 나타난 것으로 최근 많은 소설들이 쏟아져 나오고 있다.

SF형 소설은 현대적 세계관을 바탕으로 하는 만큼, 현재를 살아가는 우리가 당면한 문제를 적극적으로 다룬다. 특히 부조리한 사회현실에 대한 인식은 주목을 요한다. 하지만 그 해결 과정에서 환상적인 방법을 사용하는 점은 판타지소설이 지닌 고유한 내적 논리이면서 특징이자 한계라 할 것이다. 이는 고전 영웅소설이 당시 독자들에게 미친 영향력과 소설 자체의 효능, 그리고 그 한계와도 유사한 것이다.

● 판타지소설의 유통 방식

판타지소설은 내용뿐 아니라 유통 방식 면에서도 조선 후기에 나타난 국문 영웅소설과 별반 다르지 않다.

조선 후기인 18세기 중반에 이미 책을 빌려주는 세책점이 성행했다. 이때 세책점을 통해 국문소설 책을 빌려다 보는 여성들이 다수 존재했다. 당시에는 인쇄 기술이 빈약했기에 전문 필사자를 두어서 세책본 소설이란 것을 만들어 책을 대여해주는 방식이 일반적이었다. 물론 여기서 취급하던 소설책은 대개 국문소설이면서 분량이 길고 여러 가문의 결합과 갈등을 다룬 장편소설들로서 통속적 성격이 강한 국문 영웅소설은 아니었다. 다만 국문 영웅소설이 성행한 19세기에도 이런 세책점이 성행했고, 취급 품목이 늘어나면서 세책점에서 국문 영웅소설도 함께 취급하게 된 것이다.

초기 무협소설의 유통 방식 역시 이와 유사했다. 물론 서점에서 구매하는 방법도 있지만, 대여점에서 빌려서 읽는 것이 일반적이었다. 흥미로운 것은 세책본 소설과 마찬가지로 대여점에서 빌려주는 소설들도 책의 원형을 보존하기 위해서 다양한 방법이 활용되었다는 점이다. 예를 들어, 대여점 소설책은 책 표지를 비닐로 싼다든지 책에 커다란 철심을 꽂았는데, 이는 과거에 세책본 소설의 표지에 기름을 먹이거나 삼베 천을 대 튼튼하게 만들거나 오침안정법●으로 책을 고정하던 방식과 유사하다. 독자들의 행태 역시 닮은 구석이 많다. 대여한 판타지소설의 책장을 들쳐보면 낙서나 그림을 심심치 않게 발견할 수 있는데, 이는 과거에 세책본 소설 속에 욕설과 음화, 각종 낙서 글이 적혀 있던 것과 닮았다.

인터넷의 발전과 더불어 무협소설과 판타지소설의 유통에도 중대한 변화가 생겼다. 과거에는 대여점이나 서점에서만 볼 수 있었던 책들을 인터넷으로도 볼 수 있게 되면서 큰 변화가 생겨난 것이다. 판타지소설은 인터넷이 보급된 초창기에 나우누리, 하이텔 같은 온라인 PC통신 매체에『드래곤 라자』와 같은 작품들이 연재

● 구멍을 다섯 군데 뚫어 끈으로 엮는 방법

되면서 본격적으로 퍼져나가기 시작했다. 그리고 무협소설이 인터넷상에 연재되기 시작하면서 많은 소설 커뮤니티가 생겨나고, 이를 중심으로 고정 독자(마니아 독자)들도 생겨났다. 현재 대표적인 소설 커뮤니티로는 '문피아', '조아라', '모기판타지' 등이 있는데, 이들 사이트에서 인기리에 연재된 작품들은 일정 기간이 지나면 책으로 출판되고 있다.

이런 작품들이 인기를 끌자, P2P와 웹 하드 사이트 운영자들이 고객을 끌어들일 목적으로 전문적으로 책을 베껴 쓸 사람을 고용하여 이들 작품을 한글 메모장을 이용해 필사하기도 했다. 이는 조선시대 세책점에서 전문 필사자를 고용해 책을 필사하게 한 것을 떠올리면 이해하기 쉬울 것이다. 아니면 영화 〈음란서생〉에서 황가네 유기그릇 가게 안쪽에서 소설책을 베껴 쓰던 필사장이를 떠올려도 좋을 것이다. 물론 오늘날에는 이러한 행위가 불법임에도 '텍스트본 소설'이라고 하여 많은 소설이 이런 방식으로 유통되고 있다.

그런데 이런 필사 단계를 지나 스캐너, 필름이 필요 없는 사진기의 등장으로 현재 인터넷 소설 유통은 또 다른 변화를 맞이하고 있다. 한글 메모장에 한 자 한 자 베껴 써내려가던 기존 방식에서 벗어나 스캐너로 출력하여 올리는 방식이 등장한 것이다. '스캔본 소설'이라고 부를 만한 이 소설들은 과거 방각본 소설에 견줄 만하다. 그리고 최근에 나타난 전자책은 바로 방각본 소설 다음에 나타난 '인쇄본 소설', 곧 활자로 조판하여 찍어내던 활자본 소설에 비견할 만하다.

　무협이나 판타지소설의 주 독자층은 남자 청소년이며, 이들은 경제적으로 그리 여유가 있지 못하다. 따라서 서점에서 책을 직접 사 보기보다 대여점에서 빌려 보는 방법을 더 선호했다. 또는 또래 친구들과 각기 다른 종류의 소설을 빌린 후 서로 바꾸어 보는 방식으로 책을 읽기도 했다. 이런 독서 및 향유 방식은 세책점에서 책을 빌려다가 서로 바꿔가며 읽거나 집 안에 있던 가재도구나 장식품까지 전당 잡혀가며 경쟁적으로 빌려다 보던 과거의 세책본 소설 독자들의 독서 방식과도 별반 다르지 않다.

　이로 보건대, 세월이 흐르고, 사회와 환경은 획기적으로 변했지만, 독서 및 유통 방식과 향유 양상은 별반 달라지지 않았다. 아니 어떤 면에서는 계속 반복 순환하고 있다고 할 것이다. 유통 방식과 향유 양상뿐 아니라 저작권 개념 역시 옛날이나 지금이나 별 차이가 없다. 예전에는 저작권 개념이 희박했기에 고소설은 이본이 다수 존재한다. 게다가 소설을 바라보는 사회적 인식이 부정적이었던 까닭에 작가는 그 이름을 밝히길 꺼렸고, 당연히 소설의 내용에 대한 권리를 주장하기도 힘들었다. 따라서 독자들이 소설을 마음대로 수정하고 필사할 수 있었다. 그런데 저작권 개념이 분명한 오늘날에도 무협소설과 판타지소설에 대한 인식이 부정적일 뿐만 아니라, 이들 작가들도 여느 문학 작가처럼 대놓고 자기 이름을 앞세우기보다 필명을 쓰고자 한다. 그리고 작품의 성격상, 독자는 작가가 누군지 궁금해하기보다 작품의 내용이 어떠한지에 더 관심이 많다. 그리고 불법 다운로드를 마구 행함으로써 개인 창작물을 공용처럼 사용하고 있는 실정이다. 이 같은 문제때문에 무협소설과 판타지소설 작가들은 대개 겸업을 하며 살아간다.

판매 부수를 올려야 하는 작가는 소비자의 취향을 고려하지 않을 수 없다. 양산형 판타지소설은 철저히 청소년 독자를 주 독자층으로 잡고 창작된다. 절대적으로 강한 주인공을 뜻하는 '먼치킨(원래 『오즈의 마법사』에 나오는 난쟁이들을 일컫는 말로, 특별히 힘이 센 주인공이 등장하는 판타지를 가리키는 말로 사용된다)'이라는 신조어를 탄생시키기도 한 이들 소설은 무협소설과 판타지소설 중에서도 질 낮은 소설로 비판의 대상이 되곤 한다.

아직도 무협소설과 판타지소설은 비판과 우려의 대상이다. 청소년 시절에 읽는 불량 만화 정도로 인식되곤 한다. 이는 많은 사람들이 이들 작품의 일부만 보고 전체 무협소설 또는 판타지소설을 판단하려 했기 때문이기도 하려니와 아예 읽어보지도 않고 선입견을 갖고 평가한 탓도 있다. 하지만 그것보다 더 큰 문제는 일부 독자층만이 향유하고 마는 작품이 아니라 다수가 공감하고 함께 고민할 수 있는, 문학성이 뛰어난 작품이 많지 않다는 데 있다. 역사대체소설 중에서 전자책으로도 출판되고 사이트 '조아라'

에서 유료로 연재된 바 있는 『같은 꿈을 꾸다 in 삼국지』 같은 작품은 작품성이 충분하며, 판타지소설의 매력을 제대로 보여준다. 그리고 창작영웅형 판타지소설 중에서 중세의 세계관을 보여주는 『하얀 로냐프의 강』이나 『군림천하』, 그리고 게임 판타지 중에서 『팔란티어』 같은 작품들도 일독을 권할 만하다.

그렇지만 판타지소설 중에서 이른바 '양판소'라고 불리는 작품들은 일정 수준에 이르면 더는 흥미를 느끼지 못할 만큼, 유사한 서사 구조의 반복과 낮은 주제 의식으로 인해 오히려 반감을 불러일으키는 것 또한 사실이다. 따라서 선별해 읽을 필요가 있다. 소설의 시대는 이미 지났다고들 말한다. 순수소설이라 불리는 작품들이 독자들에게 깊은 감동과 설렘을 선사하지 못하고 있는 것이 현실이다. 옛날과 달리 작품과 독자가 유리되고 있는데, 작가가 개인의 관념에 치우쳐 일상생활에서 공감하고 흥미를 느낄 만한 요소를 작품에 담아내지 못하고 있는 것을 하나의 이유로 꼽을 수 있을 것이다.

소설을 읽는 이유는 그것이 흥미롭고 재미있거나 감동적이기 때문인데, 순수소설에서 그것을 느끼기 어렵다. 그 역할을 영화나 드라마가 대신하고 있는 형국이다. 반면에 대중소설은 여전히 지나치게 흥미 위주로 치우쳐 작품 수준이 낮다는 비판을 받기 일쑤다. 독자에게 감동과 재미, 그리고 유익을 전달하기 위해서는 소설에 영상을 접목하고, 순수소설과 대중소설의 경계를 허물고 상생을 모색할 필요가 있다. 문자 중심의 미학만으로는 요즘처럼 디지털 사회의 다양한 감각과 표현에 익숙해진 독자들에게 어필하기 힘들기 때문이다. 판타지소설에 관심을 기울여야 할 이유를 여기서 찾을 수 있다.

참고한 문헌들

제1부 | 사랑의 욕망을 허하라

자유연애를 향한 불온한 일탈 | 운영전

강상순, 「〈운영전〉의 인간학과 그 정신사적 의미」, 『한국 고소설의 연구의 쟁점과 전망』,
　　　보고사, 2011.

김부식, 이병도 역, 『국역 삼국사기』, 을유문화사, 1984.

박일용 외, 『한국 고소설의 연구의 쟁점과 전망』, 보고사, 2011.

박희병·정길수 역, 「운영전」, 『사랑의 죽음』, 돌베개, 2011.

정하영 외, 『고전 서사문학에 나타난 삶과 죽음』, 보고사, 2010.

토머스 조이너, 김재성 역, 『왜 사람들은 자살하는가?』, 황소자리, 2012.

한국고소설학회 편, 『한국고소설의 자료와 해석』, 아세아문화사, 2003.

한만봉, 『자살심리학』, 한국학술정보(주), 2011.

우리 시대의 담장을 엿보다 | 이생규장전

박희병·정길수 편역, 「이생규장전」, 『끝나지 않은 사랑』, 돌베개, 2010.

여세주, 〈이생규장전〉에서 문제된 성도덕 관념」, 『한민족어문학』, 제31집,
　　　한민족어문학회, 1997.

윤채근, 『한문소설과 욕망의 구조』, 소명출판, 2008.

정민, 「〈이생규장전〉과 〈천녀유혼〉」, 『조선일보』 2001년 8월 4일자.

앵혈, 무엇에 쓰는 물건인고 | 대하장편소설

김용숙, 『조선조 궁중 풍속 연구』, 일지사, 1987.

유광수, 『가족기담』, 웅진씽크빅, 2012.

유광수, 「〈옥루몽〉에 나타난 성애 표현의 의미－은밀한 폭력과 정당화된 폭력」,
　　『고소설연구』제20집, 한국고소설학회, 2005.

장화(張華), 김영식 역, 『박물지』, 홍익출판사, 1998.

정선희 역주, 『소현성록 2』권5, 소명출판, 2010.

전성운, 「〈소현성록〉에 나타난 성적 태도와 그 의미」, 『인문과학논총』제16집,
　　순천향대학교인문과학연구소, 2005.

조혜란, 『고전 서사와 젠더』, 보고사, 2011.

최길용, 「고소설에 나타나는 앵혈 화소의 서사 실상과 의미」, 『고소설연구』제29집,
　　한국고소설학회, 2010.

김경미, 「19세기 소설에 나타난 여성 섹슈얼리티」, 한국고소설학회 편, 『한국 고소설과
　　섹슈얼리티』, 보고사, 2009.

제2부 | 여성들에 의한, 여성들을 위한 세상을 꿈꾸다

스스로 지위를 얻는 여성영웅 | 방한림전

김경미, 「젠더 위반에 대한 조선 사회의 새로운 상상: 〈방한림전〉」, 『한국고전연구』
　　제17집, 한국고전연구학회, 2008.

이배용, 「조선시대 유교적 생활문화와 여성의 지위」, 『민족과 문화』제9집,
　　한양대민족학연구소, 2000.

양혜란, 「고소설에 나타난 조선조 후기 사회의 성차별 의식 고찰－〈방한림전〉을
　　중심으로」, 『한국어문학연구』제9집, 한국외대한국어문학연구회, 1998.

장시광, 「〈방한림전〉에 나타난 동성결혼의 의미」, 『국문학연구』제6호, 국문학회,
　　2001 ; 『한국 고전소설과 여성인물』, 보고사, 2006.

장시광, 『방한림전』, 이담북스, 2010.

차옥덕, 「〈방한림전〉의 구조와 의미－페미니즘적 시각을 중심으로」, 『고소설연구』
　　제4집, 한국고소설학회, 1998.

차우덕, 『백 년 전의 경고－방한림전과 여성주의』, 아세아문화사, 2000

마음의 곁문을 연 내조의 여왕 | 김안국 이야기

백두용 편저, 김동욱 역, 「金安國」, 『국역 동상기찬』, 보고사, 2004, 151~169쪽.

이상수(李象秀), 〈發蒙正軌〉, 「雜著」17, 『峿堂集』.

이우성·임형택 역편, 「安東郎」, 『이조후기한문단편집(中)』, 일조각, 1978, 76~89쪽.

김일렬, 「고전소설에 나타난 교육비판의식」, 『어문론총』27호, 경북어문학회, 1993, 97~108쪽.

─────, 「조선조의 교육과열 풍조에 대한 문학적 반응」, 간행위원회 편, 『한국 고소설사의 시각』(석헌 정규복 박사 고희기념논총), 국학자료원, 1996, 244~258쪽.

이민희, 『백두용과 한남서림 연구』, 역락, 2013.

Robert E. OWens Jr., 김영태·이윤경·정부자·홍경훈 역, 『언어장애』(제5판), 시그마프레스, 2012.

Georg Simmel, "Introduction to the Texts", ed. by David Frisby and Mike Featherstone, *Simmel on Culture*, London: Sage Publications, 2000.

더 읽을거리 | 조선시대 화장 이야기

김지연, 「〈여용국전〉 연구」, 『영남학』제17호, 경북대영남문화연구원, 2010.

보리스 와이즈먼, 박지숙 역, 『레비스트로스』, 김영사, 2008.

이민희, 「〈여용국전〉 연구」, 『동방학지』제135호, 연세대국학연구원, 2006.

이민희, 「책쾌(冊儈) 송신용(宋申用)과 교주본 〈여용국전〉 연구」, 『한국민족문화』 제27호, 부산대민족문화연구소, 2006.

조동일, 『한국문학의 갈래이론』, 집문당, 1992.

조동일, 『한국문학통사 2·3』(제4판), 지식산업사, 2005.

제3부 | 박제된 고전 다시 읽기

열다섯 소녀의 '행복을 찾아서' | 심청전

김진영·김현주 역주, 「효녀실기심청」, 『심청전』, 박이정, 1997.

신병주·노대환, 『고소설 속 역사 여행』, 돌베개, 2002.

신동흔 · 고전과출판연구모임, 『프로이트, 심청을 만나다』, 웅진지식하우스, 2010.

이정원, 『전을 범하다』, 웅진지식하우스, 2010.

누가 계모에게 돌을 던질 수 있는가 | 장화홍련전

김기동, 『한국고소설연구』, 교학사, 1981.

김재용, 『계모형 고소설의 시학』, 집문당, 1996.

김태준, 『조선소설사』, 학예사, 1939.

김현지, 「구활자본 계모형 고소설 연구」, 성균관대 박사학위논문, 2005.

박태상, 『〈장화홍련전〉의 구조적 의미』, 새문사, 1986.

서혜은, 『〈장화홍련전〉 이본 계열의 성격과 독자 의식』, 형설출판사, 2007.

우쾌제 편, 「장화홍련전」, 『구활자본 고소설전집 13』, 인천대학교민족문화연구소, 1983.

이기대, 「〈장화홍련전〉 연구」, 고려대 석사학위논문, 1998.

장시광, 「계모형 소설의 계모 - 전실 소생 갈등과 작가의식」, 『한국 고전소설과
       여성인물』, 보고사, 2006.

한국고소설연구회 편, 『한국고소설론』, 아세아문화사, 2001.

팜므 파탈에서 열녀로 둔갑한 여인 | 춘향전

김연수, 「남원고사에 관한 세 개의 이야기와 한 개의 주석」, 『나는 유령작가입니다』,
       창비, 2005.

성현경 풀고 옮김, 『이고본 춘향전』, 열림원, 2001.

임철우, 「옥중가」, 『물그림자』, 고려원, 1991.

더 읽을거리 | 진화심리학의 관점으로 보는 고소설

권필, 박희병 · 정길수 역, 「주생전」, 『끝나지 않은 사랑』, 돌베개, 2010.

김만중, 김태준 역주, 『사씨남정기』, 명지대출판부, 1985.

김만중, 김병국 역주, 『구운몽』, 서울대출판부, 2007.

김종군, 『남녀애정 결연서사 연구』, 박이정, 2005.

데이비드 M. 버스, 전중환 역, 『욕망의 진화』, 사이언스북스, 2010.

데즈먼드 모리스, 김석희 역, 『동물학적 인간론 - 털 없는 원숭이』, 문예춘추사, 2006.

송성욱 역, 『춘향전』, 민음사, 2004.

스티븐 핑커, 김한영 역, 『마음은 어떻게 작동하는가』, 동녘사이언스, 2007.

신해진 역, 「사씨남정기」, 『조선후기 가정소설선』, 월인, 2000.

앨런 S. 밀러·가나자와 사토시, 박완신 역, 『처음 읽는 진화심리학』, 웅진지식하우스, 2008.

이승복, 『고전소설과 가문의식』, 월인, 2000.

이지영 역, 『창선감의록』, 문학동네, 2010.

『장화홍련전』, 덕흥서림, 1925.

조위한, 박희병·정길수 역, 「최척전」, 『전란의 소용돌이 속에서』, 돌베개, 2007.

최재천, 『다윈 지능』, 사이언스북스, 2012.

프랭크 J. 설로웨이, 정병선 역, 『타고난 반항아 : 출생순서, 가족 관계 그리고 창조성』, 사이언스북스, 2008.

행크 데이비스, 『양복을 입은 원시인』, 지와 사랑, 2010.

황패강 역주, 「숙영낭자전」(나손재본), 『숙향전/숙영낭자전/옥단춘전』, 고려대민족문화연구소, 1993.

제4부 | 영웅은 어떻게 만들어지는가

사라진 기억을 재구성하는 것은 누구인가 | 강로전·김영철전

권혁래, 「16~17세기 동아시아적 경험과 기억으로서의 일본인 형상−조선 후기 역사소설을 대상으로」, 『열상고전연구』 제26집, 열상고전문학회, 2007.

마크 C. 엘리엇, 이훈·김선민 역, 『만주족의 청 제국』, 푸른역사, 2009.

박희병·정길수 편역, 『전란의 소용돌이 속에서』(천년의 우리소설 1), 돌베개, 2007.

박희병, 「17세기 동아시아의 전란과 민중의 삶−〈김영철전〉의 분석」, 김학성·최원식 외, 『한국근대문학사의 쟁점』, 창비, 1990.

박희병, 「17세기 초의 숭명배호론(崇明排胡論)과 부정적 소설 주인공의 등장」, 『한국고소설과 서사문학』(상), 집문당, 1998.

박희병·정길수 편역, 『최척전』·『강로전』·『김영철전』, 『전란의 소용돌이 속에서』(천년의 우리소설 1), 돌베개, 2007.

서신혜, 「고전 서사 속 항왜의 형상화 양상에 대한 연구」, 『동양고전연구』 제37집,
　　　　동양고전학회, 2009.

손유경, 『고통과 동정』, 역사비평사, 2008.

안세현, 「자암(紫巖) 이민환의 〈책중일록(柵中日錄)〉과 〈건주문견록(建州聞見錄)〉에
　　　　대하여」, 『동방한문학』 제34집, 동방한문학회, 2008.

오카 마리, 김병구 역, 『기억·서사』, 소명출판, 2004.

유임하, 「타자화된 기억의 상상적 복원」, 동국대 한국문학연구소 편, 『전쟁의 기억,
　　　　역사와 문학(하)』, 월인, 2005.

이민성, 「제최척전(題崔陟傳)」, 『경정집(敬亭集)』 권4, 경인문화사, 1994.

이민희, 「전쟁 소재 역사소설에서의 만남과 이산의 주체와 타자」, 『국문학연구』 제17호,
　　　　국문학회, 2008.

이시바시 다카오, 홍성구 역, 『대청제국-1616~1799』, 휴머니스트, 2009.

임계순, 『청사(淸史)-만주족이 통치한 중국』, 신서원, 2000.

임완혁, 「명·청 교체기 조선의 대응과 〈충렬록(忠烈錄)〉의 의미」, 『한문학보』 제12집,
　　　　우리한문학회, 2005.

정환국, 「전근대 동아시아와 전란, 그리고 변경인」, 『민족문학사연구』 제44집,
　　　　민족문학사연구소, 2010.

최문규 외, 『기억과 망각』, 책세상, 2003.

때로는 '아름다운 착각'도 필요하다 | 홍길동전·춘향전

설성경, 『춘향전의 비밀』, 서울대학교 출판부, 2001

설성경, 『홍길동의 삶과 홍길동전』, 연세대학교 출판부, 2002.

설성경, 『홍길동전의 비밀』, 서울대학교 출판부, 2004.

더 읽을거리 | 영웅소설과 판타지소설

강선영, 「영웅소설과 판타지소설의 서사구조와 환상성에 관한 비교 연구」, 동아대
　　　　석사학위논문, 2010.

강숙영, 「조선 후기 영웅소설과 현대 판타지소설 비교 연구」, 창원대 석사학위논문, 2011.

김민영, 『팔란티어』, 황금가지, 2006, 17~19쪽, 23~26쪽, 101쪽.